솔모뎅이

솔모뎅이

노병재 수필집

지은이 | 노병재
펴낸이 | 김명수
펴낸곳 | 도서출판 시아북(詩芽Book)
발행일 | 2022년 09월 20일

출판등록 | 2018년 3월 30일
주소 | 대전광역시 동구 선화로214번길 21(3F)
전화 | (042) 254-9966, 226-9966
팩스 | (042) 221-3545
E-mail | daegyo9966@hanmail.net

값 15,000원

ISBN 979-11-91108-46-0(03800)

솔모뎅이

노병재 수필집

한겨울에 함박눈이 내리면 솔모뎅이
소나무 설경은 한 폭의 동양화를 보는 듯한 느낌.

시아북
詩芽BOOK

책을 내면서

고희 기념문집 「내 고향 마라귀」를 발간하고 난 후에 아쉬운 점이 많았다. 또 한 권의 책을 발간하고 싶은 욕심이 잉태되어 틈틈이 준비했다.

세월이 지날수록 정신이 흐려져 나이가 들면 들수록 다가오는 날들은 현재의 날보다 혼미해져 갈 것이다. 한 살이라도 덜 먹었을 때 글을 써서 문집을 발간하는 것이 현실적으로 현명한 길이라 생각되어 서둘렀다.

자연의 법칙인 사계절을 들여다보면, 따스한 봄이면 새싹이 돋아나 꽃망울이 움터 저마다의 아름다운 예쁜 꽃을 피우고 나뭇잎은 한여름에는 뜨거운 태양과 사나운 태풍 등 온갖 모진 고난을 겪고 견뎌냈기에 가을이면 곱디고운 단풍으로 물들고 열매가 영글어 결실을 보는 것처럼, 꽃보다 아름다운 우리네 인생도 자연의 순환과 얼추 비슷하다. 식물은 겨울이 다가오면 생육이 중단된 듯이 보이지만, 그들은 희망의 봄날을 위해 겨울잠을 자는 인고의 시간이다. 우리가 사는 인생도 그와 같으며 이쯤이면 인생의 아름다운 열매를 맺게끔 마무리할 시기이다. 나의 삶은 기복을 타고 넘고 넘어 어느새 금방 가버려 만추의 낭만을 즐기고 있으며, 얼마 있으면 늦은 가을이 지나 초겨울이 찾아오는 인생길을 맞이하게 됐다.

교직에서 아이들과 보람 있게 생활했고, 정년 후에는 지난날의 삶을 뒤돌아보고 기억을 더듬으며 글을 써 고희문집을 발간하여 참으로 의미 있는 삶이 되었다. 글을 쓰는 과정에서 힘들었으나 행복했고 자랑스러웠다. 요번 『솔모뎅이』 수필집을 발간하면 두 권의 책을 통하여 어느 정도 나의 속마음도 들여다볼 수 있었다. 그리고 정체성을 알 수 있어 많은 보람을 느끼며 이 책을 쓰는 동안 내내 행복했다.

2022년 초가을에

노 병 재

차례

제4부 금강의 봄날

제5부 사라진 워낭소리

제6부 아주 특별한 날

누구나 다 고향이 있다. 내 고향은 마라귀다. 고향에 관한 기억 중에 가장 먼저 떠오르는 것은 내가 태어나고 그곳에서 자라고 성장한 집이다.

어린 시절 내가 살았던 안식처 본가를 떠올려본다. 우리 가족을 지탱해 주고 유년 시절의 추억을 오롯이 간직한 기억의 보금자리 집을. 그곳에는 세 채의 초가로 우리 집의 중심 안채, 사랑채, 헛간이 있었다.

제1부

마라귀 고향집

손등의 화상

내 어린 시절 하늘에서 함박눈이 내려 소보록하게 쌓인 눈을 뽀드득 뽀드득 눈 밟히는 소리를 즐기며 눈을 밟았는데, 올겨울은 춥지도 않고 눈도 내리지 않아 추위가 실종된 것 같다. 눈을 밟은 지가 아주 오래되어 눈 내린 정취를 잊을 정도다.

강원도 화천 산천어, 청양 알프스마을의 겨울왕국 눈썰매와 얼음 분수 축제가 늦어져 어려움이 많다고 텔레비전에서 걱정스런 보도를 한다. 그곳 당사자들의 심정을 알만하다. 주최 측은 많은…… 기대하며 일 년을 기다렸을 텐데…….

어린 시절 겨울은 요즘같이 철모르는 따듯한 날씨는 없었다. 북극한파에 날씨가 매섭게 추웠고 눈이 많이 내리면 무릎까지 빠질 때도 있었다. 아침에 눈을 떠 밖으로 나갔더니 도둑눈이 와

온 천지가 눈이 덮여 빛의 반사로 눈이 무척 부셔 실눈이 뜨여졌다. 까치는 먹이가 눈 속에 묻혀 몇 날 며칠을 굶은 듯 감나무 높은 꼭대기 가지에 앉자마자 '깍깍 깍깍깍' 소리 높여 울어대어 무척 시끄러웠다. '짹짹' 재잘거리는 참새도 마찬가지.

눈을 치우려 죽가래로 밀고 싸리비로 쓸어 바지게에 담아 개울에다 버렸다. 눈을 치우느라 무척 힘들어 기진맥진했다.

요즘은 예전과 달리 춥지도 않고 겨울에 비가 자주 내린다. 눈을 볼 수도 없고 겨울이 온데간데없다. 또 다른 한편으론 지구온난화의 가속화에 따른 기후변화로 걱정이 태산이다.

내 어릴 적엔 사시나무 떨듯 춥고 추워 집집이 방안에 화로가 있었다. 화로는 무쇠로 만들어져 손잡이가 밖으로 돌출됐다. 화롯불은 아침저녁 아궁이에 바싹 마른 나뭇가지를 넣고 불쏘시개에 불을 지펴 소나무 장작이나 참나무 장작개비를 넣어 가마솥의 물을 데우거나 끓이고, 밥도 짓고 여물을 쑤고 난 후 불을 담았다. 아궁이에 벌겋게 피어있는 불덩어리를 고무래로 끌어내어 부삽으로 불을 화로에 담아 안방에 놓았다. 밤나무 불을 쬐면 머리가 아프다고 하여 담지 않았다. 화롯불은 한겨울 방안의 난방, 음식물을 데우거나 끓이는 용도, 아궁이에 불을 지필 때 불씨로 이용했다. 화로의 화력이 약해질 때면 인두로 헤집고 고구마를 묻어놓아 구워지면 간식으로 맛있게 먹었다.

한겨울에 동네 또래들과 놀다가 손을 호호 불며

"으이, 추워!"

안방 문을 열고 들어서면, 어머니는 아랫목에 깔아놓은 이불을 들치셔 따뜻한 이불 속으로 발을 넣게 하셨다. 화롯불을 내게로 밀어주시며 "춥지?" 차디찬 내 손을 어루만져주셨다. 우리 어머니 손은 화롯불처럼 따스했다. 마실꾼이 마실 오면 화로를 곁으로 밀어주어 훈훈하고 따뜻한 정을 나눴던 어머니. 화롯불은 한겨울의 필수품이었다.

화롯불에 놓인 인두가 뜨겁게 달궈지면 재를 닦아낸 후, 저고리에 시침질한 동정을 문질러 마무리하는 데 쓰였으며 또 사위어 가는 불씨를 다독거리는 데 사용했다. 가정마다 화로가 한두 개씩은 있었다. 우리 집은 안방과 사랑방에 화로가 있었다.

내가 두 살 되던 해 늦가을에 누이가 시집을 갔다. 시집가는 장면은 기억이 나지 않는데, 그해 겨울 같았다. 안방에서 몹시 아프고 화끈거려 데굴데굴 뒹글고 악을 쓰며 울었던 기억이 또렷하게 아직도 생생하다. 그 기억뿐. 무엇 때문에 그렇게 울었는지 몰랐다.

몇 년을 지나 예닐곱쯤에 어머니에게 오른손의 손등을 보여주며 여쭤봤다.

"엄~니, 내 손에 왜 흉터가 생겼어?"

"애미가 잘못 봐서 화로에 놓인 인두로 손등을 데게 했단다."

그제야 몹시 울었던 궁금증이 풀어졌다.

옷을 지을 때, 인두로 마무리하는 것을 보고 눈 깜빡할 사이 인두를 집어 손등에 갖다 댔다고 한다. 인두로 화상을 입어 인두 모양의 흉터가 생겼다. 흉터로 보아 표피층까지 손상을 입은 것 같아 2도 화상으로 짐작된다.

식구들 이야기를 빌리면 어머니가 화상 부위를 찬물로 식히고 물집이 터지지 않게 치료를 해줘, 피부가 흉하게 남지 않았다고 한다. 얼핏 보면 구별하기가 어려워 표시가 나지 않는다. 물집을 터뜨렸거나 감염되었다면 보기 흉한 손 모양이 되었을 것이다. 이 정도가 된 게 감사할 따름. 어릴 적에는 손이 작아 흉터가 크게 보였지만 성장하며 손이 커져 흉터가 작게 보이더니, 이제는 세월이 흘러 주름이 늘어나 흉터 구분이 어렵다.

정년을 2년 남겨두고 성대초등학교에서 추부초등학교로 옮겨 근무할 당시 기능직 직원이 양손 모두 조막손을 가진 분이 있었다. 부임하고 얼마 후 묻지도 않은 말을 한다. 갓난아기 때 누나가 잘못 보아 물이 펄펄 끓는 가마솥에 손이 들어가 데었다고 한다. 손가락이 짧으며 몇 개 되지 않는 조막손. 흉터가 크게 생긴 그분 손을 보며 내 손등에 눈길이 갔다. 내 손등은 화상이 아니다.

그분은 조막손이었지만 부지런하며 성실했다. 교내 정원 잔디를 깎는 날에는 새벽녘에 출근하여 직원들이 출근할 시간에 예초작업을 마무리하고 있었다. 참 고마운 사람. 학교시설물의 유지 및 보수 업무에 온 힘을 다하며 내 집일처럼 다해줬다. 낫질을 제외하곤 못 하는 일이 없었다. 열 손가락 가진 웬만한 사람의 두 몫을 했다. 장애로 인해 근면의 향기가 물씬 풍기곤 하였다.

나의 교직생활 중에 이런 성실한 분은 처음 만났다. 그는 자녀들을 훌륭하게 키워 딸은 중학교 교사가 됐다.

물곬 미꾸리

누구나 가슴이 설레고 다시 돌아가고 싶은 추억이 있을 것이다. 나 역시 그런 추억을 몇 개쯤 고이 간직하고 있다. 그중 하나가 굴멍골 논에서 미꾸리를 잡았던 추억이다.

마티고개에서 발원하여 도랑물이 흐르는 굴멍골에 다랑논 두 말가웃 지기가 있었다. 할아버지께서 아버지에게 물려주신 논. 멍에처럼 휘어진 논배미 일곱 다랑이가 있었다. 위 두 번째 다랑논 뒤쪽에는 여름 내내 찬물이 퐁퐁 솟아올라 물곬을 쳐놓았다. 그곳에는 미꾸리가 우글우글했었다.

그 시절에 논농사를 지을 때 농약을 치지 않고 친환경 농사를 지었다. 농약이 없었기 때문에 당연한 유기농. 땅심을 높이기 위하여 오월에 갈풀을 베어다 논바닥에 펴 쟁기로 갈아엎고 기름진 옥답으로 만들어 물을 대고 써레질하여 모를 심었다.

요즘은 모내기 후 2주가 지나 제초제를 뿌려 풀이 자라지 않지만, 어린 시절에는 제초제라는 단어도 없었다. 볏논에 김매기는 초벌, 두벌, 만물로 3번 논을 매며 품앗이로 농사를 지었다.

아버지는 새벽녘에 일어나 물꼬를 보시고 논두렁에 풀이 자라면 벼의 통풍을 위해 풀뿌리까지 바짝 깎았다. 벼포기에 피가 눈에 띄면 피사리하시며 벼포기 포기마다 정성 들여 가꿨다.

굴멍골 논에서 자라는 벼는 아버지의 발걸음을 들으며 여름내내 뜨거운 햇살을 머리에 이고 밤에는 달빛 별빛의 기운을 받아 자라다 이삭이 나와 가재 눈깔처럼 알알이 옹골지게 여물었다. 모내기부터 벼 수확하는 데까지 120일 걸린다.

하늘은 높고 파아란 가을 하늘 아래 바람결에 황금파도가 출렁이면, 밥을 안 드셔도 배부를 만큼 흐뭇해하시던 아버지의 얼굴이 떠오르고 지금도 그려진다. 아버지의 땀과 정성이 있었기에 다랑논마다 황금물결을 이뤘다. 벼는 익을수록 고개를 숙이고, 보리는 익을수록 빳빳하게 고개를 든다. 벼는 겸손의 미덕이고 보리는 건방지고 싹수가 없다는 편견을 일컫지 않아도 보리밥보다 쌀밥을 귀하게 여겨 맛있었다.

어릴 때 밥을 먹다가 밥알을 흘리면 "쌀 한 톨은 여든여덟 번의 손길을 거쳐야 얻을 수 있단다. 밥을 버리면 하느님한테 벌을 받는다." 어머니께서 남기신 말씀에 지금도 밥을 먹다가 밥알을 흘리면 쌀을 얻기까지 온갖 정성과 노력을 생각하여 쌀 한 톨도 귀하게 여겨져 밥그릇에 밥알 하나도 남기지 않는다.

시월 벼 베는 날이 돌아왔다. 아버지 큰형 작은형이 벼 베러 갈 때 양동이와 삽을 챙겨 가면 그날은 굴멍골에서 벼를 베는 날이다. 다른 날은 관심이 별로 없었는데 그날만큼은 기대에 부풀어 꼭 따라가곤 했었다.

논배미 벼를 다 베고 나면 큰형이 물곬바닥 흙을 삽으로 떠 논바닥에 던지면 손가락 굵기만 한 미꾸리가 꿈틀하면서 팔딱 팔딱거렸다. 장조카랑 큰놈을 잡으려고 서로 경쟁했다. 그렇게 물곬을 다 치고 나면 미꾸리가 두서너 사발 가량 됐다.

양동이를 들고 집으로 향하며 맛있는 미꾸리 요리를 상상하니 마냥 즐거웠다. 집에 도착했다. 어머니가 미꾸리를 대야에 쏟아 왕소금 한 움큼 뿌려 양은 솥뚜껑을 덮었다. 미꾸리가 팔딱팔딱 뛸 때 억센 호박잎을 넣으면 미꾸리의 미끌미끌 끈적거리는 점액질이 벗겨지며 뱃속의 해캄까지 뱉어내어 깨끗하게 씻겼다.

큰형수가 무를 썰어 넣고 양념하여 미꾸리탕을 끓였다. 미꾸리탕으로 저녁을 맛있게 먹었던 지난 일들이 어제 일인 듯 생생하다. 밥 한 그릇 뚝딱! 미꾸리탕은 밥도둑, 미꾸리 뼈 씹히는 오도독거리는 소리도 맛있는 소리. 뼈까지 먹었다. 가을의 진미를 느끼는 미꾸리탕을 해마다 그렇게 한차례 맛있게 먹었다.

내 기억 속에 언제나 머물러 있던 굴멍골은 현실 공간 속에서 사라져 버렸다. 할아버지를 이어 아버지가 농사짓던 옥답이라 무척 아쉽기만 하다. 지금은 그 자리에 전원주택이 조성되어 흔적을 찾을 수가 없다. 여름날 그곳에 소나기가 내리면 마당에는 하늘고기가 꿈틀꿈틀 빗물에서 헤엄치겠지…….

소장사 하신 아부지

예전에는 농가마다 집집이 순한 누렁 암소 한 마리씩은 길렀다. 암소는 농가에서 재산 가치가 높아 반 재산이기도 했다.

요즘은 암소는 인공수정으로 수정적기에 임신시키는데, 옛적에는 씨황소 씨를 받아 열 달이 되면 새끼를 낳는다. 암소는 사람과 임신기간이 유사하며, 교미한 대가로 콩 한 말을 주었다. 황소가 씨를 줄 때 힘을 썼으므로 쇠죽에 콩을 넣어 끓여 먹여 몸보신을 위한 의미다.

암소가 발정이 나면 수소를 애타게 찾았다. 암소를 끌어다가 씨황소와 교미시켰다. 황소와 접붙일 때 호기심에 아이들이 기웃거리면 "네 이놈들 냉큼 가지 못해!" 나무랐다. 멈칫, 머뭇머뭇하면 벼락같은 호통을 쳤다. 그럴 때면 더 보고 싶은 충동, 그게 사람의 심리다. 우락부락한 우량 씨황소가 눈을 부릅떠 거친 숨을 내뱉고 앞 양다리를 들며 펄쩍 뛰어 처녀 소 등 위에 올라타면 덩치가 커 두 눈이 휘둥그러져 무서움을 느끼기도 했다.

암소의 임신기간은 280~285일이다. 새끼를 낳으면 어미 밑에서 너덧 개월 딸리다가 우시장에 내다 팔아 자식들 대학 등록금을 마련했다고 하여 대학을 우골탑으로 부르기도 했다. 또 집안 대소사에 큰 보탬이 되어 어려운 시절 가계에 큰 도움을 줬다.

암소는 농사짓는데 절대적으로 필요한 존재이며 그 역할이 매우 컸다. 소의 힘을 빌려 밭을 극젱이로 갈아엎어 씨를 뿌리고, 모내기 전 갈아놓은 논에 물을 대고 써레질하여 모를 심게 하는 든든한 최고의 일꾼 중 힘센 상일꾼. 농가의 핵심 일꾼으로 오늘날 엔진이 장착된 농기계의 역할을 했다.

소를 기르지 않는 농가에서는 소를 하루 빌려다 쓰면, 사람 품으로 이틀 일을 해줘 품앗이 역할을 하여 바쁜 농사철에 도움을 줬다.

아버지는 농사를 천직으로 농촌에 뼈를 묻고 평생 농사를 짓고 사셨다. 누렁 암소와 같이 일하시고 소를 식구나 다름없이 보살펴 정성 들여 길렀다. 추위가 돌아오면 소 등에 덕석을 입히고 외양간에 짚을 깔아주어 바닥을 폭신하게 해줬다. 아침저녁으로 쇠죽을 쒀주고 여물도 간간이 먹게 해주셨다.

초등학교 입학 전, 아버지는 농한기를 이용하여 한때 소장사를 하셨다. 소를 팔고 오시면 허리춤에 찬 전대 지퍼를 열어 돈다발을 꺼내 세셨다. 돈을 다 세시고 나면 장조카랑 둘이 한번 세보라고 하셨다. 왼손에 돈을 쥐고 오른손 엄지와 검지에 침을 발라 돈을 세는 어린 마음에는 그 어떤 힘보다 더 큰 힘이 되고 돈을 원 없이 만져봤다. 아버지 덕분에 돈 공부를 하여 마음은 부자가 된 것 같았다.

아버지가 소 장사하실 적에 닷새마다 서는 공주장에 따라갔었다. 우시장은 옥룡동에 폐쇄된 지가 아주 오래됐고 현재 공주농협 하나로마트 옥룡지점이 우시장이었다.

우시장에 닿았더니 소들이 끌려와 '음매 음매' 커다란 두 눈에 눈물이 글썽글썽 울부짖는 울음소리가 애잔하게 들려 그들도 팔려 가는 것을 아는 것 같았다. 어미와 떨어지는 송아지는 한없이 가엾어 보여 부모와 자식 간에 생이별하는 울음소리라 측은한 생각이 들었다. 짐승이지만 사람 못지않은 모성애를 느낄 수 있었다. 지금도 그 애절한 음성이 잊히지 않는다.

아버지는 소를 사실 때는 살찌고 건강한 소를 사지 않고 좀 마른 듯한 암소를 사서 끌고 오셨다. 네댓 장도막을 잘 먹여 살이 좀 붙었다 하면 우시장에 끌어다 팔았다. 가깝지 않은 공주, 대평장에 소와 함께 걸어 다니셨다.

아버지는 외아들에 빈농의 자식으로 태어나 한평생 땅을 지키며 사셨다. 가족의 생계를 걸머메고 허리띠를 졸라매어 뼈가 부스러지도록 일만 하시다가 세상을 떠나셨다. 여행을 다니시거나 외식하시는 그런 일이 거의 없었고 오로지 자식과 손주들을 바라보며 억척스럽게 사셨다. 아버지의 온갖 노력 덕분에 밥술을 걱정 없이 먹고 살았다. 이젠 아버지께 드릴 것은 맘속으로 존경하는 그 마음 하나밖에 없어 콧잔등이 시큰할 뿐…….

밤고기 잡기

내가 어릴 적 시집간 누이가 친정에 왔을 때 밤고기를 잡은 일이 있었다. 어리고 오래되어 어느 계절인지는 모르겠지만, 냇물이 차갑지 않았고 횃불에 날벌레가 날아들어 여름인 듯하다. 누이와 작은형 장조카 넷이 밤고기를 잡기로 했다. 반두, 솜방망이, 석유 깡통, 양동이를 작은형이 준비해 놓았다.

그런 날을 기다린 듯이 조카와 나는 무척 좋아했으며, 시간이 빨리 흘러 어두워져 밤이 오기만을 눈 빠지게 기다렸다.

그 시절에는 전기가 들어오지 않아 밤이 되면 집집이 등잔불을 켰다. 석유도 흔치 않아 밤늦도록 등잔불을 켜놓으면 "등잔기름 닳는다. 어서 불을 끄고 자거라!" 등잔불만 떠올리면 어머니가 하신 말씀이 잊히지 않고 생생하다. 어느 날은 밤늦도록 등잔불을 켜놓아 끄름으로 콧구멍이 새까매졌다. 희미한 등잔불을 켜다가 환한 남폿불을 켜놓으면 전깃불같이 밝았다.

작은형은 솜뭉치를 뭉쳐 가는 철사를 감아 묶어 어른 주먹만하게 만들어 굵은 철사를 걸어 작대기에 매달아 솜방망이를 만들었다. 빈 깡통에 구멍을 뚫어 철사를 고정하여 석유를 담아 들고 다닐 수 있도록 석유 깡통도 만들었다.

저녁을 먹고 나서 한참 후 조카는 양동이, 나에게는 깡통을 주었다. 깡통에는 석유가 들어있으니까 조심성 있게 들고 다니라고 나에게 챙겨준 것 같았다. 작은형은 반두, 누이는 솜방망이를 들고 안산으로 건너가는 냇가로 향했다.

냇가에 다다랐다. 누이는 석유 깡통에 솜방망이를 담갔다가 꺼내 작은형이 성냥을 켜 불을 붙여 물고기를 잡도록 밝혔다. 지금은 환한 전깃불에 익숙해져 횃불을 밝혀도 그리 밝아 보이지 않겠지만, 불빛에 물속은 대낮같이 환하게 보였다.

신기한 것은 낮에는 물고기가 그렇게 많지 않은 것 같았는데, 밤이 되니까 무성한 수초나 바윗돌 틈에 숨어 있던 물고기들까지 나와 활발하게 활동하고 있었다. 물속은 물고기들의 세상. 중태기는 활동 범위가 넓어 운동장에서 운동회 경기를 하는 학생들 같았고, 미꾸리와 꾸구리는 냇바닥에 넙죽 엎드려 움직이지 않고 있어 구경하는 관중 같기도 했다. 가재는 두 집게다리를 높게 치켜세워 어슬렁어슬렁 기어 다녀 운동회 총지휘자 같았다.

물고기들의 천국이었다.

해가 저물어 갈수록 왕성하게 활동하는 야행성인 다슬기는 낮에는 돌 밑에 숨어 있다가 밤이 되니까 바윗돌로 올라와 새카맣게 다닥다닥 붙어있었고, 제 몸을 끌고 기어 다니며 선을 그리는 다슬기도 있었다. 손만 뻗으면 한 주먹씩 잡혔다. 한 손을 돌에 대고 다른 한 손으로 쓸어 담아 잡았다.

작은형은 반두를 눕혀 세우고, 누이는 한 손에 횃불을 들고 물풀을 밟으며 물고기들이 반두에 들어가도록 이리저리 왔다 갔다 했다. 물고기가 반두에 들어간 듯하면 재빠르게 들쳐 올렸지만, 그야말로 물 반 고기 반이던 물고기들은 용케도 빠져나가 눈먼 물고기 몇 마리밖에 걸리지 않았다.

그렇게 낭어덕 냇가에까지 거슬러 올라가며 정신없이 잡았다. 한참을 지나 우리 식구가 먹을 만큼 잡았다. 잡은 물고기를 누이와 작은형이 배를 따고 깨끗이 손질했다. 그리고 하품이 나와 졸리기 시작하여 집으로 향했다.

아침에 일어났더니 큰형수가 어느새 매운탕을 맛있게 끓여놓았다. 매운탕에는 가재가 살아 있는 듯이 빨건 집게다리를 벌리고 있었다. 식구들은 매운탕에 아침밥을 배불리 먹었다. 밥을 다 먹은 후 탱자 가시로 다슬기 살도 빼먹었다. 엄지와 검지로 다슬기를 살짝 돌려가며 빼면 살이 끊어지지 않고 쏙 빠져나왔다. 싱싱하고 푸르딩딩한 살을 입에 넣어 씹으면 씁쓸하면서도 쫄깃하게 씹히는 달착지근한 맛. 한 개씩 빼먹으면 감질나 대여섯 개씩을 빼서 한입에 넣으면 입안이 더 즐거웠다.

횃불만 떠올리면 어릴 적 밤고기를 잡았던 추억이 아직도 내 가슴속 깊숙이 묻혀있어 생생하게 그려진다. 누이와 작은형은 기억하려는지? 언제 한번 이야기해봐야겠다.

물에 빠진 생쥐

요즈음은 살기가 좋고 생활에 필요한 물건이 넘쳐나고 손쉽게 구할 수 있다. 어릴 적 우리 세대들은 그렇지 않았다. 비가 내리면 요즘과 같은 우의나 장화가 귀할뿐더러 책가방마저 없어 보자기에 교과서를 싸서 어깨에 둘러메고, 시오리를 걸어 학교 가는 데 어려움을 겪었고 고생을 많이 했다.

초등학교 생활 중에 평생 잊지 못할 기억은 입학하고 1학년 여름이다. 아침에 일어났더니 바람이 불고 비가 주룩주룩 쏟아졌다. 학교에 갈 생각을 하니 걱정이 이만저만이 아니었다. 큰형수도 걱정되었는지 다른 날보다 아침밥을 일찍 차려줬으나 먹는 둥 마는 둥 했다.

깜장 책보에 교과서, 공책, 필통을 둘둘 말아 옷핀을 꽂고 어깨에 대각선으로 둘러메어 책보가 풀어지지 않게 앞가슴에 바짝 동여맸다.

"오늘은 바람이 불어 도롱이를 두르고 핵교 가거라!"

"챙피해서 싫어요!"

부끄러워 싫다고 우겼더니, 어머니는 비닐우산을 찾아 건네주셨다. 우산을 받쳐 들고 신작로에 올라갔다.

동무들은 공짜로 버스를 얻어 타려고 기다리고 있었다. 잠시 후 '빵빵' 요란한 경적을 울리며 모퉁이를 지나 달려오고 있었다. 코가 땅에 닿도록 허리를 굽혀 인사하고, 고사리손을 높이 들어 "태워주세요. 태워주세요!" 무심하게도 '씽~' 지나쳐 고인 흙탕물이 튀겨 날벼락을 맞았다. 주먹을 불끈 쥐고 팔뚝을 훑어 올려 "엿 처먹어라 ××눔!" 쌍욕을 냅대 해 댔다. 잘 태워주지 않는 운전수다. 612번 버스 운전수 아저씨였다면 태워줬을 텐데. 무척 서운하여 나도 모르게 맥이 쭉 빠져 마음마저 울적. 어쩔 수가 없었다.

이젠 학교까지 걸어가야 한다. 비가 댓줄기처럼 세차게 퍼붓고, 그 와중에 비바람이 이리저리 불어 비닐우산이 뒤집힐 것만 같았다. 한 손으로는 고리, 다른 손으로는 손잡이를 잡고 반쯤 펼쳐 쓰고 갔다. 비닐우산은 견고하지 못하여 한번 뒤집히면 끝장난다. 마티고개 느티나무까지 우산이 뒤집히지 않고 다다랐다.

고갯마루에 올라섰더니, 거문거리에서 골바람이 세차게 몰아쳐 정신이 없었다. 우산을 꼭 잡아도 뒤집힐 듯하여 다시 고쳐 잡았다. 결국은 비바람을 이길 수가 없어 우산살이 부러져 훌러덩 뒤집혔다. 이제는 우산을 쓸 수가 없게 됐다. 속상하고 무척 아쉽기는 했으나 신작로에 내팽개쳤다.

소나기가 억수로 퍼부어 비를 피할 곳도 없어 막막하여 뜀박질하는 방법밖에 없었다. 양철 필통 속 연필의 '달그락달그락' 반주에 덩달아 발이 맞춰져 달음박질하다가 걷기도 했다. 여름이었지만 노백이를 하여 으스스 한기가 나고 온몸이 움츠려졌다. '여름 불도 쬐다 나면 섭섭하다.'라는 옛말이 있듯이 화롯불을 껴안고 싶기도 하고 따뜻한 아랫목 생각이 절로 났다. 소나기에 흠뻑 젖어 동무들은 너나 나나 할 것 없이 물에 빠진 생쥐, 꽁지 빠진 수탉 같았다.

교문에 들어섰더니 이흥서 교감 선생님께서 우리를 보자 현관으로 들어오라고 하셨다. 지금 생각해 보니 비를 쫄딱 맞고 등교하는 학생들을 살펴보신 것 같았다. 새파란 입술을 보시더니 잠깐 기다리라고 하시며, 바로 옆 6학년 교실로 들어가 남학생들을 데리고 나오셨다. 학생들은 누구누구였는지 기억나지 않지만, 외가의 친척이었던 학생은 지금까지 잊히지 않고 생생하게 기억한다.

겉옷을 벗어 줬더니 몸을 꼬아가며 두 손으로 비틀어 물기를 꼭 짜줬다. 무척 고마웠다. 작은 체구였지만, 나에게는 아버지처럼 큰 체구로 보였고 바다나 하늘만큼 고마워 친형 같은 느낌이었다.

반세기가 훌쩍 뛰어넘었어도 어제 일인 듯 선하다. 그때 어렴풋이 먼 외가 친척으로만 알았는데 그 후에 촌수 관계를 알게 되었다. 어머니와 사촌, 내게는 외당숙 그때는 어려서 외당숙이란 단어가 친숙하지 않았다.

교실에 들어가 책보를 풀었더니 교과서, 공책이 비에 젖어 두툼하며 무거운 느낌. 책을 펼쳤더니 가운데 일부분을 제외하고 흠뻑 젖었다. 공책도 마찬가지다. 책장을 넘기면 훼손될 것만 같았고 공책은 글씨를 쓸 수가 없었다. 집에 가면 어머니한테 밥 지을 때 솥뚜껑 위에다 말려달라고 해야겠다.

필통 속의 연필은 개먹어 깎았더니 부러지고 또 부러졌다. 모두 못쓰게 됐다. 옷도 젖고 교과서, 공책도 소나기에 젖었고 연필도 개먹어 모두가 성한 것이 없었다. 옷은 온기로 마르면 되지만 책은 흠뻑 젖어 훼손될까 봐 공부 시간 내내 걱정했다.

비바람에 훌러덩 뒤집힌 비닐우산을 재활용하여 책보를 쌓았다면, 이보다는 덜했을 것이다. 바보스럽고 무척 후회스러웠다. 경험만큼 좋은 스승은 없듯이 큰 경험을 했다. 소나기가 내려 비 한 방울이라도 맞지 않으려고 달음박질로 빨리 학교에 갈 생각뿐. 그런 생각을 하지 못했다.

오늘도 창밖에는 비가 내려 바싹 마른 장작개비 타는 소리 '타닥타닥' 창을 때린다. 창밖은 그때처럼 거센 비바람이 모질게 몰아쳐 장대비가 쏟아져 내리고 있다. 왠지 모르게 1학년 때 소나기를 맞으며 학교에 갔던 생각이 자꾸 자꾸만 떠올라, 그때 교감 선생님의 친절함을 잊지 못하고 있다. 물에 빠진 생쥐들 겉옷을 한껏 비틀어 짜준 막골 서해춘 외당숙과 6학년 형들도.

솔모뎅이

이 세상 사람들은 누구나 다 어린 시절 추억이 있고 추억의 장소도 있다.

우리 마을 무랑이 노봉섭 선배네 집 뒤로하여 유주현 친구네 사립문 앞까지 평평하고 너른 솔밭에는 60여 그루의 아름드리 노송이 있었다. 이곳을 '솔모뎅이'라고 했다. 마라귀 지명도 그렇고 솔모뎅이는 순수한 우리말이라 정감과 애착이 깃들어 있다.

소나무는 척박한 땅에서도 잘 자라고, 사시사철 푸른 모습을 보여주며 꿋꿋하게 자란 소나무를 볼 때면 마음도 절로 곧아지는 듯하다. 솔모뎅이 소나무는 줄기가 곧으면서 다소 구부정하게 뒤틀어진 모습에 거북등처럼 수피가 나무를 휘감고 올라갔다. 소나무 한 그루 한 그루마다 독특한 모양. 그곳엔 드문드문

우뚝우뚝 서 있있다. 땅바닥에는 솔뿌리가 큰춺골 드렁칡처럼 얽히고설킨 곳도 있었다. 소나무를 껴안으면 한 아름. 곰나루 솔밭의 노송처럼 아름다운 소나무였다. 솔모뎅이 소나무는 마라귀 역사와 함께하였고, 마을 사람들은 오랫동안 순응하며 살아왔다. 마라귀 조무래기 아이들에게는 벗이 되어 어린 시절 추억이 녹아 있는 천혜의 솔밭이었다.

솔모뎅이 노송을 무차별한 벌목은 언제 어느 해에 했는지 모르겠지만, 40여 년이 넘은 것 같다. 구부정한 노송들은 밑동이 잘릴 때, '윙~ 윙~' 기계톱 소리보다 더 큰 고통스러운 비명으로 악을 쓰며 울부짖었을 것이다. 얼마나 아팠을까? 국사봉과 큰춺골 작은춺골 골짜기까지 쩌렁쩌렁 울려 계룡산 천황봉 산신령도 분노했을 것이다. 솔모뎅이 노송은 요란하게 우지직 쿵 넘어가 모조리 싹둑 잘렸다. 그나마 아래쪽 묘지 덕분에 한 그루가 있어 솔모뎅이 명맥을 이어가고 있다. 그 아름다운 노송을 벌목하여 무척 아쉬웠고 바리캉으로 이마에서 정수리까지 머리털을 밀어 올린 것 같았다. 그곳에 밭뙈기를 일구어 한동안 밭작물을 재배하더니만 지금은 그렇지 않다.

솔모뎅이는 유년 시절 추억이 녹아 있는 숲이다. 숨바꼭질하던 장소로 동무들과 가위바위보를 하여 마지막 남은 동무가 술래가 됐다. 술래가 소나무에 눈을 가리고 "무궁화 꽃이 피었습니다. 무궁화꽃이 피었습니다!"라고 하면 술래가 아닌 사람은 소나무 뒤에 숨었다. 아름드리 소나무에 매미처럼 바짝 달라붙어 머리카락이 보이지 않게 꼭꼭 숨었다. 술래가 움직이는 방향 따라 움직이면 쉽게 찾지 못했다. 요령이 필요하지만, 허리가 굵고 덩치가 큰 나무일수록 유리했다. 술래가 모두 찾으면 첫째 번으로 찾은 아이가 술래가 됐다. 그렇지 않고 숨어 있던 아이가 술래에게 들키기 전에 "살렸다!"라고 소리치며 술래의 나무에 손을 대면 모두 살아난다. 솔모뎅이에서 놀이하면 코끝에 은은한 솔향기가 살포시 풍겨 솔향을 맘껏 마시며 숨바꼭질 놀이에 안성맞춤. 마라귀 아이들 꿈을 실어주는 최고의 행복 놀이터.

한여름에는 소나무 그늘숲에서 수컷 매미는 '매암 매암' 왜 그렇게 시끄럽게 울어대는지 귀가 따가울 정도였다. 암놈은 울지를 않는데 수놈은 노랫소리에 우리들한테 장난감이 되기도 했다. 그렇지 않았다면 매미의 수명 한 달은 살았을 텐데…….

숨바꼭질하다 지루하면 공차기 놀이했다. 그 시절에는 축구공이 귀하고 돈마저 귀해 볏짚으로 새끼를 꼬아 둥글게 돌돌 감아 축구공처럼 만들어 공차기했다. 새끼줄로 만든 공은 탄력성이 없고 묵직하고 둔하여 발로 차도 멀리 굴러가는 속도가 느려 자용(노재연)이네 논에 들어갈 염려가 없어 안심. 소나무 사이를 요리조리 공을 몰고 다니는 요령을 터득하여 공을 다루는 기술이 향상됐다.

여유가 생겨 가죽 축구공을 사서 놀이할 때 실수로 자용이네 볏논으로 튕겨 때굴때굴 굴러 내려갈 때도 있었다. 논두렁을 깎고 계시던 자용이 아버지가 "네 이놈들아~ 벼 이삭 쓰러진다!" 벼락같은 호통에 몹시 화난 언성.

자용이 아버지한테 꾸중을 듣기도 했다. 그럴 때면 깡통 차기를 하는 척하다가 자용이 아버지가 논일을 끝내고 가시면 축구공 놀이를 다시 시작했다. 한 번은 축구공을 빼앗아 공을 터트린다며 한쪽 발을 높이 들어 냅다 내리쳐 축구공이 튕겨 휘청 넘어질 뻔. 동작이 너무 우스워 킥킥 웃음을 참느라 애를 먹었다. 넘어지지 않으셔서 천만다행이었다.

여름방학 때는 마을 단위별 남학생들 중심으로 애향단을 조직하고 담당 지도교사도 배치했었다. 우리 마을은 홍윤식 선생님께서 담당하셨다. 애향심을 고취하기 위해 동트기 전 일찍 일어나 활동했다. 위마라귀 학생들은 솔모뎅이에서 모여 국민보건체조를 하고 달리기 연습도 했다. 출석부를 작성하여 출결도 표시했고 애향단장 부단장은 6학년이 맡았다.

1959학년도 애향단원은 6학년 노근우, 노윤섭, 노재중, 노진섭. 4학년 노경섭, 노재성, 유태연. 3학년 노봉섭, 노순섭, 노현우. 2학년 노재인, 송인준. 1학년 노병재, 노승섭, 노재천, 유주현, 임헌정. 모두 17명으로 조직됐다. 등교할 때는 학년 순으로 일렬종대로 발을 맞춰 다니기도 했다.

이듬해 6학년 4명이 졸업하고 신입생 김영규, 노병관, 노병배, 노언우, 노영호, 노재연, 노종옥, 노흥섭, 송인각 9명이 입학하여 22명이 됐다. 6학년 남자 재학생이 없어 5학년이 단장과 부단장을 2년을 맡았다.

그해 신작로 아래에 터를 닦고, 빗물 배수로에서 모래를 파다 깔아 그럴듯한 씨름판을 만들었다. 산소통 일부분을 잘라 종을 만들어 소나무 굵은 가지에 매달아 나무망치로 쳐서 울렸다.

이른 아침에 단장이 '땡~땡~ 땡그랑' 종을 치면 종소리에 깨어 눈꼽 뗄 시간도 없이 후다닥 뛰어가서 모였다. 신작로에서 일렬횡대로 서서 체조가 끝나면 씨름도 했다. 솔모뎅이는 맨땅이라 불편했었는데, 모래가 깔려있어 안전하게 씨름을 할 수 있었다. 씨름이 끝나면 신작로에서 100m 달리기 연습도 하고 어느 날은 마티고개까지 오래달리기 연습도 했었다. 애향단 활동은 3학년 여름방학까지만 하다가 4학년에 올라와 마암분교장 설립 개교로 중단됐다. 1~4학년은 분교에 다니고 5, 6학년은 본교로 다녔다.

그때 애향단장을 맡았던 리더십이 높고 성격이 활발한 선배님은 세상을 떠났다. 고향이 그리울 때면 '땡~땡~ 땡그랑' 그 종소리가 들리는 듯 그 시절이 그려진다.

세월은 성큼성큼 굴러갔어도 아직도 솔모뎅이 추억이 마음속 깊이 묻혀있다. 벌목하기 전 그 솔모뎅이 소나무의 한 컷 장면이 눈에 선하다. 그 시절이 몹시 그립다. 600년 이상 산다는 늘 푸르고 아름답던 소나무가 사라져 아쉽다. 지금까지 보존되었다면 마음속엔 추억이 더욱 쏟아져 내릴 텐데 무척이나 아까운 솔모뎅이 소나무.

한겨울에 함박눈이 내리면 솔모뎅이 소나무 설경은 한 폭의 동양화를 보는 듯한 느낌.

마라귀 고향집

누구나 다 고향이 있다. 내 고향은 마라귀다. 고향에 관한 기억 중에 가장 먼저 떠오르는 것은 내가 태어나고 그곳에서 자라고 성장한 집이다.

어린 시절 내가 살았던 안식처 본가를 떠올려본다. 우리 가족을 지탱해주고 유년 시절의 추억을 오롯이 간직한 기억의 보금자리 집을. 그곳에는 세 채의 초가로 우리 집의 중심 안채, 사랑채, 헛간이 있었다.

우리 마을은 공주·대전을 향하는 신작로가 일제강점기 시대에 건설되어 접근성이 좋은 편이었다. 대전이나 공주에서 버스를 타고 위마라귀에서 하차하여 아래뜸으로 향하는 길로 200여 미터 내려와 개울 징검다리를 건너면 마을 중심대로. 대로에서 우측 고샅을 들어서면 담장 울안에는 고목 감나무 한 그루가 있었다. 담장 모퉁이를 지나 굴뚝이 세워진 옆에는 사립문이 있었다. 마당으로 들어서면 우측은 안채, 좌측에는 사랑채다. 사랑채 부엌 옆에는 광이 있었고 그 뒤쪽에는 뒷간 겸 잿간이다. 고무래로 아침저녁으로 아궁이에서 재를 긁어 삼태기에 담아 잿간에 모아 농사지을 때 밑거름으로 사용했다.

사랑채 옆에는 외양간과 헛간이 있었다. 외양간에는 순둥이 누렁 암소를 기르고, 헛간에는 마늘이나 무청을 짚으로 엮어 매끈둥한 시렁에다 매달았다. 멍석이며 소달구지와 극젱이를 비롯하여 각종 농기구를 보관하고 다용도로 사용. 헛간 앞에는 수동식 펌프 우물이 있었는데 큰형과 형수가 파서 식수 생활용수로 사용했다.

안채와 사랑채는 방이 두 칸씩 모두 네 칸. 안방은 아버지와 어머니가 기거하는 곳이고, 윗방은 큰형과 형수의 기거로 창문 앞에 재봉틀이 놓여있어 큰형수가 바느질하는 공간이었다. 안방에서 어머니가 나를 낳았고, 윗방에서는 조카 넷을 큰형수가 낳은 방이다. 사랑방은 작은형이 생활했으며, 다른 한 칸 윗목에는 고구마 통가리가 있었다.

안채 부엌 뒤편에는 나뭇가지 울타리로 울타리와 담장 사이에는 오래된 감나무 한 그루가 있었다. 뒤곁 장독대에는 고추장, 된장, 간장을 담근 항아리가 있었다. 어머니와 형수는 음력 정월 햇빛이 좋은 날 고추장과 된장을 담갔다. 감나무와 장독대 사이에는 김장독을 묻어놓아 늦가을이나 초겨울에 김장김치를 담가 저장하여 겨우내 반찬을 대줬다. 뒷마루 처마 밑에 땡감을 깎아 새끼줄에 매달아 건조하기도 하고, 늙은 호박을 달챙이 숟가락으로 긁어 허리띠나 옷고름처럼 기다랗게 오려 건조했었다. 지금도 곳곳 구석구석의 흔적이 눈에 선하게 어린다.

농토가 늘어나 아버지와 큰형이 황토를 파다가 볏짚을 작두로 썰어 넣고 흙벽돌을 찍어 안채 부엌 앞에 곳간을 지었다. 벼 100섬을 저장할 수 있는 규모. 초등학교 때 풍년을 맞이하여 곳간을 가득 채워 딱 한 번 정점을 찍는 전성기가 있었다.

사랑채에 달린 광에는 쌀, 보리쌀, 콩, 고추 등등 농산물을 보관하는 보물창고로 귀한 먹거리를 보관했다.

저물녘이면 들일을 나갔던 식구들이 하나둘씩 들어와 북적였다. 큰형수가 밥을 안치고 어머니는 아궁이에 불을 지펴 저녁밥을 지었다. 밥 짓는 연기가 굴뚝에서 모락모락 피어오르는 광경은 평화로운 전형적인 한국화가 되어 아름다웠다.

이슥고, 저녁 식사 때가 되면 마당에 멍석을 깔고 식구들은 밥상에 둘러앉아 저녁밥을 먹으며 이야기꽃을 피워 하루의 고단함을 풀어가는 시간이었다.

밤이 깊어 사방이 고요하며 귀뚜라미와 풀벌레 노랫소리가 합창하듯이 들려오고, 바닷가의 모래알 수만큼 하늘에는 별숲을 이뤄 그 별들은 금방 부서진 듯 빛나 석류알같이 아름다웠다. 이쯤이면 마당의 한 편 바지게 풀을 한 아름 안아다 모깃불을 피웠다. 연기가 펴져 나갈 즘에 어머니는 김이 피어오르는 하지감자와 찰옥수수를 채반에 내왔다. 먹음직스럽고 푸짐했다. 식구들은 맛있게 먹어가며 도란도란 이야기를 나누었다. 어머니가 만주에서 생활했던 얘기를 해주면 귓속에 쏙 들어왔다. 밤하늘의 총총 빛나는 별들을 바라보며 이야기 듣던 그 시절이 자못 그립다.

낭어덕 냇가로 가는 길목에 나지막한 언덕에는 마라귀의 역사와 같이한 수은행나무 한 그루에 그 뒤편에는 묘지가 있었다. 무더운 여름 은행나무 아래 그늘은 짙고 시원하며 사람을 괴롭히는 벌레는 얼씬하지 않았다. 이곳은 마을 최고의 자연 쉼터. 마을 사람들이 오다가다가 들러 땀도 식히고 담소를 나누었던 곳이다. 나이 든 할머니들은 손자를 업고 나와 돌보았던 곳. 농사일에 찌들어 달콤하게 낮잠을 자는 어른들도 있었다.

작은형과 작은형수가 고향 집을 지키고 있어 그나마 옛집이 보존되어 있다. 새마을사업으로 초가지붕을 걷어내고 슬레이트와 기와로 지붕을 개량하여 옛 모습은 아니지만, 그 골격은 원형 그대로 유지하고 있다.

동무네 집에서 놀다가 집에 들어서면 "날씨가 찬데 얼른 방 안으로 들어오너라!" 어머니 목소리가 들리는 듯. 부엌 아궁이에 불을 지펴 저녁밥을 짓는 큰형수의 손때 묻은 가마솥이 부글부글 끓어올라 눈물을 흘리며 '치지 직 칙칙~' 소리가 들리는 듯하다. 그런 공간 속에서 부모님과 큰형 부부와 함께 살았던 시절이 불현듯이 떠오른다. 어제께 일인 듯 새록새록 떠오르는 데 부모님, 큰형, 큰형수는 어디로 가셨을까? 오늘따라 무척 그리워지고 보고 싶다.

새총

노루는 아침저녁에 활동을 많이 하는 순한 동물이다. 초등학교 시절 등굣길에 산길로 걸어가다가 노루를 발견할 때가 가끔 있었다. 노루는 겁이 무척이나 많으며 사람들을 경계하고 두려워하는 동물. 인기척이 나면 고개를 세워 큼지막한 두 귀를 쫑긋 응시하다 눈빛을 마주치면 부리나케 줄행랑을 쳤다.

요즘에 산행하다 보면 농작물을 훼손하는 천덕꾸러기 고라니를 만날 때도 있다. 노루와 고라니는 엇비슷하나 고라니가 노루보다는 훨씬 작다. 수컷 고라니는 커다란 송곳니가 나 있고, 수노루는 머리에 뿔이 나 있어 구별할 수 있다. 그러나 암컷은 송곳니와 뿔이 없어 쉽게 구별이 어렵다.

내 어린 시절엔 산속에 노루가 서식하였다. 우리 마을 김영규

아버지는 올무로 노루를 잡아 고기도 팔았다. 사람들이 다니는 길이 있듯이 산짐승들도 다니는 길이 있다. 노루의 길목에 와이어 줄로 올무를 설치하여 잡았다. 노루의 피는 몸이 허약한 사람에게 좋다고 하여 노인들이 마시는 모습도 보았다.

연기군 금남파출소에는 우리 큰형과 자별하게 지내던 분이 근무하고 계셨다. 그분은 고향이 우리 마을이며 큰형과 동갑이거나 그쯤 됐을 것이다. 그때 난생처음 카빈총을 만져봤다. 조금은 겁이 났지만, 총대를 어깨에 걸어 한쪽 눈을 감고 표적을 겨눠봤다. 큰형은 그분하고 같이 카빈총으로 노루를 사냥하여 그 덕에 처음으로 노루고기를 한번 맛있게 먹어봤다. 생각보다는 육질이 연하고 독특한 풍미로 맛있었다.

큰형이 카빈총으로 사냥하는 것을 보고 관심이 끌려 새총을 만들어 참새를 잡고 싶었다. 새총의 재료감은 두 갈래로 된 Y자형 어른 엄지손가락 굵기 나뭇가지를 톱으로 잘라 주머니칼로 깎고 다듬었다. 총알을 끼울 가죽과 고무줄을 준비하여 Y자형 두 갈래의 윗부분에 고무줄을 단단히 묶어 고정. 가죽의 양쪽에 구멍을 내고 고무줄을 꿰어 풀어지지 않게 묶었다. 이런 과정을 거쳐 원목 새총을 완성했다. 동네 아이들이 너도나도 새총을 만들어 Y자형 나뭇가지를 찾기가 쉽지 않았다.

요즘 산행하다가 두 갈래로 쭉 뻗은 나뭇가지를 발견하면, 어린 시절이 떠오르며 고무줄 새총을 쏘고 싶은 마음이 불쑥 일어난다. 예전에는 흔치 않았던 새총감 Y자형 나뭇가지가 요즘엔 왜 그렇게 많은지…….

새총의 총알은 도토리나 상수리 크기만 한 잔돌을 주워 사용했다. 새총은 고무줄의 탄성을 이용해 발사체를 날리는 것이다. 과녁으로는 단계별로 큰 물체에서 작은 물체로 좀 익숙하면 깡통을 세워놓고 적당한 거리에서 고무줄을 당겨 맞추기 연습했다. 숙련되면 솔모뎅이 소나무 나뭇가지에 달린 솔방울 맞추기 연습을 아이들과 경쟁하듯이 했다. 불발! 참새 크기만 한 솔방울을 맞추기는 쉽지 않았다. 솔방울을 명중시킬 실력이면 날아가는 참새도 떨어뜨릴 수 있는 '백발백중 명사수'다.

동네 아이들은 새총을 만들어 다녔지만, 그 새총으로 참새를 잡았다는 말은 듣지도 보지도 못했다. 새총을 가지고 의기양양하게 추위도 모르고 참새를 잡으려고 하였지만 허사였다. 한 마리도 못 잡았어도 마냥 즐거웠던 어린 시절이었다.

어머니는 참새를 잡으려는 새총을 보시더니

"참새가 소 등에 앉아 뭐라 했는지 아느냐?"

"뭐라고 했는데요?"

"쇠고기가 맛있다고 한들, 내 고기 한 점만 하냐고 했단다."

그 이야기를 들으니 참새를 잡고 싶은 의욕을 더욱 부채질했다. 그렇게 새총으로 참새를 잡으려고 했지만 한 마리도 못 잡았다.

새총으로 참새를 잡을 수가 없어 다른 방법을 찾았다.

겨울에 함박눈이 내리면 참새들은 먹이가 눈 속에 묻혀 여기저기 떼를 지어 다녔다. 우리 집 헛간 앞에 새 덫을 만들어 놓을 요량이다.

몇 날이 지나 함박눈이 내려 기회가 되었다. 나뭇가지를 잘라 바소쿠리에 지지대를 세워 새끼줄을 묶어 안방까지 늘여 놓았다. 바소쿠리 밑에 쌀을 뿌려 놓고 방에 들어가 문구멍으로 응시했다. 참새가 '포르릉포르릉' 날아들어 모이를 꼭꼭 쪼고 있을 때, 낚싯대의 낚싯줄을 낚아채듯이 당기는 순간 참새는 훌쩍 날아가 실패했다. 여러 번 시도했어도 한 마리도 못 잡았다. 참새들은 그렇게 하면 할수록 약아빠져 날렵하게 빠져나갔다.

시집간 누이가 친정에 왔을 때 참새를 잡자고 하여 따라나섰다. 한밤중 사랑채 처마구멍에 손전등을 비춰 잠자고 있는 참새를 잡으려고 손을 넣는 순간 '호로록호로록'. 다른 구멍에 있던 참새들까지 덩달아 날아갔다. 한 마리도 못 잡았다. 그 구멍 속에는 참새만 있는 것이 아니라, 시꺼먼 구렁이가 나오는 때도 있었다고 하여 징그러웠다. 지금 생각해보니 내 마음을 달래기 위해 누이가 선의 거짓말을 한 것 같았다.

소고기 열 점보다 참새고기 한 점이 낫다는데, 참새를 한 마리도 잡지 못하여 그렇게 맛있다는 참새고기를 한 점도 먹어보지 못했다.

어린 시절 집주변에 그 많던 참새들이 요즘은 숫자가 줄어들었다. 초가지붕을 슬레이트와 기와로 개량하여 알을 낳고 부화시켜 새끼를 기를 안전한 둥지가 사라졌다. 또 농사지을 때 사용한 농약 때문에 벌레들이 흔치 않아 참새 먹이가 부족하여 참새가 많지 않다. 옛적 이른 아침에 문틈으로 들리던 '짹짹' 지저귀는 그 정겨운 참새 노랫소리가 듣기가 참 좋았는데 …….

맛있는 고구마

고구마는 식량이 귀한 시절에 구황작물로 농가에서 고구마를 심었다. 어릴 적 우리 집도 고구마를 많이 심었다. 따스한 봄이 돌아오면, 고구마 통가리에서 잘 생기고 싱싱한 놈을 골라 양지바른 마당 가장자리에 흙을 돋워서 고구마를 흙에 묻어 싹을 길렀다.

유월 망종이 지나 진밭에 보리를 수확하면, 아버지는 누렁소의 목덜미에 멍에를 메어 밭을 극젱이로 갈아엎어 두두룩하게 두둑을 만들었다. 수박 덩굴처럼 길게 자란 고구마 줄기를 성인 남자 손 한 뼘 길이로 가위로 잘라 두둑에 한 뼘 간격에 네 손가락으로 파고 고구마 줄기를 비스듬히 심었다. 이내 단비가 내려 땅이 촉촉하면 뿌리가 잘 내리지만, 비가 내리지 않으면 햇빛에

잎이 시들어 바싹 메말라 죽은 듯이 보였다. 그런 상태로 며칠이 지나면 고구마 줄기 마디에서 보라색 새순이 돋아났다. 빗물 한 모금 축이지 않았는데 새순이 돋아나 참으로 신기했다. 번식을 위해 이슬과 두둑의 수분으로 뿌리가 내려 강인한 생명력을 느꼈다.

초등학교 여름방학 때, 어머니가 고구마밭을 매러 가자고 하여 호미를 들고 따라나섰다. 고구마 줄기가 포복하여 고랑에 뿌리가 내려 있는 줄기도 있었다. 고구마 줄기를 걷어 올리며 풀을 뽑으라고 하셨다. 풀만 뽑으면 줄기에서 뿌리가 내려 고구마가 안 앉는다고 알려주셨다. 고구마밭은 사막을 달구는 듯 강렬한 태양이 내리쬐 후끈후끈하여 밭매기가 힘들었다. 꾀가 나서 마음은 시원한 도깨비 둠벙에 가 있었다. 나 혼자 편한 대로 대충대충 하다가 햇빛을 가려주는 감나무 그늘에서 쉬기도 했다. 어머니는 쉬지 않고 더위를 잊은 채 비지땀을 흘리며 밭 한복판에서 엎드려 일하는 모습을 바라봤더니 미안한 마음이 들었다. 고구마밭을 다시 매기 시작했다. 그렇지 않았다면 벌써 도깨비 둠벙으로 내달았을 것이다.

시월 중순이 지나 고구마 성장 기간 120일이 되면 서리가 내리기 전에 수확해야 한다. 식구들은 모두 진밭으로 고구마를 캐러 갔다. 장조카랑 고구마 줄기를 걷어냈고 부모님과 큰형수는 고구마를 캤다. 우리 둘은 캔 고구마를 싸리삼태기에 담아 군데

군데 모아 놓았다. 큰형은 고구마를 바지게로 져다가 마당에 펴 놓아 습기를 마르게 했다. 마당에는 크고 작은 고구마가 가득히 널려 있었다.

사랑방 윗목 한쪽 모서리 벽면에 수숫대를 새끼줄로 엮어 둥그렇게 고구마 통가리를 만들어 놓았다. 고구마 껍질에 수분이 마르면 선별하여 싸리삼태기에 담아 통가리에 차곡차곡 넣었다. 통가리에는 고구마가 가득 차올라 천장에 닿을락 말락 했다. 우리 식구가 겨우내 먹을 간식거리다.

겨울에는 아침저녁으로 사랑채 부엌은 쇠죽을 쒀주는 부엌이었다. 쇠죽을 쑤고 나서 아궁이 불에 고구마를 묻어놓아 구워지면 꺼내 껍데기를 까서 먹었다. 쇠죽을 쑬 때 땔감 나무의 종류에 따라 고구마가 익는 과정과 맛도 달랐다.

아궁이에 벌겋게 피어있는 장작불을 부지깽이로 헤집고 맛있게 생긴 고구마를 묻어놓았다. 저녁을 먹은 후 한참 지나 고구마가 익은 것 같아서 얼른 헤집어 꺼냈다. 보기 흉하게 숯덩이처럼 까맣게 타버렸다. 혹시나 먹을만한가? 쪼갰더니 맛있는 냄새보다는 화독내가 더 깊게 후각을 자극하여 먹을 수가 없게 됐다. 무척 아까웠다. 경험이 중요하다고 하더니 고구마를 굽는 요령을 확실히 익혔다.

삭정이나 갈잎나무 불이 고구마를 구워 먹기에 적당한 불이다. 잉걸불을 아궁이 뒤쪽으로 밀어 넣고 고구마를 묻어놓고 얼마의 시간이 지나면 고구마 껍질이 부풀어 올라 잘 까졌다. 노르스름하고 김이 모락모락 올라와 먹음직스러웠다. 후후 불어가며 베어 먹으면 쫀득거리며 달큼하였고 찐 고구마보다는 군고구마가 더 맛있었다. 날씨가 추우면 추울수록 뜨끈뜨끈한 군고구마는 진미를 더 느낄 수 있다.

일제강점기 시절에 아버지가 만주 길림성 통화에서 엿을 고아 도매업을 하셨다. 그 시절에 어머니는 엿을 제조하는 기술을 익혀 기술자가 되셨다고 한다. 고구마 수확을 많이 하는 해는 설을 앞두고, 고구마를 깨끗하게 세척해서 가마솥에 넣고 엿기름을 넣어 으깨지게 푹 끓인 후 베자루에 찌꺼기를 걸러내고 당화된 엿물을 달여 조청을 만들었다. 조청을 졸여서 맛있는 고구마엿도 만들어 먹었다.

한겨울에 함박눈이 내리면 고구마 통가리에서 맛있게 생긴 고구마를 꺼내 눈 속에 파묻어 두었다가, 저녁을 먹고 한참 지나 꺼내면 고구마는 손이 시릴 정도로 차디차다. 호롱불 밑에서 창칼로 고구마를 사각사각 깎아 깨물어 먹으면 아삭아삭 차가우면서도 달착지근하던 그 맛은 어떤 말로도 형언하기가 어렵다.

오랜 세월이 지나 지금도 그때 맛있게 먹었던 노릇노릇하고 달큼한 군고구마와 눈 속에 묻어두었던 얼린 고구마! 군고구마와 얼린 고구마가 먹고 싶다. 그 고구마 맛을 잊을 내야 잊을 수가 없다.

제사를 생각해 본다

우리 마을에는 일제강점기에 공주·대전을 잇는 신작로가 개통됐다. 그 덕에 교통 여건이 좋았으며 정해진 시간에 버스가 다녀서 공주나 대전 가는 접근성이 좋은 편이다.

설날이거나 추석이면 어린 시절에 이런 생각을 했었다.

'버스를 운전하는 기사들은 차례를 안 지내고 어떻게 하나?' 하고 걱정한 적도 있었다. 이처럼 차례라는 것은 반드시 지내야만 되는 것으로만 알았다. 실제로 초등학교 졸업 때까지 우리 집 제사에 나는 한 번도 빠진 적이 없었다. 설날과 추석 명절을 제외하고 우리 집 제사는 할아버지(음력 1.11), 할머니(음력 11.14) 그리고 아버지와 혼인하여 몇 개월 사시다 세상을 떠나신 큰어머니(음력 9.26)를 비롯하여 세분의 제사에 할아버지와 할머니 제사는 엄동설한에 지냈다.

아버지는 제삿날이 돌아오면 제사 지낼 준비를 하시고 그날 밤 12시 이후에 제사를 지내도록 하셨다. 고인이 돌아가신 날 가장 이른 시간을 맞춰 첫닭이 울기 전에 지내도록 했다.

난 제삿날에는 다른 날보다 일찍 잤다. 깊은 잠을 이루고 있으면 "어서 일어나 제사를 지내라." 내 몸을 흔들며 아버지가 깨우셨다. 자던 눈을 손으로 비비며 일어나 찬물로 세수하면 정신이 번쩍 나며 머릿속이 개운하고 맑아졌다.

제사에 사용하는 제물도 자리가 정해져 있어 위치에 따라 차려놓았다. 대추는 씨가 하나이고 열매에 비교하면 씨가 큰 것이 특징이며, 단단하고 야무져 순수한 혈통과 자손의 번창을 기원하는 의미가 있다. 대추는 제사상 제일 앞 왼쪽 첫 번째 자리 제기에 고여 놓았다. 대추는 과일 중에서 으뜸이라고 아버지가 하신 말씀이 지금도 생생하다.

대추나무가 하는 이야기가 있다고 어른들한테 들었다. 대추는 과일나무 중에 가장 늦게 꽃이 피고 열매를 맺지만, 제일 먼저 열매가 익는다고 다른 과일나무들에 자랑했다고 한다. 대추는 영양 가치가 높아 시장할 때 3개만 먹어도 그런대로 요기가 된다고 어릴 적에 어른들한테 들었다.

지방을 써서 차례상 뒷면 벽에 붙여 모시고, 시렁 위에 얹어놓은 서류함에서 향나무를 깎아놓은 향을 향로에 피웠다.

아버지를 제주로 하여 할아버지 지방은 顯考學生府君神位(현고학생부군신위), 할머니는 顯妣孺人海州吳氏神位(현비유인해주오씨신위), 큰어머니 지방은 亡室孺人和順崔氏神位(망실유인화순최씨신위)라고 작은형이 세필 붓으로 한지에 썼다. 절차에 따라 제사를 지내고 마지막으로 참석자 모두 일동 재배가 끝나면, 마당에서 성냥불을 켜 지방에 불을 붙여 조상신에게 부정을 없애고 소원을 빌며 하늘로 날렸다. 음복도 다 챙기고 나면 잠자리에 들곤 했다.

할아버지 제사는 정월 열 하룻날이다. 설 명절이어서 정월 대보름까지는 마을 어른들은 가겟방에서 윷놀이하거나 화투를 치며 즐겼다. 어느 해는 음복을 나누었던 때도 있었다. 가겟방 마실꾼들은 오늘은 누구네 집 누구의 제삿날까지 기억하고 있었다.

어릴 때부터 아버지의 뜻을 받들어 제사를 지내지 않고는 절대로 세상을 떳떳하게 살아갈 수 없다고 믿었으며 지켰다. 그 시절엔 유교의 전통사상이 중시했었다. 우리 집도 철저히 지키고 마을 가정마다 집집이 다들 그렇게 지켰다.

나는 어릴 적 우리 집에서 지내는 기제사의 날짜를 다 기억하고 있었다. 할아버지와 할머니의 기고는 엄동설한이라 더 기억했다.

아버지가 세상을 떠나시고 어머니는 교회에 나가셨다. 사정이 조금씩 달라지고 세월이 지나 어느 해, 장조카에게 "할미가 죽거든 제사를 지내지 마라! 제사를 지낸다고 오지도 않고 먹지도 않는다." 어머니는 생존에 계실 때 미리 유언하셨다. 신신당부하신 어머니. 어머니가 93세로 세상을 떠나자 장조카는 기독교식으로 추모예배를 드렸다.

동서고금을 막론하고 종교나 풍습에 따라 제사의 형식이 다 다르고 제사의 절차도 변해가고 있다. 조상을 숭배하고 기리는 마음이 중요하지, 제물을 차려놓고 제사 지내는 것은 한낱 형식에 지나지 않는 것이다. 조상의 기일에 온 가족이 모여 맛있는 음식을 먹으며 돌아가신 조상의 이야기를 나누면서 보내는 것이 의미 있다고 생각한다.

나는 막내다. 내가 세상을 떠나 하늘나라로 가면 제사를 지내지 말고 아들딸 두 집이 모여 내가 태어난 날, 결혼기념일, 또는 기일 중에서 좋은 날을 택하여 맛있는 음식을 먹어가며 내가 쓴 고희문집이나 수필집을 읽은 후 자녀들과 대화를 나누며 하룻저녁을 즐거이 보내라고 나도 어머니처럼 적당한 시기에 아들딸에게 당부할 각오다. 책을 펼쳐 읽으면 그 시절에 아버지, 할아버지가 어떻게 살아왔나 알 수 있어 아마도 살아 있는 듯한 느낌을 받을 것이다.

시대가 변해가고 있어 제사도 이제는 시대의 흐름에 따라야 한다. 미래는 과거보다 더 빠르게 변할 것으로 본다. 이젠 조상의 제사는 남에게 권할 일도 아니고, 또 남으로부터 비난의 대상이 될 일도 아니다. 어떤 형식의 문제가 아니라 조상을 기리는 마음이 중요하지 않겠는가? 조상을 기리면서 자손들이 모여 함께 화기애애한 하루를 보낸다면 그보다 더 훌륭한 제사는 없다고 생각한다. 지난날보다 미래의 사회는 더 빨리 변해가고 제사 문화도 변하리라 본다.

제2부

우리 집 불똥이

우리 집 불똥이

우리 세대는 6·25동란 중에 태어났다. 휴전 후에 전쟁으로 인한 피해를 복구하는 시절에 성장했으며 경제가 어려운 시기에 힘들게 살았던 세대들이다.

춘궁기에는 묵은 곡식이 다 떨어지고 햇보리가 나올 때까지 넘기기 힘든 보릿고개를 거쳐 세끼 보리밥도 얻어먹기 힘들었다. 지금은 먼 옛날이야기가 됐지만 못 먹고 굶주리면서 살던 시절이었다. 먹거리가 풍족하고 부족함이 없는 이 시대 아이들은 이해하기 어렵고 꿈같은 옛날이야기가 됐다.

북풍한설이 몰아치는 겨울철이 다가오면 오늘날과 같은 보온성 좋은 따스한 옷이 없어 추위를 이겨내기가 힘들었다. 옛집은 단열이 제대로 되지 않아 코끝이 시리고, 아침에 일어나면 머리

맡의 물그릇이 일고 걸레가 얼어붙어 얼마나 추웠는지.

한 방에서 이불 한 장으로 아랫목에 발을 모으고 자던 생각이 난다. 초저녁이면 서로 덮어 주며 자다가, 잠이 들면 어느새 서로 잡아당기며 밤을 지냈을 때도 있었다. 식구끼리 이불 하나로 훈훈한 정을 나누기도 했다. 돌이켜 보았더니 그 시절은 궁색했어도 마음만은 아랫목같이 따뜻하고 훈훈했다.

가난하고 어려웠어도 집에서 기르는 누렁소를 비롯하여 가축들도 식구처럼 돌봐줬다. 외양간에 짚을 깔아주고 소 등에 덕석을 덮어 끈으로 묶어주고 토끼장에도 거적을 덮어 주곤 했다. 살을 에는 듯한 혹한에는 방 안도 추운데 짐승들은 얼마나 추울까? 불쌍한 생각에 잠이 오지 않았다.

초가을에 우리 집 검둥이가 새끼를 여러 마리 낳았다. 겨울이 돌아오면 날씨가 추워져 사랑방 부엌에서 겨울을 날 수 있도록 볏짚을 엮어 따스한 헌 옷을 바닥에 깔아 둥우리처럼 큰형이 만들어줬다. 둥지에서 강아지가 어미 품에 콧잔등을 포근히 묻고 잠든 강아지 모습은 참 예쁘기도 했다.

찬 바람이 불고 날씨가 추워지면 사람들은 불을 가까이한다. 화재도 일 년 중 겨울철에 많이 발생한다. 아궁이에서 이글거리는 불을 화로에 담아 방에 놓아 온도를 높이고 음식물을 데우거나 끓이는 데 이용. 어릴 적 화롯불에 꽂아놓은 인두를 잘못 다뤄 손등에 화상을 입어 인두 자국 흉터가 생겼다.

사람뿐만 아니라 짐승들도 따뜻한 곳을 찾아다닌다. 고양이는 온기가 남아있는 부뚜막에서 배를 깔고 자는 모습을 자주 봤다.

사랑방 부엌 아궁이 앞에서 강아지들이 누워 있는 것을 지나가다가 보기도 하고 어느 날은 아궁이 불이 사위어지면 안에까지 들어가 잠자는 놈. 추위를 많이 타는 놈은 더 깊숙이 들어가 털을 그슬린 놈도 있었다. 반지레하게 윤기 흐르던 강아지들은 털이 그슬리고 재티를 뒤집어써 굴뚝쟁이처럼 꺼칠했다.

겨울밤은 낮보다 더 춥다. 어느 날 사랑방 부엌에서 쇠죽을 쑤려고 아궁이에 불을 붙였다. 갑자기 강아지가 앙칼지게 '깨갱' 비명을 지르며 뛰쳐나와 "아이, 깜짝이야!" 기겁하며 뒤로 벌러덩 넘어가 흙벽에 뒤통수를 찧었다. 이놈은 털을 제일 많이 그슬려 추위를 가장 많이 타는 놈이라 '불똥이'라고 불렀다.

어릴 적, 집에서 기르는 멍멍이들은 이슬 서리를 맞으며 생활했는데 새벽녘이면 얼마나 추웠을까? 북서풍에 벌벌 떨며 살았다. 하늘을 지붕 삼아 처마 밑이나 헛간을 의지하며 생활하는 불쌍한 짐승들.

과거보다 현재는 주택에 냉·난방시설을 잘 갖춰져 추위와 더위를 느끼지 않는 실내에서 사람들과 같이 생활하는 애완견이 많다. 대가족에서 핵가족, 독신생활로 세태가 바뀌면서 외로움을 달래기 위해 반려동물과 생활하는 가정이 늘어가는 추세다.

산책하다 보면 애완견을 품에 안고 다니는 사람, 예쁜 옷을 입혀 목줄을 잡고 동행하는 사람들을 흔히 볼 수 있으며, 또 애완견을 유모차에 태워 밀고 다니는 사람들도 있다.

외국 여행할 때도 반려견과 함께 가는 사람도 있는데 지난날에는 그런 호강스러운 개는 없었다. 세상에서 가장 팔자 좋고 행복한 멍멍이. 8, 90년대에는 삼복을 넘기는 개가 드물었다.

달콤한 호박죽

어머니는 봄이 돌아오면 담장 밑에 호박구덩이를 파고 거름을 넣어 바가지 엎어놓은 모양으로 흙을 불룩하게 돋워 호박씨를 심었다. 나뭇가지를 꽂아 호박 덩굴손이 시계방향으로 감으며 사다리 타듯 움켜잡고 자라게 해줬다. 상아벌날 할아버지 산소 옆 남새밭 둑에도 호박씨를 심어 가꿔 여름에서 가을까지 빠지지 않고 밥상 위에 호박이 오르게 했다.

'호박꽃도 꽃이냐?'라는 속담을 한 번쯤 못 들어 본 사람은 없을 것이다. 그것은 사람들이 호박꽃을 모르고 하는 이야기. 아마도 호박이라는 어감이 주는 이미지에 꽃도 못생겼을 거라는 미리 짐작한 탓일 것이다. 가을볕에 노랗게 익은 호박처럼 노란 호박꽃은 보기만 해도 탐스럽고 예쁘다.

호박꽃은 암수 꽃이 같은 줄기에서 피며 암꽃보다 수꽃이 더 많이 핀다. 호박꽃은 암수가 확연하게 구분됐다. 암꽃은 수꽃보다 꽃자루가 짧고, 꽃 뒷면에 동그란 아기 호박이 맺힌다. 수꽃보다는 암꽃이 더 참하고 예쁘다. 곤충을 매개로 수분이 이뤄지면 암꽃은 시들어 떨어지는데 그 자리에는 배꼽의 흔적이 있다. 그 작은 호박은 하루하루가 다르게 커간다. 한여름에는 암꽃이 별로 맺히지 않으나 선선해지고 해가 짧아지기 시작하면 암꽃이 꽤 많이 피어나 호박이 많이 열린다.

어쩌다가 아침 일찍 일어나 이슬을 머금고 피어난 호박꽃을 보고 있으면 그 안에 들어가 꿀을 따는 검은 몸빛에 오렌지 줄무늬에 털이 나 있는 호박벌의 몸놀림을 볼 수 있다. 어찌나 신기한지! 한참 동안 정신을 놓고 바라볼 때도 있었다. 꿀벌보다는 호박벌의 움직이는 모습이 호기심에 끌려 오래오래 관찰했다. 호박벌은 구기가 길어 꿀을 더 잘 따는 것 같았다. 호박벌이 꿀을 따고 있는 꽃잎을 오므려 따서 '윙윙' 진동 소리를 듣기도 했다. 꽃잎을 살짝 펼치면 호박벌은 노란 꽃가루를 온몸에 뒤집어쓰고 '붕~' 쏜살같이 하늘 높이 날아갔다. 암꽃에서 호박벌을 발견하면 얼른 신발을 벗어 꽃 위에 살짝 엎어 댔다. 호박벌이 신발 안으로 들어가는 동시에 신발을 서너 바퀴 휘돌려 땅바닥에 냅다 내려쳤다. 엄지와 집게손가락으로 호박벌을 집다가 벌침을 제대로 쏘인 때도 있었다. 뱃속의 달콤한 꿀주머니 때문에 아이들한테 생명을 잃어 불쌍했다.

날이 저물어 어스름하면 소 배설물을 먹이 삼아 자라는 반딧불이를 잡아 호박꽃 속에 넣어 꽃잎을 오므려 실로 묶어 개똥불 등불을 만들어 문고리에 매달아 놓았다. 캄캄한 방에는 호박꽃 초롱이 등대처럼 깜박여 불빛이 아름답게 수놓아 동화책 속의 어느 한 페이지 그림 같았다.

반딧불과 관련된 이야기는 누구나 한 번쯤은 들었을 것이다. 중국 진나라 차윤은 집안이 가난하여 호롱불에 사용할 기름을 살 수 없어서, 여름철에는 여러 마리 반딧불이를 잡아 명주 주머니에 넣어 그 초롱을 밝혀 공부하여 결국 벼슬에 올라 출세했다고 한다. 어려운 역경을 이겨내고 공부에 대한 의지가 대단함을 느꼈다. 그 때문에 형설지공(螢雪之功)이라는 말이 생겼다.

큰형수는 호박꽃이 지고, 자라고 있는 어른 두 주먹만 한 애호박을 따다가 가지런히 채 썰어 밀가루에 버무려 부침개를 부쳐 줬다. 노릇노릇한 부침개를 돌돌 말아 양념간장에 찍어 입속에 넣으면 바삭한 느낌에 속은 쫀득하고 씹히는 맛이 고소하여 엄청나게 맛있다. 어쩌다가 비가 부슬부슬 내리는 날이면 애호박 부침개는 별미로 더 맛있었다.

큰형수는 된장을 끓일 때면 언제나 애호박에 풋고추와 파를 썰어 넣어 짭조름하게 끓였다. 어머니는 아가리가 넓적한 양푼 하나에 밥을 퍼 넣고 열무김치와 된장, 고추장을 넣은 후 참기름

두세 숟갈 둘러 쓱쓱 비벼주면 조카들과 둘러앉아 입을 멈출 새도 없이 떠먹었다. 입안에 고소한 향이 맴돌아 보리밥은 혀끝에 감겨들어 꿀맛. 뱃속에는 며칠을 굶은 거지가 들어앉았나? 먹다 보면 어느새 양푼 바닥 긁는 '달그락달그락' 소리가 요란했다. 배가 불러 그득하면 마당을 너덧 바퀴 돌거나 원을 이룬 아래뜸 고샅을 한두 바퀴 뜀박질하고 나면 보리밥은 소화가 잘되어 배가 금방 꺼지는 느낌에 뱃속이 출출했다.

어느 날은 담장 위에 너울대는 연하고 어린 호박잎을 뜯어다가 밥솥에 쪄서 밥 한 숟가락을 떠 넣고, 호박잎을 짭조름한 된장에 찍어 먹으면 얼마나 맛있던지…….

서리가 내리기 전에 갓난아기 주먹보다 작은 호박과 호박순을 따다가 끓인 국은 또 얼마나 감칠맛 나고 맛있는 호박잎 국이었는지 모른다.

가을에 서리가 내리기 전 담장 위에서 뜨거운 여름을 이겨내고 누렇게 익은 호박을 거두고, 상아벌날에서 가을볕에 익은 호박도 따다가 사랑방 윗목에 쌓아 놓았다. 겨울에 떡을 만들어 먹기 위해 호박껍질을 긁어 호박을 돌려가며 기다랗게 오려서 싸리나무발에 널어 볕이 잘 드는 곳에 말렸다. 대부분은 호박을 쪄서 먹기도 하고 호박죽을 끓여 먹기도 했다. 쇠죽을 쑬 때 호박을 썰어 넣어 누렁소도 먹게 해줬다. 호박이 들어간 쇠죽을 얼마나 맛있게 잘 먹던지.

형수가 아기를 가지면, 어머니는 늙은 호박 중에서 예쁘고 잘 생긴 호박을 안방 시렁 위에 보관했다. 형수가 아기를 낳고 몸이 퉁퉁 부으면 호박을 쪄서 먹어 부기를 가라앉게 해줬다. 호박은 산모의 기운을 높여주는 효과가 있다. 산후조리 음식으로 어머니뿐만 아니라 시골 시어머니들은 며느리가 아기를 낳으면 호박을 해주었다. 큰형수가 막내 조카를 출산 후, 얼굴에 부기가 있었던 모습이 지금도 뚜렷하게 떠올려 아기를 낳을 때 힘들다는 것을 큰형수를 통해 그때 알게 됐다.

겨울이 깊어가는 어느 날, 어머니가 호박죽을 끓여 먹자고 하셔서 장조카랑 늙은 호박껍질을 긁은 적이 있었다. 그 때문에 호박죽만 떠올리면 호박껍질을 긁어내던 초승달 모양 달챙이 숟가락이 아직도 내 두 눈에 선하게 박혀있다. 가마솥 누룽지를 긁어 닳아빠져 볼품없는 달챙이 숟가락은 늙은 호박껍질을 긁기에 안성맞춤. 늙은 호박의 둥근 면과 숟가락 면이 잘 맞아 긁으면 박박 잘 긁어졌다. 호박껍질을 다 긁은 호박을 부엌칼로 쪼개면 불그레한 속살에 통통한 호박씨가 한 움큼 들어 있었다. 호박씨를 만졌더니 미끌미끌하며 부드러워 촉감이 무척이나 좋았다.

호박씨를 버리지 않고 마분지에 널어 따스한 아랫목에 말려두었다가 무료할 때 심심풀이로 까먹었다.

큰형수가 껍질이 다 벗겨진 호박을 가져다가 얼마 후에 맛있는 호박죽을 끓여왔다. 쌀가루가 들어간 호박죽은 달짝지근하며 입속에서 김칠맛이 돌아 얼마나 맛있던지. 진짜 긴말이 필요 없다.

지금도 어머니가 가꾼 늙은 호박과 큰형수가 끓여준 달콤한 호박죽의 맛을 60년이 지났어도 잊지 못하고 있다. 또다시 한번 먹어보고 싶다. 그 맛있는 달콤한 호박죽을…….

어린 날의 간식거리

오늘은 제4350주년 개천절. 들녘이 황금물결을 이루고 하늘은 높디높고 파아랗다. 천고마비의 계절. 날씨가 화창하여 하루가 멀다 산행하는 신선봉으로 여느 때와 같이 올라갔다. 임도 따라 올라가는데 3, 40대로 보이는 여인이 두 아이를 앞세워 가다가 밤나무 밑에 떨어진 알밤을 줍고 있었다. 밤을 줍는 두 아이 모습이 귀엽고 어쩜 그렇게 예쁜지, 그 아이들 남매를 바라봤더니 어린 시절이 떠올랐다.

나는 어린 시절을 오르지 마라귀에서만 보냈고 산야 하천이 놀이터였다. 자연 관찰하며 체험을 통해 생존 방식을 스스로 터득하면서 배우고 익히며 생활했다.

봄이 돌아오면 새싹들은 경쟁하듯이 움트며 꽃이 피고 알알이 주렁주렁 열매를 맺어 익어가는 것이 자연의 이치이고 순리다. 살을 에는 혹독하고 매서운 추위가 지나 새봄을 알리는 매화꽃을 시작으로 생강나무와 산수유꽃이 피고 나면 개나리, 진달래, 벚꽃, 철쭉이 차례로 꽃이 핀다. 오월 중순이면 동산에는 아카시아꽃이 다발로 뭉글뭉글 솜을 뭉쳐 놓은 모습같이 탐스럽게 활짝 피어 향기가 코끝을 스친다. 산자락에서 은은한 꽃향기를 품은 하얀 찔레꽃도 피고, 이어서 밤꽃이 비릿한 남성의 정액 향기를 품어 내며 피기 시작한다. 이런 계절의 변화 속에서 자연은 시골 아이들에게 적지 않은 간식거리를 제공하기도 했다.

봄이 무르익어 가면 아이들을 가장 먼저 유혹하는 것이 풀밭에서 자라 돋아나는 삘기다. 삘기는 다년생 초본식물. 풀밭을 헤치고 어린 새순 통통한 줄기를 뽑아서 한 꺼풀 까면 부드러운 하얀 솜 같은 것이 숨어 있다. 입속에 넣어 씹으면 단물이 나와 달착지근한 맛. 지금도 그 맛을 잊을 수가 없다. 찔레순도 산자락이나 길가에는 지천으로 널려 있었다. 아기 손가락 굵기로 자라 올라온 연한 부분을 한 손에 꺾어놓고 껍질을 까서 먹으면 달보드레한 맛이 일품이다.

상아벌날로 가는 진밭 밭둑에는 오래된 뽕나무 한그루가 자라고 있었다. 까맣게 익은 오디가 다닥다닥 열려 나뭇가지를 휘어잡고 따서 먹었다. 그 맛이 가히 무엇과 바꾸어 먹을 수 없을 정도다. 그 맛에 입술이 까매지도록 따 먹었다. 오디가 익을 무렵

벚나무에 버찌도 같이 익었다.

학교를 파하고 신작로 벚나무에 아이들과 올라가 버찌를 따 먹는 재미가 쏠쏠했다. 입술이 새까매지도록 따 먹었다. 한참 따 먹고 나무에서 내려와 친구들은 서로 얼굴을 쳐다보며 배꼽이 빠지도록 깔깔 웃기도 했다. 버찌를 따 먹다가 나뭇가지에서 떨어져 엉덩방아를 찧은 적도 한두 번이 아니었다.

마티고개 아래 신작로 비탈에는 산딸기나무 덤불이 우거져 새빨갛게 익은 산딸기가 탐스럽게 엄청나게 열렸다. 산딸기는 새콤달콤하며 아이들을 유혹하여 많이 따 먹었다. 또 다른 멍석딸기는 냇둑이나 길가에서 자라며 열매는 산딸기보다는 큰 편.

산자락이나 논밭두렁에는 뱀딸기가 많았는데 아이들 사이에서는 뱀이 먹는 딸기, 그곳에 가면 살모사가 나온다. 독이 들어 있다는 말들이 유행했었다. 선입견에 선호하지 않는 열매로 여겼다. 요즘은 뱀딸기가 각종 질병에 대한 면역력을 향상시킨다고 하는데, 뱀딸기가 예전보다는 흔치가 않다.

무더운 여름이 지나면 산머루 산포도가 익었다. 머루와 포도는 유사하나 산머루는 산포도보다 열매가 작으며 달콤하고 산포도는 열매가 좀 굵고 새콤달콤하다.

추석 무렵이면 밤나무에 밤송이가 벌어져 떨어지면 알밤을 주웠다. 그 뒤를 이어 새콤달콤한 보리똥(토종보리수 열매)이 빨갛게 익어 따 먹었다. 한 번은 논골 벼 베는 날에 따라갔는데 다랑논 뒤쪽의 산비탈에 보리똥이 다닥다닥 먹음직스러웠다. 손으로 훑은 순간 고약한 냄새가 풍겨 손을 펴보았더니 납작한 노린재가 있었다. 냄새가 나지 않는 벌레였다면 입속으로 들어갈 뻔했다. 그 때문에 보리똥 열매만 떠올리면 아주 고약한 냄새를 풍기는 노린재가 떠오른다.

한국의 바나나 으름! 으름덩굴에는 맛있게 익은 으름이 쩍쩍 벌어져 있었다. 따서 껍데기를 벌려 입에 쏙 넣으면 씨가 아주 많아서 오물오물 혀 놀림을 하여 단맛을 넘기고 씨를 뱉어야 한다. 씨를 넘기면 소화도 안 될뿐더러 똥을 싸면 그 속에 동글동글한 깜장 씨가 보이곤 했다. 산짐승들이 다니는 길에는 동물 배설물을 발견. 자세히 보면 열매의 씨를 볼 수 있다. 배설물을 관찰하고 알게 된 점은, 개똥참외가 열리듯 새들이 삼밭의 열매를 따 먹고 배설로 발아되어 성숙하면 "심봤다!"는 산삼이다.

개똥참외도 따 먹어보고 더덕도 캐고 산마도 캐보았는데 지금까지 산삼은 캐보지 못했다. 마음을 비우고 큰 욕심을 멀리하면 행운이 열려 언젠가는 한번 자연산삼을 캘 날이 오겠지…….

누구나 먹고 나면 반하는 다래! 깊은 숲속에서 자라는 야생 과일 중에 최고로 맛있는 다래! 만지면 터질 것 같은 말랑말랑하게 농익은 다래는 꿀처럼 달다. 이토록 달콤한 과일은 없을 것이다. 덜 익은 다래를 따다가 등겨 속에 묻어 놓고 삼사일 지나 꺼내면 먹기 좋게 익어 참 맛있다.

내 고향 마라귀, 산야에는 철 따라 입이 심심할 때 입 놀이를 할 수 있는 간식거리가 장난이 아니게 지천으로 널려 있었다. 오염이 없는 청정지역이라 걱정 없이 안전하게 먹었다. 어린 시절에 간식거리가 가득했던 그 시절을 생각해 보았더니 내 마음은 아직도 한없이 풍요로워져 행복했다.

달콤한 홍시

봄이 왔다. 이원수 작사 홍난파 작곡 〈고향의 봄〉 '나의 살던 고향은 꽃피는 산골 복숭아꽃 살구꽃 아기진달래 울긋불긋 꽃대궐 차리인 동네 그 속에서 놀던 때가 그립습니다.' 노랫말처럼 내 고향 큰칡골과 작은칡골에는 살구꽃, 개복숭아꽃이 울긋불긋 흐드러지게 피었다. 이어 온 산 여기저기 군데군데 벚나무마다 벚꽃이 화사하게 활짝 피어 그 모습은 파아란 하늘에 흰 뭉게구름이 뭉실뭉실 떠다니는 것 같았다.

산자락에 하얗게 피어 수를 놓은 찔레꽃 사이로 무수히 피어난 아카시아꽃. 그 꽃이 시들고 나면 골짜기마다 강아지풀 같은 꼬리 모양의 은은한 미색 밤꽃이 치렁치렁 늘어져 필 무렵, 사람의 눈에 띄지 않게 감나무에 꽃도 피었다. 타원형 잎사귀 뒤에 수

줍게 피어난 연한 담황색 감꽃, 살짝 깨물어 먹으면 약간 떫으면서도 달착지근했다.

법구에 사용하는 염주처럼 감꽃을 하나둘씩 주워 실에 꿰어서 감꽃 목걸이를 만들어 목에 걸었고, 조카들에게 만들어 주기도 했다. 감꽃이 수정되어 떨어지면, 연초록 모자를 눌러쓴 자그마한 감이 맺혀 귀여운 아기처럼 예쁘다. 탯줄을 끊긴 듯 감꽃이 떨어진 자리에는 점이 콕 찍힌 뾰쪽한 배꼽이 붙은 채로 아기 감은 커간다. 배꼽은 점점 검은색으로 짙어지며 단단해진다. 가을에 감전지로 감을 따서 망태기에 넣으면 딱딱한 깜장 배꼽에 부딪혀 작은 상처 난 감도 더러 있었다.

여름방학이 끝날 무렵이면 감나무에 달린 감은 씨알이 제법 굵어진다. 그때부터 아이들은 일찍 일어나 누르스름한 감이 떨어지면 주워 먹었다. 떫은맛이 있는 듯하면 따듯한 볏논에 담가 놓아 한 이틀이 지나면 우러나 불그스름하게 변했다. 그 감을 꺼내 먹으면 홍시처럼 맛있었다. 그때만 해도 농약을 치지 않고 친환경으로 농사를 지어 무논은 오염되지 않아 깨끗했다.

가을이 다가오면 감나무에 하나둘씩 홍시가 생겼다. 우리 집 뒤꼍에는 고목 감나무 한 그루가 있었다. 부엌문까지 늘어진 가지에 달린 감이 얼마나 맛있던지, 먹감이라 더 맛있었다. 학교가 끝나기 무섭게 원숭이가 나무 오르듯 감나무에 올라가곤 했었다. 감잎 사이에 살짝 숨어 있는 홍시. 지금도 감잎 뒤에 숨어 있는 홍시가 그려지며 그 맛이 떠오른다.

굴멍골로 가는 길에 감나무가 많이 심어진 밭이 있었다. 아주 오래된 감나무가 많이 있어 우리 식구들은 '감나무밭'이라고 했다. 그곳엔 감나무마다 홍시가 달려 있었다. 가장 빨갛게 익은 홍시를 따다 놓고, 억새 줄기를 끊어 살짝 찔러 구멍에 입을 대고 쭉 빨아들이면 맛있는 액체가 입안에 가득 퍼지는 그 맛은 어떤 말로도 형언하기가 어렵다. 달콤하여 정말 맛있다.

하루는 뒷밭 감나무에 새빨간 홍시가 유혹하여 노재성 선배랑 둘이 감나무에 올라갔다. 내가 먼저 올라가고 선배는 뒤따라 올랐다. 거의 다 올라가 발을 옮겨 밟은 나뭇가지가 부러지며 떨어지는 순간 선배의 어깨를 밟았다. 선배와 같이 올라갔기에 추락하지 않았다. 그렇지 않았더라면 황천길로 갈 뻔했다.

감나무에 열린 감은 가을의 햇살을 가득 머금어 주홍빛으로 씨알이 굵어진다. 그렇게 감나무를 옮겨 다니며 홍시를 따 먹다 보면 어느새 가을이 깊어져 감 따기가 시작된다. 제삿날에 쓰려고 생감을 깎아서 새끼줄에 매달아 놓았는데, 건조 중에 말랑말랑한 반건시는 달콤한 맛에 손이 가기도 했다. 때깔이 좋은 감은 항아리에 우려서 공주장에 내다 팔았다. 우리 집은 감나무가 많아 감을 팔아 해마다 살림에 보탰다. 초등학교에 다니던 어느 해, 감이 엄청나게 많이 열려 암소를 사 온 때도 있었다.

우리 마을은 감나무가 많았다. 집집이 감나무가 한두 그루는 기본이고 밭둑이나 밭에는 감나무가 즐비했다. 가을이 깊어 가면 어른 주먹만 한 주홍빛 월하감이 가지가 휘어지게 주렁주렁 탐스럽게 열렸다. 서산으로 해가 기울 때 감나무가 서 있는 초가집 굴뚝에서 하얀 연기가 모락모락 피어오르는 풍경은 한 폭의 그림이 되기도 했다. 이젠 초가지붕이 모두 사라지고 사진 속의 옛 풍경이 되고 말았다.

우리가 그렇게 좋아했던 감을 요즘 아이들은 그다지 좋아하지 않는다. 나는 예전이나 지금이나 여전히 과일 중에 감이 제일 맛있고 많이 먹어 뼛속까지 좋아한다.

감 이야기하다 보면 빼놓을 수 없는 것이 있다. 그것은 바로 고욤이다. 고욤은 감나무의 원조로 감의 부모나 다름없다. 감씨를 심어서 감나무가 되는 것이 아니다. 고욤씨를 심어 어른 손가락 굵기로 자라면, 그 대목을 톱으로 자르고 감나무 접순을 접목해야만 감나무가 된다. 아버지가 접목하는 것을 따라다니며 어깨너머로 눈여겨보았다. 접목 중 가장 중요한 것은 대목에 접순을 꼭 맞게 부름켜를 붙이는 것이 기본이고 기술이다. 감접을 붙이라면 자신 있게 할 수 있다.

큰형수는 가을이 돌아오면 작은칡골에서 서리 맞은 고욤을 따다가 항아리에 보관했다. 숙성되면 호롱불 밑에서 가족들이 숟가락으로 퍼먹었던 추억. 고욤은 씨가 여러 개 들어있어 오물오물 혀 놀림을 하여 씨에 붙은 살을 이로 발라내야 제대로 먹을 수 있다. 그렇지 않으면 씨가 목구멍으로 넘어간다. '고욤 일흔 개가 감 하나만 못하다.'라는 옛말이 있지마는 나에겐 그렇지 않았다. 한 숟가락 떠서 입에 넣으면 순식간에 강렬한 단맛이 자꾸만 나를 유혹했다.

가을에 산행하다가 고욤나무 가지에 고욤이 다닥다닥 많이 열린 것을 보면 큰형수가 그리웠다. 형수의 발걸음까지도…….

마라귀 샘터

1967년 청양군 남양면 구봉광산에서 붕괴사고로 양창선(본명 김창선) 씨가 갱도에 갇혀 있다가 16일 만에 기적적으로 구조됐다. 갱도 천정에서 떨어지는 물로 목을 축이며 버텼다고 한다. 건강하다고 하는 사람이 물을 마시지 않고 견딜 수 있는 시간은 최대 7일이다. 천정에서 물이 떨어져 내리지 않았더라면 탈수로 말미암아 16일이란 기나긴 긴 시간을 견디지 못하고 사망했을 것이다.

우리의 몸은 70% 이상이 물로 이루어져 있다. 인간 생존의 필수요소 물은 생명수다. 또, 그 물은 우리 몸속의 각종 영양소와 산소를 세포로 전달하는 역할. 혈액에 수분이 부족하면 혈액 순환이 어려워져 몸속의 노폐물을 소변으로 배출해야 하는데 물을 마시지 않으면 배출할 수가 없다. 하루 수분 권장량인 2L 정도의 물을 마셔야 건강이 유지된다. 나도 한때는 정량의 물을 마시지 않아 요로결석으로 인해 말로 표현하지 못할 고통스러움을 겪은 적이 있었다. 유성선병원에서 진단받아 체외충격파쇄석술로 결석을 잘게 파쇄하여 배출되도록 치료받았다.

신세대나 다음 세대들에게 샘이나 우물 이야기를 하면 전설 같은 이야기이겠지만, 옛날 옛적 사람들은 물가나 샘물을 찾아 정착하여 마을을 이뤄 생활했었다. 샘이나 우물가에는 흔히 향나무가 심어진 모습을 볼 수 있다. 우리 고장 온천리 원전말 샘가에는 오래된 허리 굽은 향나무가 샘을 지키고 있었다. 향나무의 뿌리가 물을 깨끗이 하고 물맛을 좋게 하며 향기롭게 한다고 한다. 또한, 향나무가 늘 푸르듯 물도 마르지 않길 바라며 옛적 마을 사람 중에 누군가가 심었을 것이다. 옛사람들은 샘물이나 우물을 소중히 여겼으며 신줏단지처럼 받들었다.

우리 마을은 향골에서 발원하여 농가 중심으로 흐르는 개울가 신촌 아주머니 대문 앞에 샘이 있었다. 향골, 무랑이, 안산 멀리 떨어져 있는 가정을 제외하고는 이곳 샘을 이용. 마을 가구 중에 80%가 이곳 샘물을 길어다 식수로 사용했다. 부녀자들은 바가지로 물을 퍼 물동이에 절넘거리게 채워 똬리를 머리에 얹고 물동이를 이고 날랐다. 물지게를 지어 나르기도 했다. 가족들의 생명을 지키는 매우 긴요한 샘물이었다.

한여름 새벽녘 샘가에는 부녀자들이 판재기에 '사라락 싸라락' 보리쌀을 닦으며 "뉘 집은 아들 낳았고, 뉘 댁은 딸을 낳았다." 왁자지껄 떠들썩했다. 그야말로 사람 사는 냄새가 물씬 풍기고 마을의 사랑방 소식통 역할을 했던 샘터이기도 했다.

큰형수를 도와준다고 초등학교 시절에 나도 한때 물지게를 졌었다. 물지게는 나뭇짐을 지는 것보다는 상당한 요령이 필요하다. 물통에 물을 채워 물통을 잡지 않고 일어서서 평형을 이뤄 걸어갈 때는 양 끝 쇠갈고리 윗부분을 양손으로 잡고 걸어가야 한다. 보폭을 일정하게 해야 하는데, 어쩌다가 발걸음이 맞지 않을 때는 물통에서 물이 출렁출렁 쏟아졌다. 물통에 바가지를 엎어놓으면 물 쏟아짐이 덜했다.

부엌문 옆 부뚜막 한 귀퉁이엔 커다란 항아리를 묻어놓았다. 물두멍에 물을 가득 채워지면 위생관리를 위해 뚜껑을 덮었다. 물두멍 뚜껑은 나무판자 원형으로 만들어져 중심에 디귿 자형 손잡이가 있어 여닫을 때 편리했다. 길어온 물로 식수, 음식 만들기, 설거지, 생활용수 등 다용도로 활용했다. 식구가 많을수록 물동이와 물지게를 더 많이 이고 져야 한다.

우물을 파서 펌프를 설치했으면 좋겠다는 큰형수의 의견으로 우물을 파기로 했었다. 며칠 뒤 큰형은 수맥을 찾기 위해 Y자형 버드나무 가지를 양손으로 가볍게 잡고 수평을 유지하며 천천히 걸어 물길을 탐지했다. 마당 가장자리에 이르자 버들가지가 수

직으로 숙여 수맥을 찾았다.

우물을 파기 시작했다. 넓게 파지 않고 곡괭이와 삽으로 조붓하게 파 내려갔다. 어른 팔뚝 굵기의 통나무 기둥을 세워 삼발이를 설치한 후, 도르래를 걸고 양동이를 매달아 흙을 퍼 올렸다. 나도 도르래를 타고 내려가 거들었다. 몇 날 며칠을 파고 또 파고 개울 높이까지 파 내려갔다. 마지막 날 큰형이 파 내려가다가 수맥이 뚫어져 물이 솟아올랐다. 내려다보고 있던 식구들의 환성이 터졌다. 그중에서 큰형수가 제일 좋아하는 표정이었다. 우물 파기가 끝났다.

파이프 한쪽 부분을 듬성듬성 구멍을 뚫고, 뚫린 파이프를 밑으로 세워 파낸 흙을 메웠다. 모두가 거들었다. 흙을 파 올리는 것보다 몇 십 배 쉬워 힘이 절로 났다. 큰형이 파이프에 수동식 펌프를 연결했다.

수동식 펌프는 마중물을 붓고 지렛대 같은 손잡이를 상하로 움직여 펌프질하면 피스톤이 반복 운동하면서 땅속의 물이 솟아올라오는 작용원리다.

큰형수가 물두멍에서 물 한 바가지 퍼다 수동식 펌프 둥근 공간에 부었다. 붓는 동시에 큰형이 손잡이를 잡고 위아래로 재빠르게 연거푸 움직였다. '출꺽출꺽' 소리가 나더니 물이 '콸콸' 쏟아졌다. "야! 샘물이 나온다." 모두가 함성이 터졌다. 이제는 마을 샘을 이용하지 않아도 된다. 물동이를 머리에 이거나, 물지게를 지고 물을 길어올 번거로움도 없어졌다. 빨랫물이나 허드렛물도 언제든지 쓸 수 있어 편리했다.

펌프질하면 지하수가 곧바로 올라와 무더운 여름엔 간이 서늘한 물이 '콸콸' 흘러나왔다. 겨울에는 여름하고 정반대다.

어느 무더운 여름날, 논일을 마치고 들어오신 아버지에게 등목을 해드렸다. 등에 찬물을 부어드렸더니 "아이 시원하다!"라고 하셔서 나도 발끝에서 머리끝까지 시원함을 느껴져 더위가 싹 가시는 것 같았다.

땅속의 온도는 사계절 내내 일정하다. 한겨울에 펌프질하면 수증기가 모락모락 피어오르고 따스하게 느껴져 세수해도 차갑지 않았다.

우리 마을에서 우리 집이 제일 먼저 우물을 파고 수동식 펌프를 설치했다. 그 이후로 마을 사람들도 편리함을 알고 집집이 너도나도 우물을 파고 펌프를 설치했다.

우리 마을은 1970년대 중반에 전기가 공급되면서 생활의 변화가 왔다. 라디오는 다락이나 서랍에 들어가 깊은 잠을 자고 텔레비전을 접할 시간이 많아졌다. 또 수동식 펌프를 철거하고 파이프에 전기 우물펌프를 연결하였다. 부엌에서 수도꼭지를 틀면 시원스럽게 물이 '줄줄' 흘러나왔다. 전기가 들어오기 전에는 생각지 못했던 일이다.

동네 마을 샘은 개울과 함께 복개되어 흔적조차 찾을 수 없다.

고향을 들러 자동차로 그 위를 지날 때면 샘물이 '졸졸' 흐르는 소리가 들리는 듯하다.

큰형수는 우물을 파고 펌프질만 하다가 세상을 떠났다. 작은형과 작은형수가 고향 집을 지키고 있다. 어느 여름날 갈증으로 목을 축이려고 수도꼭지를 틀어 쏟아지는 물을 마셨더니 큰형과 큰형수가 생각이 났다. 그때 우물을 파던 장면들이 물이 흘러나오듯 머리에 스쳤다. 물맛은 그때나 지금이나 한결같다.

깊어가는 겨울밤에

동지가 지나고 소한을 맞이한 한겨울밤이다. 세찬 바람이 휘몰아쳐 '윙윙' 마른 나뭇가지 우는 소리에 잠이 오지 않는다. 어머니가 그리워진다. 왜 하필 그리움이 묻혀 있다가 오늘 밤 찬 바람이 몰아치는 한겨울밤에 어머니가 떠오르는 것일까? 얼어붙고 매서운 날씨 때문인가? 아니면 어머니가 보고 싶은 그리움 때문인가? 내 어릴 적 어머니의 기억이 새록새록 하다.

한겨울 느지막한 밤, 침대에서 뒹굴뒹굴 엎치락뒤치락했다. 창문을 두드리는 바람 소리에 귀 기울였더니 불현듯 어릴 적 생각이 떠올랐다. 어느새 내 고향 마라귀 옛집 따뜻한 안방에 앉아 있었다. 오늘같이 차디찬 칼바람이 휘몰아치면 문풍지가 '부르르' 떨던 소리가 들려오는 듯하다. 안방에서 식구들이 화롯불에 모여 앉아 오순도순 이야기로 행복했던 그 시절 그날이……. 내 곁엔 낭자를 틀어 올려 비녀를 꽂아 치마를 두르고 흰 버선에 단정하게 차려입으신 어머니가 앉아 계신다.

한겨울에 고추 동무네 집에서 놀다가 손을 호호 불며

"으이, 추워!"

안방으로 들어서면 아랫목에 깔아 놓은 이불을 젖히고 차디찬 내 손을 만지며 발을 넣게 하신 어머니. 안방은 위풍이 있어도 아랫목은 따끈따끈하여 콩깍지 속 콩처럼 누워 있었더니 구들장의 온기에 온몸이 녹아 깜빡 잠이 들었다. 얼마 후에 내 등을 두드리시며

"막내 막내야! 얼른 일어나, 이것 먹어봐라."

"뭔~데? 엄니."

이불 속은 따뜻하고 졸리기도 하여 별생각이 없었다.

"맛있는 군고구마다."

군고구마라고 하는 소리에 눈이 번쩍 잠이 확 달아났다.

아궁이에 묻어놓은 군고구마와 길쭉하게 썬 동치미를 들고 오셨다. 은은한 불에 구워 껍데기가 부풀어 올라 잘 까졌다. 노릇노릇하고 달큼한 군고구마.

저녁을 먹은 지가 한참 돼 출출하던 참이라 달게 먹었다. 동치미를 깨물어 버석버석 군고구마와 번갈아 먹었다. 시원하고 짭조름한 맛과 군고구마는 환상적인 궁합. 그 맛! 표현하기가 어렵

다. 군고구마와 어머니에 대한 기억은 내 생전 잊히지 않는다. 어머니의 그늘막은 한겨울에 따스한 목화솜 이불처럼 포근하다. 어머니의 투박한 사랑이 그리워져 눈물이 나게 보고 싶은 어머니. 세월이 흘러 나이가 드니까 어머니가 더 그립다.

어느 해는 고구마 통가리에 있는 맷돌 호박을 가마솥에 쪄서 주셨다. 조카들과 둘러앉아 동치미와 숟가락으로 파먹은 적도 있었다. 호박씨도 버리는 일이 없었다. 아랫목에 말려두었다가 조카들과 심심풀이로 까먹게 해주셨다. 어머니는 호박씨를 엄지와 검지로 잡고 돌출된 테두리를 엄지손톱으로 까서 우리에게 주셨다. 바닷가 아낙네들이 바지락 까듯이 호박씨를 손톱으로 까는 요술쟁이 같았다.

어린 시절 한겨울밤에 바람이 불면 고향 집은 소란스러웠다. 문풍지가 소리 내어 울고, 문 앞 처마 끝에선 벌벌 떠는 이엉 소리가 '부르르', 사랑채와 헛간의 처마에 매단 시래기 다발이 서걱거려 춤추는 소리.

고향집 앞뒷문 밖에서 들려오는 정겨운 소리가 들리는 듯, 그때가 그리워져 잠을 청해도 잠이 오지 않는다.

그 시절 집에서 기르는 가축들도 식구나 다름없이 돌봐주었다. 외양간에 짚을 깔아주고 누렁소 등에 따듯한 덕석을 입히고 토끼장에도 거적을 덮어줬다. 온돌방도 추운데, 매서운 바람이 불면 짐승들은 얼마나 추울까?

이슥한 밤에 내 고향 마라귀 본가와 지난 한세월이 떠올라 자꾸만 뒤척여져 어쩌자고 옛 생각이 잠겨 어머니 발걸음만 달아오를까? 어머니의 사랑은 강물이고 세월이 지나도 사랑은 과거가 될 수 없다. 어머니가 생존에 계실 때 어머니를 사랑한다는 말을 한 번도 하지 못하여 무척이나 후회스럽다.

첫눈이 내리는 날

아침에 일어났더니 함박눈이 바람을 타고 펑펑 내린다. 춤추듯 날려 무척이나 반갑다. 높고 넓은 하늘의 대기층을 뚫고 내리는 눈. 목화송이 같은 하얀 눈이 하늘에서 휘날리는 풍경은 그야말로 아름다웠다.

겨울 하면 첫째도 둘째도 눈이 가장 먼저 떠오른다. 함박눈이 소복이 쌓여야 겨울답다. 오늘은 아침부터 첫눈이 내리니 반가움에 어릴 적 추억에 빠졌다. 눈이 내리면 즐거웠던 일, 고생스러웠던 일도 있었다. 지금은 모두 잊을 수 없는 귀한 추억.

그땐 겨울에 눈이 많이 내렸다. 온 대지 위에 하얀 솜사탕을 펼쳐놓은 것 같기도 하고, 갓 튼 목화솜을 펴놓은 듯했다. 언덕에 올라 마을을 바라보면 초가지붕은 아리따운 여인의 봉긋한 젖무덤처럼 부드러운 곡선으로 올록볼록하여 아름다웠다.

낭어덕 냇가로 가는 길목에 서 있는 키 큰 은행나무 꼭대기 가지에 까치가 날아와 앉자마자 '깍깍 깍깍깍' 울어댔다. 그 소리는 기쁨을 안겨주는 맑은 음향이라 듣기가 참 좋았다. 혹시나 오늘은 반가운 소식이 있으려나? 아니면 신촌으로 시집간 누이가 오려나? 은근히 바람도 있었다.

뒷밭 보리밭에는 함박눈이 소복이 쌓여 목화솜을 펼쳐놓은 듯한 하얀 밭이 됐다. 눈부시게 하얗다. 밭이랑은 하늘나라 천사들이 폭신한 하얀 함박눈을 덮어줘 보리싹들은 포근하게 잠들어 있었다. 밭이랑은 넘실넘실 하얀 물결을 이뤘다. 가을에 극젱이로 골을 타서 겉보리 씨앗을 뿌려 돋아난 어린싹은 깊은 겨울잠을 자고 있다. '눈 오는 날은 거지가 빨래하는 날'이라는 속담이 있듯이 온난한 날씨에 눈이 덮여 추위를 타지 않는다. 서릿발이 서지 않겠지! 어린싹들은 눈이 와서 참 좋겠다. 겨우내 함박눈이 덮여 있었으면 좋겠지?

큰칡골로 가는 말창거리길은 아무도 걷지 않은 눈길이 펼쳐졌다. 티 하나 없이 하얗고 깨끗한 눈길. 마음마저 깨끗해지는 느낌에 하염없이 사박사박 걷고 싶었다. 내가 걸으면 첫 발길이라 신발 자국이 도장처럼 꼭꼭 찍혔다. 걷다가 뒤돌아보았더니 흐트러지지 않고 일직선인 발자국이 참 예뻤다. 내 발자국이 자꾸만 나를 따라왔다. 내가 멈추면 멈춰 서고 걸으면 그림자같이 나를 따라다녔다. 발자국이 선명하다.

이제는 예쁜 발자국만 남도록 흐트러짐 없이 앞을 바라보며 바르게 살아가고 싶었다. 하얀 눈처럼 깨끗한 마음으로…….

우리 집 검둥이가 내 발자국을 따라 껑충껑충 입김을 하얗게 내뿜으며 뛰어오고 있었다. 내 발자국을 아는가 보다. 내게로 다가와 어쩔 줄 몰라 꼬리, 엉덩이까지 흔들어 온몸으로 반갑게 대화하듯 애교를 부렸다. 애정을 드러내 귀엽고 참 예쁘다. 검둥이는 흰 눈의 색깔을 구별 못해도 촉감은 느끼는 모양 같았다. 눈을 한 움큼 뭉쳐 검둥이에게 던졌더니 멈칫 코를 갖다 댄다. 다시 내게로 달려와 손을 할짝할짝 핥으며 좋아서 펄떡펄떡 뛰어오른다. 장난을 치는 줄 아는가 보다. 눈 위에서 재롱을 떨며 반기는 행동이 어린 강아지처럼 너무 귀여웠다.

아래뜸서 신작로로 올라가는 언덕 아래 묘지에서 아이들이 떠드는 소리와 웃음소리가 뒤엉켜 가득히 들려왔다. 아이들은 눈사태를 타고 있었다. 참 재미있어 보여 끼어들었다. 짚가리 짚단을 빼서 묶음을 양손으로 잡고 타면 경사져서 잘 내려갔다. 다시 올라가 또 타고 또 타다가 넘어져도 정말 재밌다. 떼굴떼굴 떼구루루 뒹굴어도 장난 아니게 무척 즐거웠다.

눈사태를 한참 타고나서 눈을 뭉쳐 아이들에게 던졌더니 등에 맞았다. 순식간에 너도나도 눈싸움이 벌어졌다. 이편저편 구별 없이 아무나 서로 맞추는 눈싸움이 재미있었다. 눈덩이가 얼굴에 맞아도 상처 날 염려가 없어 더 재밌었다.

눈이 쌓여있어 작은 눈 뭉치를 굴려 크게 만들어 몸통을 세워 놓았다. 또다시 눈을 굴려 몸통보다 작게 뭉쳐 머리를 올려놓아 숯으로 눈, 코, 입을 붙이고 나뭇가지로 팔까지 만들어 눈사람을 꾸몄다. 눈사람을 크고 예쁘게 만들려고 경쟁도 했었다. 빛바래고 낡아빠진 밀짚모자를 씌웠더니 눈사람은 이상야릇 우스꽝스러워 너무 웃겨 웃음이 절로 나왔다. 아주 멋지고 그럴듯한 눈사람이 됐다. 꼬마 눈사람 동요를 아이들과 함께 불렀다.

한겨울에 밀짚모자 꼬마 눈사람
눈썹이 우습구나 코도 삐뚤고
거울을 보여줄까 꼬마 눈사람

어린 시절에 눈이 쌓이면 등교하는데 고생스러웠다. 마티고개를 넘어 시오리 길을 걸어가려면 신발 밑창이 반질반질 닳아서 미끄러져 엉덩방아를 찧기도 했다. 요즘과 같은 운동화나 장화가 귀해 시골에서는 검정 고무신뿐. 눈이 많이 내리는 강원도 아이들은 신발 바닥에 덧대어 설피를 신고 다녔지만, 우리는 눈이 쌓이면 신발에 새끼줄을 감아 미끄러지지 않게 하고 다녔다. 요즘 눈이 쌓인 설산을 오르내릴 때 필수품인 아이젠 역할을 했다. 그땐 아이젠 단어도 몰랐다. 신발 안으로 눈이 들어가지 않아서 좋았고 걸어가면 신발 자국보다 새끼줄 자국이 도장처럼 꼭꼭 찍혔다. 걷는 데 불편은 했어도 견딜만했다. 아이들이 지나간 발자국은 외계인들이 지나간 것 같았다.

오늘은 아침부터 하늘에서 첫눈이 펑펑 내리고 있다. 온 대지 위에 하얀 은가루가 덮여 반가웠다. 눈에 얽힌 추억들이 반짝반짝 보석같이 빛나고 머릿속에 묻혀 있는 옛 추억이 그립다.

아버지 회갑 전날 밤에

예전에는 단명으로 회갑을 중요하게 여겼다. 요즘은 지난날보다 기대수명이 크게 늘어 고향에 가보면 7, 80대가 주류를 이루고 있다. 회갑을 맞이해도 젊은 층에 속하며 청년 역할을 해야 한다. 평균수명이 높아졌고 건강 100세를 기대하기 때문에 61이라는 숫자는 그렇게 많은 나이는 아니다. 요즈음은 회갑에 대한 의미도 달라졌고 예전처럼 회갑연을 하지 않고 가족이 모여 조촐하게 식사하는 정도. 예전에는 회갑을 맞이하는 사람이 그렇게 많지 않았다. 아버지는 장수하셔 회갑을 맞이하여 친인척과 마을 사람들을 초대하여 회갑 잔치를 해드렸다.

아버지 회갑연을 맞이하는 해에 열여덟 고등학교 2학년 때였다. 수업을 마치고 결석 신고서를 제출하고 자취방에 갔다. 이리

저리 꾸물대고 뭉그적거리다가 유성버스정류소에 다다랐더니 공암-공주행 막차가 끊겨 발이 묶였다. 조금 늦게 도착하여 후회스럽지만 어쩔 수 없었다. 별 뾰족한 방도가 없어 걷기로 했다. 우리 마을 안산에서 사는 변 씨 아저씨도 막차를 놓쳐 목발을 짚고 서 있어 무척 반가웠다. 나를 보더니 나보다 더 반가워하며 같이 걸어가자고 하여 동행했다.

그분은 6·25동란 때 사용하던 불발탄이 땅에 묻혀 있는 것을 발로 건드려 폭발하여 한쪽 허벅지가 절단됐다. 외다리에 보조두 목발을 짚고 다녔다. 그분이 아니었다면 나 혼자 걸어갈 뻔하였는데, 내겐 길동무 말동무가 되어 든든했다.

마암분교 4학년 재학을 제외하곤 마티고개를 넘어 5년을 반포초등학교에 다녔다. 봄, 가을에는 동학사로 소풍도 다녀 걷는 데는 누구보다 자신이 있었다. 둘이 동행하니 서로 의지가 되어 밤길이 무섭지 않았다. 신작로 길은 자갈이 깔려있어 걷는 데 불편했다. 밤이 깊어져 캄캄한 밤, 음력으로 이월 열흘 상현달 달빛이라 그나마 다행이다. 변 씨 아저씨와 같이 걸어갔더니 시간이 엄청나게 지체됐다. 나 혼자 뛰듯이 빨리 가고 싶은 마음도 있었으나 그렇게 할 수가 없었다. 좀 늦더라도 발을 맞춰가야 인간적인 도리가 아니겠는가?

삽재고개를 넘어 그토록 오랜 시간 목발을 짚고 걸어 양 겨드랑이와 손목도 아파하는 신음이 들려왔다. 그 소리가 안타까웠다. 두 다리가 멀쩡한 사람도 힘든데 얼마나 아플까? 알만했다. 그분은 눈물이 날 것처럼 참담한 고행길이었을 것이다. 반포초등학교를 지나 회다리에 이르자, 팔다리가 아파 더는 갈 수 없다고 하며 염려하지 말고 혼자 가라고 한다. 발걸음이 떨어지지 않았다. 마티고개 주막까지 가서 잠자리를 알아보자고 했다. 옛적엔 주막이었는데 일제강점기 시절에 신작로가 건설되면서 가정집으로 바뀌었다. 그곳까지 가면 해결될 것 같았다.

기진맥진한 몸을 이끌며 걸음걸음으로 고개 외딴집에 다다랐다. 이제는 마음이 놓였다. 밤이 깊어 호롱불도 꺼져 있었다. 그 집 아주머니는 홀몸으로 초등학생 두 아들과 같이 살고 있었다. 염치없지만, 방문 앞에서 하룻밤을 재워달라고 사정 말씀을 드렸다. 오밤중이라 무서운가 보다. 아무런 응답이 없어 다시 사정했다. "아주머니! 저는 마라귀에 사는 노자 완자 수자의 막내아들입니다. 아버지가 회갑이라 저는 가야하고 목발을 짚은 변 씨 아저씨는 유성에서 걸어와 다리가 아파 더는 걸을 수가 없으니 하룻밤만 재워주세요."

말이 떨어지자마자

"아버지는 잘 알고 있지!"

예전에 거문거리에 몇 마지기의 땅을 장만하여 아버지가 마티고개를 넘어 농사를 지으러 다니셔서 잘 아시는 것 같았다.

호롱불을 켜고 문을 열어주어 변 씨 아저씨는 방으로 들어가

하룻밤을 묵어가도록 배려해 주어 무척이나 고마웠다. 변 씨 아저씨는

"산길을 조심하여 잘 내려가게!"

"걱정하지 마시고 아침에 일어나시면 우리 집으로 오세요?"

"알겠네."

변 씨 아저씨를 의지하며 동행하다가 이젠 나 홀로 걸어가야 한다. 고갯마루에 올라섰더니 어깨의 힘이 쭉 빠지며 발걸음이 땅에 붙어버릴 것 같았다. 귀신이 목덜미를 잡아당기는 것 같았고 머리털이 하늘로 쭈뼛하며 소름이 끼쳐 간담이 서늘했다.

마티 고갯마루 느티나무를 지나 지름길로 들어섰더니 적막만이 가득하게 느껴졌다. 숲길이라 신작로 길보다는 으슥해 등골이 오싹했다. 산속에서 구성지게 울어대는 부엉이 소리와 숲에서 부스럭거리는 산짐승 소리에 신경이 예민해져 날카로워졌다. 산길을 빨리 벗어나는 길이 상책이라 '걸음아 나 살려라.' 귀신한테 쫓기듯 쏜살같이 뛰어 내려갔다. 마을 어귀에 다다랐더니 이젠 긴장이 풀어졌다. 이마와 콧잔등에 식은땀이 촉촉했다.

집에 도착했더니, 환한 남폿불을 밝혀 식구들은 손님들 접대할 음식 준비를 하고 있었다. 안방 벽에 걸린 시곗바늘은 새벽 2시였다. 신촌 누이, 신탄진전매청에서 근무하는 작은형도 와 있었다. 어머니가 걱정하시기에 막차를 놓쳐 마티고개 주막까지 변 씨 아저씨와 같이 오다가 나 혼자 왔다고 했다. "고개 밑은 귀

신이 나올듯한데 산길을 너 혼자 오다니 용감하구나!"라고 하셨다. 그 말에 절로 어깨가 으쓱 용기를 얻어 무서움과 공포가 사라져 어디를 가더라도 무서울 게 없을 것 같았다.

지금도 아버지 회갑 날과 아버지보다 하루 빠른 내 생일을 생각하면, 밤길에 삽재고개와 마티고개를 고생하며 넘었던 그때 일을 잊을 수가 없다.

황당한 야영의 밤

보이스카우트 운동은 영국의 군인 출신 베이든 포우엘(Baden Powell) 경이 창시자다. 브라운시 섬에서 20명의 소년을 데리고 최초 야영을 시행했으며, 이듬해 1907년에 정식으로 발족했다.

우리나라에서는 1922년에 조선소년군, 소년척후단을 창설하여 활동했다. 이 두 단체가 스카우트운동의 시발점이 됐다. 두 단체를 하나로 통합하여 청소년 단체로 운영하다가 일제에 의하여 강제로 해산되었다. 해방 후 대한보이스카우트로 발족하여 본궤도에 올라섰다.

일선 학교에서는 1980년대 초반에 스카우트 운동이 전성기를 이뤘다. 그 시기에 반포초등학교에서 근무했었다. 보이스카우트에 관심이 있어 80, 82년도에 기본훈련과 상급훈련을 수료

했다. 기본훈련을 이수하고 고학년을 중심으로 스카우트에 관심이 있는 학생들을 모집하여 스카우트 활동을 조직했다.

보이스카우트 1개 대원을 조직하여 대원들과 호흡을 같이 하면서 스카우트 활동에 대한 매력과 올바른 가치관을 갖도록 하는 데 이바지했다.

대자연 속에서 심신을 단련하는 야영은 스카우트 활동의 꽃이다. 여름방학 때, 학교에서 1박 2일 야영을 했다. 대원들은 조별로 밥도 짓고 반찬도 만들어 식사 준비를 하느라 분주하게 활동했다. 즐거움 속에 왁자지껄 활동하며 대원들은 자부심이 가득했다.

하루 일정을 마치고 교실에서 취침을 위해 인원수를 확인하고 조별로 취침하도록 했다. 얼마 후에 미닫이 출입문이 멈출 새도 없이 들락날락하는 아이들, 잠을 자지 않은 아이, 시시덕거리며 장난치는 아이들도 있었다. 조용히 하라고 해도 그때뿐이다.

나도 초등학교 6학년 시절 서울 수학여행 때 서울역 맞은편 남미여관에서 숙박했다. 잠을 자지 않고 새벽녘까지 동무들과 장난을 쳤기에 아이들 심정을 알만했다.

밤이 깊어지자 좀 조용해졌다. 조장이 다가오더니 4학년 서 SH이가 어디를 갔는지 보이지 않는다고 한다. 한 학교에서 같이 근무한 윤인근 친구가 혼자 아이들과 활동하면 어려움이 있다고 하여 낮에부터 내내 도와줬다. 무척 고마웠다. 둘이 손전등을 밝히며 각 교실을 쥐 잡듯 샅샅이 찾아보았어도 보이지 않았다. 그런 일은 없겠지만, 혹시나 조명시설이 안 되어 대변을 보려다가 발판을 헛디뎌 똥통에 빠졌나? 손전등을 비춰보며 확인했다. 그런 실수는 하지 않았다. 학교 주변 곳곳을 찾아보아도 없었다. 심지어는 도롯가에서 자동차에 행여 잘못됐나 싶어 살펴보기도 했다. 다행히 그런 일은 없었다. 행방이 묘연하여 걱정이 더욱더 깊어졌다.

SH이네 집이 학교에서 그리 멀지 않고 가까이에 있어 혹시 집에 가지 않았나 싶어 기대하며 찾아갔더니 오지 않았다고 한다. 그 소리를 듣는 순간 덜컥, 심장이 내려앉았다. 부모님을 볼 면목이 없어 죄인 같은 심정이었다. 부모님과 같이 학교에 와 또다시 찾아보았으나 찾지 못했다.

그 상황에서 인근이 친구 덕분에 조금이나마 근심·걱정을 덜 수 있었다. 나 혼자였다면 무척 당혹스러워 더 속을 태웠을 것이다. 끝내 찾지 못하여 속이 새까맣게 타들어 갔다.

찾다 찾다가 맥이 빠져 아이들이 잠든 교실에 들어가 있었더니 마음이 더 불안하고 초조했다. 우리 둘은 밤새도록 이런저런 별의별 불길한 생각이 머릿속을 메웠다. 마른침만 삼켜져 잠을 이루지 못하고 뒤척이며 뜬눈으로 날이 밝기를 기다렸다. 밤이 왜 그리 길고 시간이 가지 않는지 세상에서 가장 긴 밤인 것 같았다.

여명이 밝아오자 교실 출입문이 드르륵 열리더니 그 아이가 들어왔다. 무척이나 반갑기도 하고 화가 나 어이가 없었다. 다급하게

“너 어디서 있다가 왔니?”

“밖에서 잤어유~.”

황당하고 기가 막혔다.

“밖에 어디서 잤니?”

“잠을 자려고 하는데, 아이들이 장난을 치며 귀찮게 하여 창고 뒤에서 잤지유~.”

얼굴에는 미안한 기색이 없었다.

창고 뒤에는 슬레이트가 세워져 있었다. 그 비좁은 공간에 날 바닥에서 새우잠을 잘 줄은 생각지 못했다. 창고 뒤편을 여러 번 지나쳤어도 그곳을 확인하지 못한 것이 무척 후회스러웠다.

교직생활 중에 학생들과 생활하다 보면 예기치 않은 일, 생각지 않았던 일이 한두 번이 아니었다. 그럴 때마다 당황스러웠고 고심도 많았다. 하지만 그 당시에는 맘은 무척 고생스러웠고 힘들었으나, 지나고 났더니 잊을 수 없는 추억의 이야깃거리가 됐다.

계룡산의 단풍 나들이

1987년 6월 민주화를 향한 국민의 열망에 민주정의당 노태우 대통령 후보는 6·29 선언을 발표하고, 대통령 직선제 개헌을 받아들였다. 국회에서 의결한 헌법 개정안 확정을 위해 1987년 10월 27일 국민투표로 개정안이 통과됐다.

그날 투표를 마치고 오후에 유성광명교회 봉고차로 김이섭 전도사님, 유운번, 변향숙 집사님, 갓난아기 유재희, 집사람과 딸내미 지영이를 포함하여 일곱이 계룡산으로 단풍 나들이를 떠났다. 지영이는 여섯 살, 유운번 집사님 막둥이 재희는 두 살이 되지 않았나? 생각된다. 송두호 집사님은 우리를 갑사 주차장에 내려놓고 동학사 주차장에서 만나기로 약속했다.

계룡산은 충남 제일의 명산이다. 산의 능선이 닭의 볏을 쓴 용의 모습을 닮아 계룡으로 불리게 되었다고 전해지고 있다. 계룡산은 산세가 아늑하며 계절 따라 변화무쌍하여 연중 탐방객이 전국에서 모여들어 발길이 끊이지 않는 곳.

계룡산을 동서남북으로 나눠 東쪽에는 동학사, 西쪽은 갑사, 南쪽은 신원사가 있다. 그 반대편 北쪽에는 구룡사가 있었다. 구룡사 사찰은 소실돼 절터만 있다. 구룡사는 반포면 상신리에 충청남도 기념물 제39호로 지정되어 있는데 현재는 당간지주와 주초석이 남아있다. 출토 유물로 보아 백제 말기나 통일신라 초기에 창건한 것으로 보이며 규모가 큰 사찰로 추측된다.

갑사 주차장에서 지영이를 앞세워 올라갔다. 유운번 집사님은 귀염둥이 재희를 안고 가다가 번쩍 들어 목말을 태우거나 등에 둘러업기도 했다. 단풍이 곱디곱게 물든 단풍길 따라 용문폭포를 거쳐 금잔디고개까지 올라갔다. 여섯 살짜리 지영이는 지칠 줄 모르고 도움 없이 발길 따라 올랐다.

금잔디고개에 다다랐더니 석양이 서산마루에 걸려 있다. 낮은 곳보다 높은 곳에서 감상하는 노을빛은 계룡산 단풍의 아름다움과 어우러져 환상적이었다. 불바다 풍경을 연출했다. 그런 곳에서 감상은 난생처음이다.

삼불봉 고개를 지나 내리막길을 내려가자, 어둠살이 내려 금세 사방이 깜깜해졌다. 딸내미를 업고 남매탑으로 향하자 한 치 앞도 볼 수 없었다. 돌계단을 한 발 한 발 살얼음 밟듯이 조심스럽게 내디뎠다. 다리가 후들거리고 오금이 저리며 등줄기에서 식은땀이 났다. 동쪽에서 서쪽으로 넘었으면 일몰 전에 목적지에 도착하여 이런 어려움이 없었을지도 모른다. 동학사에서 해를 안고 갑사로 넘었어야 했는데, 후회가 막심했다. 내려갈수록 어둠이 더 짙어지고 캄캄해져 걱정이 이만저만이 아니었다. 눈앞이 칠흑 같은 어둠이라 길이 보이지 않았다. 엎친 데 덮친 격으로 또 걱정이 겹쳤다. 동학사 주차장에서 기다리는 송두호 집사님에게 연락할 방법이 없으니 송 집사님은 얼마나 애타게 기다리셨을까?

요즘처럼 휴대전화가 있었다면 쉽게 연락하고, 손전등을 켜 길을 밝히며 안전하게 하산할 수 있었을 텐데……. 아니면 둥근 박을 반으로 자른 달님이라도 나왔으면 좋으련만, 음력 초닷새라 저녁에 서쪽 지평선 부근에서 잠시 보이는 눈썹 같은 초승달. 동쪽으로 향하기에 그나마 실낱같은 달도 기대하기 어려웠다. 빛이라곤 구름 사이 희미한 별빛뿐. 길을 밝힐 손전등도 없었고, 잠깐의 돌부리를 피할 수 있는 성냥불도 없었다. 오직 한 걸음 한 걸음 조심스럽게 내려가는 방법 한 가지뿐. 다행히 젊은 시절에 동학사에서 남매탑을 오르내리던 경험으로 지형을 알고 있었기에 앞장서서 내려갔다. 그것만으로도 천만다행이었다. 초행길이었다면 움쩍도 못 했을 것이다.

'영해향진'이란 옛말이 생각이 났다. 그림자만 보아도 놀라고,

울리는 소리만 들어도 떤다는 뜻으로 잘 놀람을 이르는 말이다. 긴장하며 내려가다 보니 눈과 귀가 날선 칼날같이 예민해졌다. 왜 그렇게 새까만 물체가 귀신, 사나운 짐승같이 보이는지 온몸이 움찔움찔 움츠려지고 소름이 끼쳐 뼛속까지 오싹했다. 낮이었다면 내리막길이라 한달음에 주차장에 벌써 도착할 시간이었는데 왜 그렇게 시간이 지루한지…….

동학사 대웅전 뒤편으로 내려가는데 번쩍번쩍 손전등을 비추며 누군가가 길마중으로 올라오고 있었다. 불빛이 그렇게 희망이고 기쁘며 반가운지 몰랐다. 잠시 후에 "유운번 집사님~." 송두호 집사님의 목소리다. 무척 반가워 우린 약속이나 한 듯이 "집사님 내려가요~." 송 집사님이 뛰어 올라와 무척 반가웠다. 우리를 만나자마자 "속이 타도록 엄청나게 기다렸어요." 우리보다 더 걱정했다는 이야기를 털어놓았다. 미안하기도 하고 애타게 기다렸던 심정을 이해하고 남았다.

우리는 발을 헛디디거나 돌부리에 발끝이 걸려 넘어진 사람도 없었고, 모두가 무사히 안전하게 하산하여 천만다행. 하나님이 불기둥으로 비춰주듯이 함께하시고 살펴주셔 감사할 따름이었다.

이 글을 우리 딸내미가 읽어본다면 어슴푸레한 기억이 더욱더 확실해질 것이다. 난 그때의 시련을 지금까지 잊지 않고 기억을 다 캐내는데 딸내미도 그렇겠지? 30여 년이 훌쩍 뛰어넘었어도 잊히지 않으며 생생하게 떠오른다.

우산봉에서 남서쪽을 바라보면 한 폭의 동양화처럼 산세가 펼쳐져 있어 내 고향 반포면의 대자연 풍경은 참으로 아름다웠다. 소나무 가지 사이로 보이는 다랑논은 누런 황금빛에 가을볕 아래 풍요롭고 한없이 평화로웠다. 바라보는 것만으로도 가을의 정취를 물씬 느껴 행복했다. 자연의 경관이 빼어나게 아름다워 하나밖에 없는 그림 같기도 하여 마음마저 여유롭고 상쾌했다.

제3부
우산봉에 올라

칠갑산로 전복 사고

1995년 3월에 공주에서 장기근속으로 충청남도교육청 인사 규정에 따라 태안군으로 발령받아 남면초등학교에서 근무했다. 학교 인근 달산리에 사글세로 방 하나를 얻어 이웃 삼성초등학교로 발령받은 정지원 친구와 서너 달 기거를 같이하다가 학교 숙직실로 들어갔다. 친구도 학교 사택을 신축하여 그곳으로 거처를 옮겨 생활했다.

그 당시만 해도 태안을 오가는 도로 사정은 굴곡이 심해서 다른 시·도에 비하면 현저히 낙후하였다. 지금은 외곽도로 확장 건설, 고속도로 건설로 도로 사정이 예전보다는 좋아졌고 시간도 많이 단축되어 안전하게 운전할 수 있다.

주말이면 대전 집에 들러, 월요일 새벽녘에 일어나 밥을 뜨고 수저를 놓자마자 늦어도 6시 전에는 출발해야 했다. 속도와 시간을 다퉈가며 공주를 거쳐 칠갑산 고개를 넘어 광천과 홍성 서부면을 지나 서산AB지구방조제를 통과하여 내달리면 8시 30분쯤 학교에 도착했다. 온몸이 나른하고 뒤통수를 얻어맞은 것처럼 정신도 멍하며 머리가 띵했다. 운전하며 다니다 보면 좋은 날씨만 있는 날이 아니었다. 때로는 소나기가 억수로 퍼붓는 날, 안개가 끼는 날도 있었다.

서산B지구방조제를 지나 당암리에서 원청리 삼거리까지 한 구간은 비포장도로에 비가 오락가락 내리는 날엔 이곳은 진흙탕이나 다름없었다. 자동차를 몰고 가다 반대 방향 차와 스치면 철퍼덕철퍼덕 팥죽과 같은 황톳물이 튀겼다. 보령머드 축제장에 참여한 모습 같았다. 자동차는 온통 뻘건 황톳물을 뒤집어써서 너무 흉해 그곳을 벗어나면 세차해야 했었다.

어느 봄날, 출근하는데 서산A지구방조제를 들어섰더니 짙은 바다 안개가 자욱하게 껴, 가시거리는 몇십 미터가 고작이었다. 비상 깜빡이를 켜고 서행으로 갔다. 반대 차선에서 흰색 승용차가 갑자기 중앙선을 넘어 추월하여 부딪칠 것 같아 아찔 하는 순간 얼른 도롯가로 피했다. 지금은 4차로 모두 포장되었지만, 그때에는 2차로에 한 차선은 파쇄석이 깔렸었다. 방조제가 아니었고 일반도로 2차로였다면 영락없이 정면충돌했을 것이다. 사고를 당할 뻔했던 그때를 생각하면 지금도 아찔하다.

또 한 번은 여름날 주말에 대전 집에 가는 데 후두두 빗방울이 쏟아졌다. 간월도에 다다르자 먹장구름이 하늘을 덮어 '우르르 쾅쾅' 천둥 번개를 치며 장대비가 거세게 쏟아져 난감했다. 와이퍼를 최대한 빠른 속도로 작동해도 앞이 보이지 않을 정도. 운전 중에 이런 물 폭탄은 처음 당해봤다. 방법이 없어 도롯가에서 잠시 피했다가 소강상태로 접어들어 출발했다.

서산A지구방조제 중간지점에 이르면, 고 정주영 전 명예회장이 간척사업 진행 중 최종 물막이 지점. 폐유조선을 끌어다가 물을 가득 담아 침하시켜 거센 물살을 차단하고 제방과 제방 사이를 성공리에 연결한 곳. 이곳은 간척사업을 완공한 기념으로 방조제 공사 과정을 사진과 함께 현황판을 세워놓아 전망대 겸 쉼터를 마련해 놓았다. 이곳이 간척사업 중 가장 힘들었고 어려운 공사였기에 날씨가 변덕스러운가? 생각했었다. 이곳에서 1년 동안 두 번이나 시련을 겪었다. 바다 위에 제방을 쌓아 올려 다른 지역보다 날씨가 죽 끓듯이 변덕을 부리는 것 같았다.

그해 가을 여느 때와 같이 주말이 다가왔다. 길범섭 선생이 대전에서 친구를 만나기로 약속했다기에 함께 가기로 했다. 길 선생님과 숙직실에서 각방을 쓰면서 한솥밥을 먹으며 생활했다. 점심을 간단하게 해결하고 출발했다. 대전에 갈 적에는 오던 길 역순으로 다녔다.

칠갑산 고개를 넘어 내리막길이라 브레이크를 살짝살짝 밟으며 속도를 줄여 내려갔다. 중간지점 커브 길 비탈로 전복 사고가 난 승용차를 발견했다. 젊은 남녀 두 사람이 서 있어 남자의 얼굴에 핏자국이 눈에 띄었다. 위험에 처한 사람을 보고 지나칠 수 없어 차를 세웠다.

주말과 월요일이면, 나도 장거리 운전을 하여 남의 일 같지 않아 작은 도움이라도 도와주고 싶었다. 어디까지 가느냐고 물어봤더니 대전에 가는 길이라고 한다. 태안 원이중학교에서 근무하는 부부 교사로 부모님께서 아기를 키워주고 있어 아기를 보러 가는 길이라고 한다. 그 이야기를 들었더니 마음이 더 아팠다. 일주일을 기다렸다 갓난아기를 보러 가다가 사고가 나서 더욱 안타깝고 딱한 마음이 들었다.

상처를 입었기에 가까운 병원으로 가는 것이 좋을 듯싶어 공주까지 같이 가자고 했다. 둘을 태워 공주 옥룡동 성보의원까지 갔다. 치료받도록 안내하고 발걸음을 되돌려야 했다. 큰 아픔과 후유증이 없기만을…… 바라면서.

그 후로 어떻게 되었는지 알 수가 없었다. 궁금하여 원이중학교에 전화하고 싶은 마음은 굴뚝같았는데 하지 않았다. 빠른 쾌유와 건강을 바랄 뿐.

다른 사람의 아픔을 알아줄 때, 비로소 자신을 사랑하는 법을 알게 되었다. 서로에 관한 관심과 배려는 참사랑이다.

숙직하는 이른 아침에

공주정명학교는 1984년에 개교한 충남 특수교육의 요람이며 유·초·중·고·전공과 학부를 설립한 장애 학생들의 배움터다.

안면초등학교에서 근무하다가 1998년 3월에 정명학교로 발령받아 근무했다. 공주 시내에서 통학하는 학생들 외에는 기숙사에서 생활. 학생들을 위해 당직을 편성하여 남교사들은 숙직, 여교사들은 일요일과 공휴일에 일직을 맡았다.

부임 후 처음 당직하는 날이었다. 식당에서 학생들과 저녁을 먹은 후 본관 출입문 보안장치 작동을 하고, 숙직실에서 텔레비전을 보다가 정해진 시간에 따라 기숙사와 교사 주변을 순찰했다. 일반 학교에서 숙직할 때보다는 기숙사에 학생들이 생활하고 있어 마음이 든든했다. 밤이 깊어져 잠나라로 들어갔다. 다음 날 학생들 지도하기 위해서는 어쩔 수 없이 눈을 붙여야 했다.

숙직실 바로 옆방에서는 이기연 행정실장이 사무관 시험 준비를 위해 생활하고 있었다. 적막하기는 했으나 옆방에 사람이 있어 맘이 편안하며 듬직했다.

날이 밝아 교사와 기숙사를 둘러보려고 밖으로 나왔더니 행정실장이 머물러 있는 문 앞에 벗어놓은 운동화 한 짝이 없어졌다. 웬일인가? 불길한 예감이 머리에 스쳐 주변을 살펴보았더니 학교에서 기르는 개 목줄이 풀어져 있었다. 개집 앞에 신발이 흉하게 내팽개쳐져 있어 조류사육장으로 부리나케 뛰어 가보았다. 공작, 칠면조, 오골계, 원앙까지 모조리 몽땅 참혹하게 물어 죽여 황당하고 어처구니가 없었다. 사육장 틈이 벌어져 들어갔다 나온 흔적을 발견했다.

어릴 때, 우리 집에서도 그와 같은 일이 벌어졌었다. 집에서 기르던 검둥이가 닭장을 틈새를 뚫고 들어갔다. 짐승들의 특성은 철망 틈으로 대갈통만 들어가면 몸통은 쉽게 뚫고 들어갈 수 있다. 잡아먹지는 않고 다 물어 죽이기만 했다.

혹시라도 기숙사에서 생활하는 학생들을 물면 큰일 난다. 덩치가 송아지만 한 개가 혓바닥을 늘어트려 뾰족한 송곳니를 드러내고 헐레벌떡 뛰어다녀 무척 겁이 났다. 곧 내게로 달려들어 덮칠 것만 같았다. 개를 잡아매는 것이 최선책. 이리 오라고 손짓했더니 '왈왈' 으르렁대지 않고 꼬리를 흔들며 다가와서 무척 고맙기도 했다. 목사리를 목줄에 묶어놓았다.

행정실장에게 학교 개가 사육장 틈새를 뚫고 들어가 조류를 몽땅 물어 죽였다고 알렸더니 "예!", 두 눈이 휘둥그러져 황당한 얼굴빛에 깜짝 놀란다. 숙직을 제대로 하지 못한 내 책임 같아서 걱정으로 마음이 무거웠다. 강JG 사육 담당자와 노승경 교감, 황규홍 교장 선생님께 전화로 그 상황을 전했다.

학생들이 사육하는 가금류가 다 죽어 큰일이다. 전공과 학생들 자립의 꿈 실현을 위한 실습용. 담당 교사의 지도로 사육 교육을 익히고 실습하는 데 필요한 가금류다. 부화기도 갖춰져 어린 가금류를 판매도 했다. 새끼 칠면조, 오골계를 장인어른에게 길러 보게 사다 드렸다. 일여 년을 키워 칠면조를 잡아 요리하여 말로만 들어봤던 고기를 처음 먹어봤다. 각종 영양성분이 풍부하고 고소한 육즙이 바로 느껴져 맛있었다. 서양에서는 추수감사절이나 성탄절과 같은 중요한 행사에 칠면조 고기를 먹는다고 한다.

출근 시간이 되자 직원들이 한둘씩 출근하였다. 교감 선생님께서 출근하셔 현 상황을 말씀드렸다. 교장 선생님께서는 전공과 학생들을 위한 사육 교육에 관심이 많으시니, 상황을 잘 말씀을 드리라고 하셨다.

2층 교장실로 올라가 어젯밤에 순찰을 소홀히 하여 개가 가금류를 다 물어 죽여 책임이 크다고 말씀드렸다. 추궁할 줄 알았는데, 예상 밖에 되레 풀어진 개를 묶어 주어 고맙다고 하셨다. 만에 하나 학생들을 물었으면 어떤 일이 벌어졌을지 모른다며 천만다행이라 하신다. 당직 책임자로서 적잖이 위안이 됐다. 며칠 전 사육장에 틈새가 벌어져 있어 담당자에게 단단하게 마무리하라고 했더니 결국 일이 벌어졌다고 하셨다. 사육 담당자가 들어와 교장실에서 나왔다.

학교에서 개 사육에 대해 생각해 볼 문제다. 목줄이 언제 풀어지거나 끊어질지 아무도 모른다. 만약 공격성으로 돌변하여 학생들을 물거나 놀라게 한다면 예상치 않은 큰일이 벌어진다.

10여 년 전에, 고향에서 재종질이 개한테 물린 사고가 발생했다. 앞집에서 기르는 개 목줄이 끊어져 맹렬하게 짖으며 펄쩍 뛰어들어, 방어하다가 팔뚝을 물렸단다. 재종질은 해병대 1기 헌병 출신이라 위급한 상황에 대처를 잘했다. 만약 재종질부였다면 큰 위험을 당했을지도 모른다. 그런 자세를 취하지 않았다면 목을 물릴 뻔했다고 한다. 마침 주인의 도움으로 2차 피해를 막았단다. 맹견은 기습 침입하여 목을 공격하는 습성이 있다. 무섭다. 한동안 을지병원에 입원하셔 병문안을 갔었다.

우리가 사는 아파트 같은 라인에 대형견 두 마리를 기르는 가정이 있었다. 어느 날, 엘리베이터를 타려고 문이 열려 들어가는 순간 나도 모르게 반사적으로 뒤로 주춤했다. 그 사람에게는 반려견이겠지만, 내게는 공포의 대상 맹견으로 보였다. 작은 애완견은 몰라도 덩치가 사자만 하여 무서웠다. 어린아이들은 그런 상황이라면 엄청나게 놀랐을 것이다. 비상계단을 이용했으면 좋을 텐데, 공용으로 이용하는 엘리베이터에서는 그런 예의를 갖춰줬으면 좋으련만.

연수 전날 밤

2012년 5월에 국립환경인력개발원에서 실시하는 환경교육 4박 5일 기숙사 합숙 연수가 있었다. 윤인근, 이봉희, 전원규 친구와 같이 개강 하루 전 오후에 대중교통으로 인천 서구로 올라갔다.

저녁을 먹고 모텔에 들어가 휴식을 취하고 있었다. 얼마 후 내 호주머니에서 휴대전화기가 요란하게 울렸다. 이 시간에 누가 전화할까? 얼른 받았다. 오재환 교감 선생님이었다. 6학년 1반 박JT 학생이 공부 시간에 소란을 피워 담임교사가 수업 방해를 하려면 집에 가라고 했는데, 그 학생 행방이 묘연하다고 한다. 갈만한 곳을 찾아보아도 찾지 못했다고 한다. 오죽했으면 담임은 그런 말을 했겠는가? 나도 교사 시절에 그와 같은 경험이 있어 이해할 만했다.

그 아이는 그해 3월에 천안미라초등학교에서 전학해 와 향림원서 생활하는 학생이었다. 교내에서 자연스럽게 만나면 말을 걸거나 칭찬도 해주고 가끔 내 방으로 불러들여 이야기를 나누며 따뜻한 사랑으로 보살펴줬다. 순회 때 복도를 지나치면 수업태도가 눈에 띄었다. 그러다가 나를 보는 순간에 멈칫하는 학생. 지금도 그 학생의 얼굴 이름을 잊지 않고 기억하고 있다. 직원들은 퇴근하지 않고 학생을 찾고 있다고 한다.

늦은 시간이라 내일 찾는 것이 좋을듯하여 직원들을 퇴근하도록 하게 했다. 마음은 내려가고 싶었으나, 시간이 늦어 교통편이 여의찮아 연수를 포기하고 다음 날 일찍 서둘러 가기로 했다. 같이 올라온 친구들에게 그 상황을 전하였더니 위로와 걱정해주고 마음을 보듬어주어 무척 고마웠다.

밤이 깊어 눈을 붙여 잠을 청해도 잠이 오지 않아 밤이 길어만 갔다. 모로 누웠다가 똑바로 누웠다 하며 뒤척였다. 순간, 나보다 담임은 더 고심하는 것 같기도 하고 마음은 학교에 가 있었다. 학생은 어디에서 무엇을 하고 있을까? 엎치락뒤치락 시간이 가지 않고 날은 밝아오지 않아 뜬눈으로 밤을 지새웠다.

교사 시절 공주정명학교에서 2년 차, 1학년 담임을 맡고 있을 때 경험이 문득 떠올랐다.

봄날 초등부, 용인 에버랜드 현장학습 날이었다. 그곳에 도착했더니 학생들과 봄나들이 나온 사람으로 붐볐다. 입장하여 아이들에게 놀이기구를 태워줬더니 무척 좋아하며 즐겼다. 이동하여 또 다른 놀이기구를 태워주려고 머릿수를 확인했다. 한 명이 없어졌다. 의사소통이 어려운 학생이라 어떻게 찾나 일순간 가슴이 철렁 내려앉았다. 동 학년 강명아 선생님에게 학생들을 맡기고 주변을 찾아보았다. 찾지 못하여 생활부장에게 알렸다. 생활부장이 급히 비상을 걸었다. 다른 학년은 동 학년 선생님에게 학생들을 돌보게 하고 찾으러 나섰다.

얼마 후에 김송규 선생한테 전화가 왔다. 찾았단다. 학교에서나 현장학습에서나 학생들을 찾는 비상체계는 일반 학교에서 볼 수 없는 훈련된 교사들. 1년이면 이런 크고 작은 일이 여러 번 발생하였고 그때마다 학생들을 모두 찾았다. 그 생각을 했더니 조금은 안심이 되었다.

연수를 포기하기로 하고, 아침밥을 뜨는 둥 마는 둥 강남고속버스터미널로 향했다. 대전행 고속버스에 올라 좌석에 앉았더니 마음이 차분해지고 안정됐다. 휴대전화기를 열어 길HS 선생님에게 전화를 걸었더니 이내 받았다. 긴장한 듯했다.

중국 속담에 '차가운 밥과 차가운 차는 참을 수 있지만 차가운 말은 참을 수 없다.'라는 말이 있듯이, 정곡을 꼭 찌르는 말은 깨물어 부드럽고 고운 말로 갈고 닦았다. 마음을 달래고 위로가 되는 듣기 좋은 따뜻한 말로

“길HS 선생님, 버스를 타고 내려가고 있으니 걱정하지 마세요. 찾을 것 같습니다.”

“교장 교생님, 정말로 죄송해요.”

미안하고 고마워하는 마음이 음성에서 느껴졌다.

점심시간이 가까워 학교에 도착했다. 교감 선생님께서 수습 상황을 설명해줬다. 12학급으로 편성되어 여섯 명은 각 학년을 관리하고 두 명씩 짝지어 천안미라초등학교와 대전경찰서 방문하여 만인산 도로 CCTV 확인, 나머지 둘은 학교 주변과 인근 지역 학생이 갈만한 곳을 확인하기 위해 둘씩 짝지어 출장을 나간 상태였다. 슬기롭게 대처를 잘해줘 고마웠다. 향림원에서도 자체적으로 학생을 찾고 있다고 한다. 우려스러운 것은 수업 시간에 담임이 학생을 밖으로 내보내, 혹시나 도로에서 교통사고가 발생하면 그게 염려스러웠다. 직원들에게 이야기할 수도 없고 나 혼자 심란했다. 그렇게 되지 않기를 간절히 바라는 마음뿐이었다.

점심을 먹고 몇 시간 후에 교감 선생님께서 박JT 학생을 천안미라초등학교에서 찾았다는 소식을 전해주어 기뻤다. 이제 안도의 한숨을 쉬게 되어 무척 반가웠다. 수업 시간인데 운동장에서 혼자 놀고 있기에 수상하다 싶어 교장 선생님께서 확인하셨다고 한다. 그 학교의 이시우 교장 선생님은 교감 선생님께서 천안 변두리 학교로 승진하여 모셨던 교장 선생님. 천안으로 출장

중인 담임과 교무부장에게 알렸다고 한다. 담임은 누구보다도 가장 기뻐했을 것이다.

고생을 많이 했지만, 쉽게 찾아 천만다행이다. 교직원 모두가 합심하여 노력하여 찾은 거나 다름이 없었다.

향림원에서 생활하는 학생들은 교직원들이 애정으로 보듬어 주며 따뜻한 사랑으로 감싸주었지만, 여전히 사랑이 결핍된 아이들이라는 것을 또다시 한번 깊이 느꼈다.

그 후에 이야기를 전해 들었다. 이 녀석은 향림원으로 가면 꾸중을 들을까 봐 천안에 가려고 했다고 한다. 만인산을 넘어 대전 방향으로 걸어가는데, 승용차가 정차하여 어디까지 가느냐고 하여 천안미라초등학교까지 간다고 했더니 태워줬다고 한다. 학교에 들러 친구를 만나 놀다가 친구네 집에서 하루를 잤다고 한다.

그 후 몇 날이 지나 환한 미소의 얼굴로 박현숙 교무부장이 내 방에 들어왔다.

"교장 선생님께서 길HS 선생님에게 따뜻한 전화 한마디에 교원들은 감동을 받아 끝까지 찾기로 다짐했어요. 다른 교장 선생님 같았으면 담임에게 다그치고 화를 내셨을 거예요."

"과거 교사 시절 경험 덕분이지요."

엎질러진 물은 이미 땅속에 스며들어서 다시 주워 담을 수가 없듯이, 사람들과 대화나 이야기 중에 생각지 않고 함부로 귀에

꽂히게 툭! 내뱉거나 딱 잘라 말하면 안 된다. 감정적으로 언성을 높이거나 질책한다고 해결되지는 않는다. 지난날 경험에 의하면 상대방이 어려움을 겪고 있을 때 따뜻한 말 한마디가 힘이 되어주고 감화를 줄 수 있다. '가는 말이 고와야 오는 말이 곱다.'라는 속담은 그런 예가 아니겠는가 싶다.

우산봉에 올라

초등학교 다닐 적, 학교에 오가다가 거문거리 말바위 신작로 모퉁이나 운동장에서 남동쪽을 바라보면 우산봉이 훤히 보였다. 산세가 우산을 받들고 있는 형상이라 퍽 인상적이었다. 십 리 밖 멀리서 보면 볼수록 우산을 활짝 펼쳐놓은 모양으로 보였다. 가까이에서 보면 멀리서 보는 모양과 사뭇 다르게 보였다. 지금 생각해보았더니 유년 시절에 눈여겨 잘 본 것 같았다. 우산 산(傘)자의 모양 같은 산세라 우산봉(雨傘峰)이라고 불렀다.

아득한 옛날 옛적에 마을 일대에 큰 가뭄이 들었는데, 이 산에서 기우제를 지내자 빗방울이 쏟아져 내리기 시작하더니 큰비가 왔다고 한다. 그 후 비를 몰고 온 산이라 해서 우산봉이라 불렀다고 한다.

기우제를 지내고 난 후 대홍수가 났을 때 모두 물바다로 잠겼는데, 이 산은 높아 다 잠기지 않고 꼭대기가 우산만큼 남았다고 해서 우산봉으로 불렀다고 한다. 또 주변의 산들이 우산을 받들고 있는 형상이라서 우산봉이라 전해졌다고 한다. 이 세 가지 유래는 같은 맥락이며 비와 관련된 의미가 있다.

반세기가 훌쩍 넘도록 우산봉을 맴돌기만 했지, 그곳 정상은 오르지 못했다. 가까이에 있는 것을 멀리한다고 하더니 내가 그 꼴이 됐다. 속담에 '등잔불 밑이 어둡다.'고 하더니 바로 코앞에 있는 우산봉을 한 번도 오르지 못하여 자괴감이 들었다.

정년퇴직하고 전원규 벗이 한 달에 두 번 등산하자는 의견을 제시하였다. 추석 연휴가 끝난 다음 날 2013년 9월 21일 토요일에 윤인근, 이봉희, 전원규, 정진용, 네 벗과 안산동 방향에서 우산봉을 처음 등정하게 되어 기대가 매우 컸다. 안산산성을 지나 정상을 향해 올라가니, 산길의 갈잎 흙이 푸슬푸슬 밟히는 발바닥 촉감이 부드러웠다. 숲속 멀리 가까이에서 들려오는 이름 모를 산새들의 노랫소리가 속삭이는 호젓한 산길. 쉬엄쉬엄 앞서거니 뒤서거니 오르고 올라 우산봉 정상에 다다랐다.

숨 가쁜 호흡을 가다듬고 눈앞 저 멀리 펼쳐진 전경을 바라봤다. 시야에 들어오는 산세가 수려하고 땀을 흘리며 올라오기 힘들었던 것과 반대로 멋진 풍경. 사방이 탁 트여 가슴마저 후련하고 시원했다. 드높은 파아란 하늘이 예쁘고, 가을볕 아래 대자연

경관이 빼어나게 아름다웠다. 기분이 너무 좋고 상쾌하여 세상을 다 얻은 것 같았다. 좌측으로 눈을 살짝 돌려보았더니 계룡산 최고봉 천황봉이 빤히 보였다. 그 산줄기가 이어져 금강에 이르기 직전 우뚝 솟아오른 우산봉. 높은 정상에서 벗들과 아름다운 풍경을 감상했다. 이 봉우리는 대전광역시 유성구와 공주시 반포면의 경계로 가파른 사면으로 이뤄져 있다.

우산봉에서 남서쪽을 바라보면 한 폭의 동양화처럼 산세가 펼쳐져 있어 내 고향 반포면의 대자연 풍경은 참으로 아름다웠다. 소나무 가지 사이로 보이는 다랑논은 누런 황금빛에 가을볕 아래 풍요롭고 한없이 평화로웠다. 바라보는 것만으로도 가을의 정취를 물씬 느껴 행복했다. 자연의 경관이 빼어나게 아름다워 하나밖에 없는 그림 같기도 하여 마음마저 여유롭고 상쾌했다. 이렇게 아름다운 곳에서 태어나고 자란 것은 내게는 큰 행운, 축복의 선물. 자연이 내려준 내 고향 경관이 한없이 자랑스럽고 고맙기 짝이 없다.

우측으로 눈을 돌렸더니, 세종시 첫 마을에 건설하는 아파트가 우후죽순처럼 우뚝우뚝 솟아 있었다. 충청도의 젖줄인 짙푸른 금강이 굽이쳐 흐르고 있어 평화롭고 여유로워 보였다. 기회가 닿으면 세종에서 한번 살고 싶은 마음이 들었다.

노무현 전 대통령이 하늘나라에서 내려다보시며 계획대로 추진되어 매우 만족해하시는 것 같았다. 국토의 균형발전을 위해 행정수도를 충청권으로 이전할 꿈이었는데. 2007년 7월 20일 행정중심복합도시 건설 기공식 첫 삽만 뜨고 건설 과정을 지켜보지 못하고 갑자기 유명을 달리하여 너무나도 안타깝다. 지금까지 살아계신다면 진영 봉화마을에서 이곳까지 올라오셔서 권양숙 영부인과 손을 잡고 정부세종청사를 비롯하여 대통령기록관을 둘러보셨을 것이다. 또 자전거 타기를 좋아하시는 분이라, 세종호수공원에서 자전거 페달을 저어가며 즐기시거나 아니면 산책하셨으리라 본다.

우산봉의 전설 '세시랑 이야기'가 전해 내려오고 있다. 옛날 백제 시대에 유성 갑천변에 살던 여인이 우산봉 산신령에게 정성껏 기도를 올려 아들 셋을 낳았다고 한다. 장성한 세 아들은 신라군과 싸움을 위해 전쟁터로 떠났으나 돌아오지 않았다. 여인은 산신령에게 세 아들이 우산봉의 시랑이 되었다는 이야기를 들었다. 순간 여인은 그곳에서 숨을 거두고 신선들이 사는 곳에서 세 아들과 행복하게 살았다고 한다. 그런 일로 우산봉에 정성껏 기도하면 훌륭한 아들을 얻는다는 이야기가 전해 내려왔다.

꿈에그린 아파트에서 생활할 때 집사람과 같이 우산봉을 여러 번 올랐다. 반석동에서 오르면 가파른 경사인데도 젊은 여인들이 우산봉을 찾는 이유를 이제야 알만하다.

노은지구가 개발되고 지하철 연결로 우산봉을 찾는 사람들이 늘어나는 추세이다. 우산봉은 명성을 얻고 있다.

청국장

내 어린 시절 어머니는 뙤약볕이 쨍쨍 내리쬐는 한여름 깊은 콩밭 한가운데에서 머리에 수건을 두르고 구슬땀을 닦으며 콩밭을 매셨다. 콩밭의 열기는 후끈후끈 한증막 같았고 어머니 얼굴은 빨게져 있었다. 지금도 그 모습이 잊히지 않는다.

시골 부녀자들은 온갖 힘든 일을 참아가며 은근과 끈기로 자식들을 키우고 살림하면서 밭일도 거들었다. 어린 시절에 우리 마을은 논농사는 남자들이 주로 짓고 밭뙈기는 부녀자들이 가꿨다. 밭에는 밭작물과 함께 밭고랑에 온갖 잡초가 자라났다.

콩밭을 매고 난 뒤 돌아보면 금세 풀이 자라나 손이 많이 가서 논농사보다는 곱절 힘들었다. 아버지는 밭농사를 지으려면 잔손이 많이 가며 힘들다고 하여 진밭을 논으로 만들어 벼농사를 짓게 했다.

콩을 가꾸어 수확하면 메주를 띄워 된장을 담갔다. 어릴 적에 마을 어른들은 "그 집안의 음식 맛을 알아보려면 먼저 장맛을 보면 알 수 있다."라고 했다. 어머니와 큰형수가 담근 장맛은 맛이 좋아 일품이었다. 그때 그 시절에 공암 할멈네 장맛이 맛있다는 이야기를 많이 들었다.

가을걷이가 끝나고 메주 쑤는 날에는 어머니는 소쿠리에 청국장을 띄웠다. 푹 삶은 콩을 소쿠리에 담아 볏짚 몇 가닥을 한 뼘 길이로 겹쳐 접어 지푸라기를 감아서 드문드문 꽂아 박은 후 베보자기를 덮어둔다. 따뜻한 아랫목에 볏짚을 얇게 깔고 포대를 깐 위에다 소쿠리를 놓고 이불을 덮어 발효되게 했다.

이삼일 뒤에 이불과 베보를 들춰보시고 청국장에서 끈적끈적하고 실같이 늘어지면 청국장이 참 잘 띄워졌다고 하시며 흐뭇한 표정을 지으셨던 우리 어머니.

큰형수가 청국장을 끓이는 날에는 다른 반찬이 없어도 밥 한 그릇을 뚝딱 해치울 수 있었다. 구수하고 엄청나게 맛있는 청국장으로.

정년퇴직하고 시간적 여유가 있어 집사람과 닷새마다 서는 유성 장날이라 장에 갔다. 시장 골목골목 다니면서 구경하는데 보건소 옆 허름한 식당에 사람들이 북적북적했다. 배꼽시계가 울려 식당으로 들어갔다. 할머니와 나이 지긋한 아주머니들이 운영하고 있었다. 메뉴판을 보았더니 청국장이 눈에 번쩍 띄었다. 어머니가 청국장을 띄우고 큰형수가 끓여준 입맛이 살아나 2인분을 시켰다.

이내 청국장이 아담한 뚝배기에 찰랑거릴 만큼 많이 나왔다. 뚝배기 열기로 아직도 '보글보글' 끓어오르는 소리, 맛있는 소리였다. 두부, 고추, 파를 썰어 넣어 둥둥 떠다녀 풍미가 가득한 청국장. 그 속엔 끈끈한 점액질 콩 쪼가리가 가득했다. 어린 시절에 먹어봤던 청국장과 별다른 바 없는 향기가 물씬 풍겨 '잘 왔구나!' 기분이 좋았다. 담백한 맛에 구수하고 고향의 향수가 느껴지는 맛! 어릴 적에 먹었던 그 맛이 깃들어 있어 맛있었다.

내 밥만으로도 남을 듯한데 많이 드시라며 밥 한 공기를 더 가져다 놓았다. 할머니의 넘쳐나는 인심에 내 마음마저 다리를 쭉 뻗는 듯했다. 밥을 다 먹었는데도 국물이 바닥에 조금 남았다. 아까운 생각에 스님들이 식사하고 난 그릇을 비우듯 보약인 양 뚝배기에 남은 국물을 깨끗이 비웠더니 마음마저 깔끔한 기분이었다.

그 후로 오다가다 때가 되면 으레 그 집으로 들어갔다. 청국장을 시킬 때도 있었고, 어느 때는 된장찌개를 주문하여 한 끼를 든든하게 해결하기도 했다. 내 어린 시절에 먹고 자랐던 맛을 느낄 수 있어 내 입맛에 딱 맞는 토속적인 음식.

언제든지 그 집에 들를 적마다 어머니가 콩밭을 맬 때 흘리신

구슬 같은 땀방울이 청국장에 묻어나 고향의 흙 내음 같은 구수한 맛이 났다.

청국장 속엔 특유의 향이 진하게 느껴져 고향의 바람과 햇살, 순박한 농부의 정성이 숨결이 함께 살아있다.

신선봉 정상에서

이상민 의원이 제20대 국회의원 선거에서 공약했던 대로 노은 3지구에서 곧바로 신선봉을 올라가도록 등산로를 개설했다.

신선봉 정상 평평한 너럭바위에 올라 내려다보면 수려한 풍경에 내 마음을 빼앗는 곳이 있었다. 오래오래 자세히 바라보면 참 아름답다. 눈앞에 계룡산이 훤히 보이고 천황봉에서 발원하여 은선폭포를 거쳐 학봉, 온천, 공암마을을 굽이쳐 흐르는 용수천의 맑고 푸른 물줄기. 계룡산의 산줄기로 둘러싸인 내 고향 면 소재지 공암리도 보이고 반포초등학교의 운동장이며 플라타너스 거목이 한가로이 내려다보였다.

그곳은 초등학교 시절에 푸른 꿈을 품은 곳. 운동장에서 동무들과 깔깔대고 재잘거리며 뛰어놀다 어깨를 부딪치면 다투기도 했었다. 가을 대운동회 날에 "청군 이겨라!" "백군 이겨라!" 목이 터지게 응원 소리가 울려 퍼지고 파아란 가을 하늘에 만국기가 펄럭이던 곳.

봄가을 소풍날에는 도시락을 싸서 어깨에 둘러메고 동학사로 걸었던 신작로가 보였다. 동학사로 소풍 가는 날은 무척 즐거웠지만, 즐거운 만큼 몸뚱이도 힘들었다. 집에서 학교까지 걷고 또 다시 동학사까지 걸어가 꿀맛 도시락을 까먹고 집까지 걸어갔던 길. 그 길은 기다란 동아줄을 늘여놓은 듯 보여 옛 신작로 길이 떠올라 생각에 잠겼다.

마라귀 아이들은 소풍날이면 왕복 육십 리를 걸었다. 그 추억의 길을 또다시 한번 동무들과 걷고 싶었다. 그때 그렇게 단련되어 신선봉을 힘들지 않게 올라온 것 같았다. 그 풍경을 보면 볼수록 아름답고 자세히 한참을 내려다보면 그림을 옮겨놓은 것 같이 아름다워 내 마음을 빼앗겼다.

신선봉에 꽃이 피고 새가 우는 봄이 오면 산등성엔 진달래가 꽃망울을 터트려 군데군데에서 수줍은 듯이 인사를 한다. 겨울잠을 깬 나무들은 푸릇푸릇 싱그러운 연초록 예쁜 옷으로 갈아입고, 나비들은 나풀나풀 춤을 추고 꽃향기에 꿀벌들은 '붕붕' 꿀 따기가 바빴다. 나무 사이를 오가며 짝지으려고 하는 새들. 숲속에는 뻐꾸기, 박새, 줄무늬 다람쥐, 청설모들의 놀이동산.

오래전 국립대전현충원에서 방목한 꽃사슴을 만날 때도 있었다. 그놈을 만나는 날은 반가운 사람을 만난 듯 기분이 매우 좋았다. 여름빛이 완연한 유월이면 새끼를 낳아 어미와 같이 다니는 모습을 보니 아기처럼 귀여워 품에 꼭 껴안아 주고 싶은 친근감이 가는 꽃사슴. 고라니와 달리 초롱초롱한 큰 눈방울이 참하게 보이고 가까이 다가가도 줄행랑을 치지 않는다. 이런 것들이 내 마음을 유혹하여 신선봉을 찾게 한다. 오르고 올라도 질리지 않으며 대자연이 살아 숨 쉬는 신선봉.

가을이 깊어 가면 활엽수의 잎사귀는 울긋불긋 빛깔로 곱디곱게 수를 놓았다. 자연이 만든 계룡산의 천황봉, 연천봉, 삼불봉으로 이어진 능선은 맨드라미 꽃잎 같고 수탉 볏 같기도 하다. 보면 볼수록 아름다워 눈을 떼지 못한다. 그런 모습의 경치가 매료되어 가끔 신선봉 정상을 오른다. 계룡산은 계절에 따라 각기 다른 멋스럽고 아름다운 옷으로 갈아입어 바뀌는 산.

의상대사가 수도한 수통골. '화산회' 벗들과 빈계산, 금수봉, 도덕봉을 오르고 내리던 산이 눈앞에 펼쳐졌다. 발을 크게 건너뛰면 닿을 듯이 가깝다. 그곳을 등산하던 그때는 활력이 넘치고 참 즐거웠는데…….

눈을 돌려 우측을 바라보면 저 멀리 마티고개가 보이고 국사봉이 높이 솟아 있다. 내가 태어나고 자란 내 고향 마라귀는 파아란 하늘만 빤히 보였다. 그래도 괜찮다. 그곳을 오래오래 바라볼수록 내겐 더 반갑다. 내 고향을 그릴 수 있으니까.

어린 시절 내 고향 저물녘 헛간 아래에 참새들이 떼를 지어 내려앉자마자 '짹짹' 지저귀며 먹이를 찾았다. 감나무 가지에 '호로록호로록' 나르며 장난치는 참새들의 모습이 너무 귀여워 예쁘기가 그지없었다. 초가의 굴뚝에서 하얀 연기가 하늘을 향해 피어오르는 풍경은 한 폭의 동양화가 됐다. 내 고향 풍광은 화폭이 되어 그렇게 아름다웠다. 내 가슴속엔 아직도 내 고향 뜰이 살아 숨 쉬고 있다.

사이회를 돌아보며

'어리석은 사람은 인연을 만나도 몰라보고, 보통 사람은 인연을 알면서도 놓치고, 현명한 사람은 옷깃만 스쳐도 인연을 살려낸다.'라고 피천득 시인이 인연을 이야기했다. 사이회 친구들은 한 고장에서 자란 담쟁이덩굴 같이 얽힌 인연으로 귀하고 오래된 친구. 우린 걷는 발걸음까지 비슷하며 멀리서 바라봐도 누가 누구인지 금방 안다. 사이회 친구들을 생각하면서 글로 담는다.

40여 년 전에 초등학교 남자 동기동창회를 조직하여 1월과 8월 연 2회 모임을 개최했다. 1년에 두 번만 만나는 게 아쉬웠다. 작은 인연을 더 아름답게 살려내려는 마음으로 매월 한 차례 만나자는 의견을 모았다. 뜻이 있는 친구들은 서대전네거리 나세렛다방에서 모이기로 했다. 참석인원이 생각보다 많았다.

우리는 반포초등학교 42회 졸업생이다. 42, 아라비아 숫자를 읽으면 사이회. 친밀감에 듣기가 참 좋고, 두메산골 고향 고추 동무들로 사이가 좋은 친구들이라 두 가지 의미가 있어 '사이회'라고 명명했다. 고추 동무의 인연이 깊어 오래도록 아름답게 지속할 것 같았다. 매월 둘째 주 금요일에 곗날로 못 박았다. 시간이 지나면서 인원수 감소로 8명이 정착하여 즐겁고 재미있게 운영하였다. 계원 여덟 가정을 돌아가며 가정에서 계모임을 실시하였더니 우정이 더욱 돈독해져 훨씬 더 가까워졌다.

남자 회원들끼리 모임을 갖는 것도 좋지만, 부부가 같이하면 스스럼없이 친근한 정이 더욱 넘쳐 사이가 좋을 것 같았다. 아내들도 가입하도록 했다. 그래서 '사이회 부부계모임'이라고 자연스레 정해졌다. 여자 회원들은 알뜰하며 살림꾼이라 살림을 맡으면 똑소리 나게 잘할 것 같았다. 여회원이 총무와 여행재정을 담당하게 하고 남회원은 회장을 맡았다.

매월 모여 희희낙락 즐거이 정담을 나누기도 하고 때로는 고스톱판이 벌어졌다. 여회원들은 시간이 지날수록 정이 가까워져 작은 인연이 뭉쳐 아름답고, 사랑 행복이 가득했다. 남회원들보다 여회원들이 더 다정다감하여 오래 묵은 장맛처럼 됐다. 고스톱을 치다 보면 어떤 날은 운수가 좋아 돈을 따기도 하고 잃을 때도 있었다. 내내 표정은 변화무쌍하여 우리네 인생살이와 엇비슷했다. 결국은 따지도 못하고 잃음도 없이 덧없는 손놀림만 하며 즐겁게 시간을 보냈다. 친구와 포도주는 오래될수록 좋다더니 우리가 그 꼴이 됐다. 유성우체국 콘도에서 1박을 하며 고스톱을 칠 때면 기쁨과 즐거움이 두 배로 재미가 더 있었다.

연말에는 대천항 칠칠수산에서 활어회를 주문 배달받아 송년회 겸 잔치를 했다. 지난 1년을 뒤돌아보며 반성도 하고 덕담을 나누며 새해 건강을 빌었다. 설이 지나 정월 보름을 맞이하는 달에는 상품을 준비하여 부부가 한편이 되어 윷놀이했다. 우승하면 상장과 상품을 전달하고 남편은 아내를 등에 번쩍 업어 덩실덩실 춤을 췄다. 행복 사랑이 가득 품도록 기쁨의 박수갈채가 방안에 가득 퍼져 울렸다. 이게 작고도 큰 사랑. 부부의 얼굴엔 환한 웃음꽃을 띠어 지게와 작대기 같은 존재가 됐다.

사이회 부부계원들은 그동안 부부동반하여 속리산, 통영을 비롯하여 아름다운 명소를 찾아 추억을 쌓으며 즐겼다. 외국에는 서유럽, 장가계, 스페인과 포르투갈 여행을 했다. 그중 가장 기억에 남는 추억의 여행은 서유럽. 그해 난 회갑을 23일 남겨두고 아들딸과 동행하여 행복했고 의미 있는 여행이었다.

여행하고 나면 남는 것은 사진밖에 없다. 물론, 사진은 여행의 추억을 떠오르게 하는 데 좋을 것 같아서 앨범을 제작하여 회원가정에 한 부씩 배부했다. 겉표지는 로마의 상징인 콜로세움 배경으로 우리 부부가 맨 앞에 그 뒤에는 배동성, 윤인근 친구가 보이고 그 외 많은 관람객이 걷는 장면. 나도 모르는 사이 우리 딸내미가 찍었다. 겉표지를 제외하고 24페이지. 여행한 순서대로 제작하여 쉽게 기억을 찾을 수 있다. 가끔 사이회 부부계원이 새록새록 떠오를 때, 앨범을 한 장 한 장 넘겨 펼쳐보면 적잖은 아름다운 추억에 즐겁고 행복했다.

아낌없이 주는 꿀벌

푸르름 녹음의 계절 오월이 오면 아카시아꽃이 탐스럽게 활짝 피어 꽃향기가 훅 코끝을 스친다. 싱그러운 꽃 향이 짙어 절로 콧구멍이 벌름거리고 입이 헤벌레 벌어져 기분마저 상쾌하여 나도 모르게 발걸음이 느려진다. 이 향기에 끌려 꿀벌들은 '붕붕' 춤을 추며 아카시아꽃을 찾아다닌다. 이 시기가 꿀벌들은 일 년 중 가장 바쁘게 활동하는 계절.

내가 산행하는 길가에 아카시아마다 뭉글뭉글 뭉쳐 핀 아카시아꽃이 치렁치렁 늘어졌다. 어릴 적 따 먹던 추억에 이끌려 버선 모양이 탐스럽게 막 피어난 싱싱한 꽃송이를 따서 먹어 봤다. 꽃자루에 달콤한 꿀이 들어있어 어릴 적에 먹어봤던 그 맛! 어머니 생각이 떠올랐다. 아카시아꽃을 따다가 쌀가루와 버무려 백설기를 만들어 주었던 쫀득거리며 달콤한 떡. 그 떡의 맛을 잊지 못하여 또다시 한번 먹어보고 싶었다. 집사람도 그런 떡을 먹어봤는지 물어봐야겠다.

노은3동 해랑숲공원에서 신선봉으로 올라가는 길옆 키 큰 아카시아나무 밑에 벌통이 놓여 있었다. 숫자가 적은 것을 보아 전문가는 아닌 듯싶었다. 나도 20대 후반에 양봉을 해보려고 이른 봄에 쌀 한 가마 가격을 주고 고향에서 한 통을 샀다.

버스에 벌통을 실어 정안면 내촌리에서 생활하는 처마 밑에 놓았다. 한 통을 키워도 구색을 갖춰야 한다. 채밀기, 면포를 비롯하여 필요한 기구를 다 갖췄다. 분봉을 위해 여벌의 벌통도 조립해 놓았다.

부지런한 꿀벌! 꿀벌들이 벌통 소문을 분주히 드나드는 모습을 관찰하다가 출근이 늦은 적도 있었다. 허공을 '붕붕' 나는 모습이 무질서하면서도 눈에 보이지 않는 질서가 있어 보였다. 어디를 다녀오는지 바쁘게 날아와 양 뒷다리에 볼록하게 꽃가루를 뭉쳐 달고 오는 놈. 소문을 들락날락 부지런들 하다.

꿀벌을 관찰하면서 영국 철학자 프랜시스 베이컨 생각에 잠겨보았다. 그분은 사람을 세 종류의 유형으로 분류했다. 거미, 개미, 그리고 꿀벌로 비유. 거미는 이기적인 존재, 절대 있어서는 안 되는 존재다. 개미는 자신에게만 충실한 존재로 있어도 그만 없어도 그만인 존재. 꿀벌은 꽃을 찾아 번식에 도움을 주고 꿀을 만들어내는 창조적인 활동을 한다. 반드시 꼭 있어야 할 이타적인 존재다.

2019년 텔레비전에서 떠들썩했던 살인사건이 발생했다. 두 얼굴을 가진 30대 중반 여성인 고○정이 전 남편과 의붓아들을 살해한 사건은 너무 흉악하고 충격적이다. 인간의 탈을 쓴 벌레, 짐승만도 못한 인간. 끔찍하고 개탄스럽다. 개미와 같은 인간으로만 살았어도 사람 구실을 했을 텐데……. 이런 범행을 저지른 것이 매우 놀랍고 소름이 끼친다.

전주 노송동사무소에 매년 연말이면 '얼굴 없는 천사'가 20년째 편지와 함께 몰래 기부했다는 소식에 온정이 넘쳐 훈훈하다. 20년 동안 성금은 6억6천8백5십만 원에 이른다고 한다. 이런 분은 세상에서 가장 위대하고 아름다운 사람이다.

2019년에는 얼굴 없는 천사가 놓고 간 성금을 슬쩍 훔쳐 간 사람도 있었다. 우리 속담에 이런 사람을 두고 '눈 감으면 코 베어 가는 사람'이라고 했다. 보태주지 못할망정 어떻게 그런 짓을 할까? 결국은 경찰에 검거되어 감옥생활을 했다. 이와 같은 악의적 사건과 선행 미담을 접하면서 지옥과 천국을 드나들며 깨달았다. 하찮은 작은 일일지라도 남에게 베풀며 더불어 같이 살아가는 사회가 행복한 사회라는 것을.

꿀벌의 크기는 인간과 비교할 수 없는 새끼손가락 손톱 크기만도 못하지만, 우리 인간들은 배울 점이 참 많다.

한 통을 기르며 꿀벌의 생활사를 알아보았다. 처녀 여왕벌은 결혼 비행에 가장 건강한 수벌과 공중에서 교미한다. 그 후에는 하루에 500~2천 개를 산란하며 평생 150만 개 알을 낳는다고 한다. 그해 분봉하여 2통으로 늘려주고, 아카시아꽃과 밤꽃에 이르기까지 거의 한 말을 채밀하게 했다. 통수도 늘려주고 꿀도 따게 해서, 쌀 세 가마를 벌어다 줬다. 마치 우리 부모와 같이 아낌없이 나에게 몽땅 주고 희생만 했는데 설탕으로 겨울 양식을 주어 미안하기도 했다. 그들은 그런 것을 알면서도 겨우내 먹고 살았다. 어쨌든 미안하다 꿀벌들이여!

한 통에 여왕벌이 거느리는 군사는 1만5천에서 2만 마리라고 한다. 세계에서 인구가 가장 적은 나라 '바티칸시국' 8백 30여 명보다 20배나 많다. 우리나라 웬만한 읍의 인구수로 대식구의 가장이며 많은 군사를 거느린다. 꿀벌의 왕국 여왕벌은 어쩜 그렇게 통솔력이 뛰어나고 꿀벌들은 맡은 소임을 다하며 집단생활을 할까? 꿀벌이 태어나 죽을 때까지 일하는 단계별 과정은 벌통 내부 청소, 유충 키우기, 밀랍을 분비하여 집짓기, 꿀과 화분 수집, 여왕벌 시중, 외적 방어 등으로 정해져 있어 책임을 완수한다. 꿀벌의 수명은 일하는 강도에 따라 수명이 짧고 길며 꿀을 수집할 때는 1, 2개월. 겨울 월동할 때는 6개월 정도 산다. 그런 것을 다 알면서 생활하는 인간 집단에서 볼 수 없는 공동체 집단이다.

이듬해 정안초등학교에서 반포초등학교로 발령이 났다. 마티고개 밑은 아카시아가 군락을 이뤄 양봉하기에 직격이라, 사택으로 이사한 후에 작은형이 양봉하도록 벌통을 실어다 줬다. 작은형은 처음 양봉을 시작했다. 주말이면 고향 집에 들러 도와줬다.

학교 실습지에는 사과 과수원이 조성되어 있었다. 벌통을 놓으면 좋을 듯하여 이듬해 한 통을 갖다가 양지바른 처마 밑에 길렀다. 분봉으로 벌통이 늘어났다.

한 학교에서 근무하는 형 같은 선배 김동옥 선생님도 양봉하여 두 집 벌통을 마티고개 신작로 밑 화전민이 살던 민가 옆에다 옮겨놓았다. 열두 세 통이 됐다.

마티고개 주변에는 밀원이 최고의 장소다. 오륙 년 동안 양봉으로 바쁘게 생활했으며 짭짤한 재미를 봤다. 한참 재미가 쏠쏠할 때 석고병이 번져 벌 개체 수가 급격히 줄어들었다. 약품 소독을 주기적으로 했어도 효과가 없어 결국은 손을 놓게 되었다. 양봉하는 사람들이 제일 무서워하는 것이 석고병이다.

내가 산행하는 길목 아카시아나무 밑에 꿀벌 여섯 통이 놓여 있어 오다가다 유심히 관찰했다. 아카시아꽃향기가 물씬 풍기는데 소문을 드나드는 벌의 개체수가 적어 석고병의 피해를 본 것 같았다. 결국엔 빈 벌통이 늘어나는 것을 목격했다.

아카시아꽃이 활짝 피어있는 신선봉의 숲속을 거닐면 마음의 치유와 감미로운 꽃향기에 짜릿한 쾌감에 너무나 행복했다. 오월은 계절의 여왕! 나비, 꿀벌들이 꽃을 찾아 날아들며 자연이 살아있어 아름답다. 꽃처럼 향기로운 우리네 인생도 언제나 봄이었으면 좋겠고 싱그러운 오월처럼 살았으면 좋겠다.

친구의 가치

우리 속담에 '부모 팔아 친구 산다.'라는 말이 있듯이 친구는 부모만큼 매우 중요하다는 말이다. 사람은 친구 없이 살아가기가 쉽지 않아 힘들고 외롭다. 혼자서 살아갈 수 없는 게 인간 삶의 본질이기 때문. 그런 경향에 사람은 누구나 다 많건 적건 친구가 있다. 세상을 더불어 살아가는데 친구처럼 소중한 존재는 없다고 본다. 친구가 많으면 좋다고들 하는데, 남자든 여자든 일생에 적어도 세 명의 절친한 친구가 있다면 이루 말할 수 없이 행복하다고들 한다. 그만큼 돈으로 살 수 없는 것이 친구란 귀한 존재이기 때문이다.

친구! 친구라고 다 친구는 아니다. 힘들 때 마음을 나눌 수 있는 친구가 진짜 친구다. 가정의 궂은일을 당해보면 알 수 있다고

들 한다. 배우자가 세상을 떠나면 친구가 찾아와 문상한다고 하는데, 정작 본인이 세상을 떠나면 그렇지 않다고들 한다. 친구가 마지막 길 세상을 떠나는데 찾아가 명복을 빌어줘야 옳지 않겠는가? 그동안 살아오며 주변 사람들한테 그런 이야기를 많이 들었다. 어깨동갑 고추 동무랑 정을 나누었던 친구라면 어떻게 그럴 수 있을까? 친구가 살아 있다고 치자 친구를 위해 목숨까지 희생하지 못할망정 이 세상 마지막 떠나는 친구를 배신하다니! 진정으로 친구를 사랑하는 꽃 같은 사랑이 아름다운 사랑이 아니겠는가? 그게 그림자 같은 사랑이다. 좋아하는 사람이 아니라 가슴속 깊이 새겨 둘 수 있는 진정한 사랑의 사람이 되어야 한다.

한번 생각해보자, 주변의 지인이 "당신은 절친한 친구가 몇 명이나 있느냐?"라고 묻는다면 망설여지고 선뜻 답이 나오지 않을 것이다. 단 한 명만 있다고 해도 성공한 인생이라 봐야 한다. 또한 사람의 성향에 따라 절친한 친구의 기준치가 사람마다 다를 것이다.

명심보감에서 말하는 급난지붕(急難之朋) 이야기를 깊이 들여다보면, 진짜 친구는 친구가 어려울 때 도와줄 수 있는 친구! 가족 같은 친구가 진짜 절친한 친구다. 그런 친구인지? 곰곰이 생각해봐야 한다. 주식형제천개유(酒食兄弟千個有)라는 교훈은 술 먹고 밥 먹을 때 형, 동생 하는 친구는 천명이나 있지만 급난지붕일개무(急難之朋一個無)는 급하고 어려울 때 막상 나를 도와주는 친구는 한 명도 없다는 말이다.

친구가 많다고 자랑한 아들과 친구가 단 한 명뿐인 아버지는 둘 중 누가 친구 사귐에 성공했는지 시험하기로 했다. 아들과 아버지가 약속하고 돼지 한 마리를 잡아 거적에 둘둘 싸서 지게에 얹어 아들이 짊어지고 친구들 집을 찾아갔다. 그리고 잘못하여 사람을 죽였다고 하자 아들 친구들은 위급한 사항에 도움을 주기를 모두가 다 손절했다. 마지막으로 부자 둘은 한 명뿐인 아버지 친구네 집을 찾아갔다.

"이보게, 실은 내가 조금 전에 실수하여 사람을 죽였네, 그래서 여기 시체를 가지고 왔네, 아무도 본 사람이 없으니 어떻게 좀 도와주게."

"친구야, 어쩌다 그런 실수를 했어, 일단 안으로 들어오게, 누가 볼지 모르니 뒷이야기는 안에서 하고 저 시체는 장독 뒤에 일단 숨겨두세."

"친구여! 미안하네, 그 거적에 쌓인 것은 시체가 아니라 돼지고기라네, 내가 돼지 한 마리를 잡아 왔네."

"뭐야? 에이, 짓궂은 친구 같으니라고!"

"자, 우리 돼지고기를 안주로 술이나 실컷 마시세!"

이 일화를 통하여 아들과 아버지의 친구 중에 누가 진정한 친구인지 알아보았다. 누구의 인생이 성공한 인생이었을까? 단 한 명뿐인 친구와 피보다 진한 우정을 맺은 아버지를 통해 아들은 깨우친 점이 많았을 것이다.

한번 맺은 친구의 관계는 어떤 시련이 닥쳐도 무너지거나 끊어지지 말아야 한다. 아교로 붙여 놓은 단단한 관계가 되어야 한다. 친구를 신뢰하며 친구의 결점에 대해서는 이해하고 자신의 결점에 대해서는 엄해야 한다. 좋은 친구 관계를 유지하려면 어떤 희생도 감수해야 하고 인내하며 눈앞의 손해도 참을 수 있어야 한다. 친구가 힘들어할 때 손을 잡아주고 아픔을 함께 나누며 가슴으로 끌어안고 보듬어주는 마음도 있어야 한다. 친구의 이맛살을 펴줄 수 있는 친구가 된다면 우정의 관계는 깊어지고 높아지고 길어질 것이다.

친구 관계를 끊어지지 않게 유지하는 것은 참으로 어렵고 힘들다. 다정다감한 친구와 사소한 일로 우정에 한번 금이 가면 그 틈을 메운다 해도 원상복구가 되지 않는다. 복구된다 해도 앙금이 남아있어 지뢰밭 가시밭길을 걷는 거나 다름이 없을 것이다. 마음의 상처는 완전 회복은 어렵다. 가까우면 가까울수록 평소에 예의를 지키고 관심을 두며 사랑하는 마음의 친구가 되어야 한다. 그게 진정한 친구 사려 깊고 그림자 같은 친구다.

버찌의 추억

어린 시절에 내 고향 큰칡골과 작은칡골을 비롯하여 산에는 벚나무가 무척 많았다. 꽃피는 봄이 오면 벚나무마다 꽃이 화사하게 산 군데군데 피어난 모습은 파아란 하늘에 하얀 뭉게구름이 뭉실뭉실 떠다니는 모양 같았다.

마티고개에서 저 아래 멀리 멀찌감치 북쪽을 향해 내려다보면 강가에서 마티고개까지 십 리 신작로 길은 직선이 아니고, 우리네 인생처럼 구불구불 아름답게 휘어졌다. 그곳에 벚꽃이 만개하면 기다란 꽃구름 띠를 연상케 하여 이토록 아름다울 수가 없었다.

벚꽃이 피는 시기는 지역에 따라 차이가 있으나, 내 고향에는 4월 초순경에 하얀색으로 흐드러지게 피어 눈물겹도록 아름다웠다.

벚꽃의 꽃말은 아름다운 영혼, 정신적 사랑, 순수한 매력, 순결, 뛰어난 미인 등 나라마다 차이가 있으나 아름다운 사랑에 관련된 이야기는 같다. 우리나라는 예나 지금이나 벚나무가 많이 자라고 있어 봄이면 어디를 가나 벚꽃을 볼 수 있어 벚꽃 명소가 된다. 모든 동네에서 벚꽃이 피어 꽃을 사랑하고 좋아하는 사람들을 찾게 한다. 벚꽃의 명소를 찾는 그들의 마음속에는 언제나 벚꽃 같은 아름다움이 늘 피어있기를 바랄 것이다.

봄꽃의 축제 중에 가장 손꼽는 축제는 벚꽃축제. 봄꽃의 대명사 벚꽃! 벚꽃 축제에 안 가본 사람은 없을 것이다. 또 벚나무는 가을에 붉은 단풍을 선사하여 찾는 이에게 사랑을 듬뿍 받고 있다. 한 해에 한 번이 아닌 두 번이나 몸을 치장하여 고운 빛을 발한다. 예전에는 시골 아이들에게 버찌를 간식으로 제공하여 추억도 만들어 줬다. 버찌를 따다가 시장에 내다 팔면 용돈도 벌 수 있어 무척이나 고마운 벚나무.

벚꽃은 잠시 아름답게 피었다가 사라지지만, 벚꽃이 진자리에는 버찌가 맺어 녹색 붉은색을 거쳐 씨알이 커가며 유월이면 버찌가 까맣게 익어간다.

우리 마을 신작로 가에는 늘어진 벚나무 밑에 농익어 떨어진 버찌가 수북했었다. 학교를 파하고 길가에 버찌가 먹음직스러워 벚나무에 올라 버찌를 따 먹다가 나뭇가지가 찢어지는 바람에 엉덩방아를 찧기도 했었다. 동무들과 버찌를 한참 동안 따먹다 내려와 입가를 보면 새까맣게 얼룩져 하얀 이가 까매져 서로 쳐다보며 까르르 깔깔 뒤로 넘어질 듯 웃음꽃을 자아냈다. 그렇게 한바탕 웃는 것도 버찌를 따 먹는 또 다른 재미였다. 이런 재미로 웃고 웃으면서 학교에 다녔다. 버찌로 얼굴에 분장하여 동무들과 나뭇가지로 칼싸움하며 전쟁놀이도 했었다. 유월은 그렇게 웃고 즐거웠던 추억이 많은 싱그러운 계절이었다.

내가 자주 산행하는 장군산 외부순환 둘레숲길에는 벚나무가 보기 좋게 있었다. 산행하다 힘들 때면 오래된 벚나무에 기대며 시원한 그늘에서 쉬기도 했다. 벚나무는 풍성한 잎사귀로 그늘을 만들어줘 고맙기도 하고 더 없는 친구 같기도 했다.

올해도 예년과 같이 벚나무마다 버찌가 많이 열렸다. 산벚나무 버찌는 씨알이 까맣고 작으며 쌉쌀하기는 하나 단맛이 깊어 구미가 당겼다. 왕벚나무 버찌는 씨알이 굵고 쓴맛이 강하다.

어린 시절에 버찌를 따 먹었던 그 맛이 잊히지 않아 닿을 만한 벚나무 가지를 휘어잡고 까맣게 농익은 버찌를 따서 먹어봤다. 단맛은 예나 지금이나 변함이 없었다. 그 맛에 체면이고 뭐고 살필 겨를 없이 또 따 먹었다. 어린 시절에 버찌를 따 먹던 동무들의 입술이 검붉게 물든 그때 그 모습이 스쳐 내 입도 그러겠지 나 혼자 그만 피식 웃었다.

어린 시절에 산촌에서 자란 아이들은 버찌를 따 먹었던 잊지 못할 추억이 누구나 있을 것이다. 산골에서 태어나고 자라 버찌와 관련된 이런저런 즐거움을 누렸기에 추억이 진하게 내 몸속에 깊이 남아있다. 오늘은 어린 시절로 돌아가 버찌의 추억에 흠뻑 빠져봤다. 내 마음은 벚꽃처럼 아름다워 행복했다.

제4부

금강의 봄날

금강의 봄날

비 온 끝이라 공기도 상쾌하고 마음마저 유쾌하다. 아파트 정원의 살랑대는 바람을 타고 떠다니는 은은한 꽃향기에 이끌려 자전거 페달을 저어 제천으로 내달렸다. 살결을 스치는 상쾌한 봄바람의 감촉이 느껴져 기분이 너무 좋았다. 얼마 전만 해도 극성을 부리던 미세먼지도 사라져 깨끗하고 파아란 하늘엔 햇살이 가득 퍼져 화창했다. 저 멀리 계룡산을 바라봤더니 우산봉을 비롯하여 첩첩산중, 높고 낮은 산들이 선명하고 뚜렷하게 한눈에 들어와 한 장의 사진을 보는 듯 보였다.

맑은 하늘엔 봄의 햇빛이 찬란하여 즐겁고 상쾌해지는 듯하다. '나 보기가 역겨워 가실 때에는 말없이 고이 보내드리오리다. 영변에 약산 진달래꽃 아름따다 가실 길에 뿌리우리다.' 김소월이 노래한 진달래꽃도 피고 개나리가 피고 나더니, 어느새 길가에 나무들은 줄을 지어 살랑살랑 초록 손을 흔든다. 너울대는 잎들은 갓 태어난 아기 손 같았다. 자꾸만 가까이 오라고 손짓한다. 아기들 살결같이 보드라운 초록빛을 오래오래 바라보며 가슴속에 살짝 담아 보고 싶었다.

저 높고 넓은 파아란 하늘에 떠다니는 구름은 돛을 단 범선 같기도 하고 신기한 문양의 구름이 둥실 두둥실 떠다닌다. 바람 따라 가벼이 흘러가는 구름에 내 마음도 가벼웠다. 구름은 흐트러지기도 하고 흐지부지 사라지기도 하고 조각들이 다시 모여 무리를 이루며 떠다니기도 한다. 울고 웃는 우리네 인생 우리가 사는 세상 같기도 하다.

강둑과 둔치에는 금계국이 활짝 피었고, 자전거전용도로 주변에도 황금물결을 이뤘다. 아름다운 꽃길이라 기분마저 상쾌했다. 샛노랗게 핀 꽃들이 살랑살랑 한들한들 사람들의 마음을 사로잡아 발걸음을 붙잡아 머물게 했다. 온통 금빛이라 유유히 흐르는 푸른 금강의 물줄기에는 샛노란 물감을 아이들이 여기저기 흩어 뿌려놓은 듯 참으로 아름다웠다.

금계국 황금빛 볕에 내 고향 그리움에 잠겨 들었다. 가을이면 마을 어귀 행길가에는 가을의 전령사 코스모스가 피어 가을 정취를 물씬 느끼게 했다. 산들바람에 코스모스가 살랑살랑 일렁이는 꽃물결을 걷던 그 길이 떠오른다. 그 꽃길은 새마을운동이

대성황을 이룰 때, 육촌 형수님이 마을 부녀회장 시절 여름 내내 정성 들여 가꿨다. 냇물이 흐르는 마을 대로변에는 환한 코스모스 꽃길을 이뤄 우리 마을 1호 꽃길이 됐다.

코스모스가 활짝 피어 바람에 하늘거리는 꽃이 하도 곱길래 동무들과 꽃잎을 따서 하얀 종이 위에 꼭꼭 찍어 꽃무늬를 꾸몄다. 아름답고 선명하여 겉옷 앞가슴에 찍었더니 훈장을 단 것 같아서 우쭐했다.

추석을 앞두고 문짝에 창호지 바를 때면 코스모스 꽃잎을 따다가 창호지를 바르고, 문고리 옆에 무늬를 꾸며 창호지를 예쁘게 오려 발랐다. 코스모스 꽃무늬가 아름다웠다. 문짝을 여닫으면 꽃들이 한들거려 꽃향기가 날리는 것 같았다.

육촌 형수님은 우리 집에 마실을 자주 오셨다. 어머니와 주옥같은 이야기를 냇물이 흐르듯 시간 가는 줄 모르게 나누었다. 지금도 그 모습이 새록새록 그려져 떠오른다. 함박웃음을 지으시며 손짓하는 것 같았다. 하늘나라에서도 꽃길을 가꾸시겠지. 그곳 코스모스 꽃길에서 어머니를 만나면 "당숙모! 당숙모!" 반갑게 부르시며 환한 웃음을 자아내며 꽃길을 걷자고 하시겠지.

강물 위로 물오리 한 마리가 날아오르더니 무리 지어 '푸드덕 푸드덕' 너도나도 창공으로 나른다. 얼마 후에 비행기가 활주로에 착륙하듯이 잔잔한 수면을 가르며 사뿐히 앉았다. 비행기 착륙보다 물오리들은 제동거리가 짧아 물갈퀴는 브레이크 역할까지 하는가 보다. 아주 멋져 보였다. '송충이는 솔잎을 먹고, 누에는 뽕잎을 먹고 산다.'라는 속담이 있듯이 물갈퀴를 가진 오리들은 물을 떠나지 못한다.

자전거 하이킹 동호인들이 페달을 힘차게 저어 내 곁을 스쳐 휙휙 지나가는 모습이 활기차고 시원스러웠다. 허벅지와 뒤태가 아리따워 자전거와 오랫동안 생활한 듯 매력적인 몸매에 활력이 넘쳐흘렀다.

저 멀리 계룡산이 훤히 보인다. 오늘따라 유난히 손짓하며 유혹하는 것 같다. 마음을 나눌 수 있는 친구들과 도시락을 싸고 간식도 준비하여 배낭을 둘러메고 나들이를 떠나고 싶은 마음. 꽃피는 봄날에는 꽃향기를 취하며 가을엔 곱게 물든 단풍잎이 떨어져 나뒹구는 낙엽을 밟으며 남매탑을 거쳐 삼불봉에 오르고 싶었다. 오르다가 땀이 나고 숨 가쁘면 너럭바위에 앉아 간식을 먹어가며 지난날 추억 이야기를 도란도란 나누고 싶다.

오늘은 금강 둔치 아담한 정자에 앉아 잔잔한 수면을 오래오래 바라봤다. 유유히 흐르는 강물에 비친 구름, 강줄기 위에 떠다니는 하얀 구름 한 조각은 참으로 아름답다. 어린 시절 잔디밭에 누워 저 구름은 토끼, 저 건너편에 떠다니는 구름은 바둑이, 구름마다 이름을 붙여주던 기억이 스친다. 구름은 요술쟁이 같아서 오래도록 바라봐도 질리지 않는다. 그렇게 오래오래 누워 바라볼수록 아름다움을 더 느낄 수 있다.

오월은 햇살이 찬란하게 쏟아져 산천초목이 눈부시게 아름답다. 온갖 식물들은 무럭무럭 자라고 싱그러워 사람들의 감성도 충만해진다. 아름다운 계절의 여왕으로 불리는 오월은 싱그러움과 푸르름을 만끽할 수 있다. 이게 천국이다. 눈앞 시야가 초록빛이라 어느 하나 놓칠 수가 없다.

겨울의 길목에서

내일모레는 24절기 중 열아홉 번째 절기인 입동이다. 겨울로 들어서는 문턱이라, 올 막바지에 다다른 가을을 만끽하기 위해 지족산 산길을 걸었다. 비 갠 끝이라 숲속이 한결 상큼하고 공기도 신선하고 맑았다. 소나무 가지 사이로 보이는 빨강, 노랑 단풍이 아직도 자태를 자랑하며 살랑댄다. 흙바닥에 떨어져 이리저리 뒹구는 단풍잎은 물기를 머금어 말끔해 보여 한결 생기가 넘쳐 보였다. 흙이 씻겨 내려가 골이 파진 곳도 있었고 낙엽이 쌓인 곳도 있었다. 흙이 씻긴 곳은 방금 닦아 놓은 듯 빠알간 황톳길. 낙엽이 수북이 쌓여 있는 길을 걸으면 푸슬푸슬한 융단을 밟는 듯한 느낌의 소리와 촉촉한 흙바닥의 부드러운 감촉에 한결 발걸음이 가벼웠다. 이런 호젓한 숲속의 오솔길을 하염없이 걷고 싶었다.

소나무 솔숲 사이로 보이는 파아란 하늘에 떠다니는 구름 한 조각이 참 아름답다. 소나무 가지를 스쳐 불어오는 솔바람이 나뭇잎을 흔든다. 숲속의 산들바람은 그지없이 상쾌하여 마음마저 개운하고 시원했다.

눈처럼, 꽃잎처럼 허공으로 쏟아지는 곱게 물든 단풍잎이 참으로 아름다웠다. 낙하산처럼 빙빙 돌며 팔랑팔랑 떨어지는 단풍나무 씨앗은 같은 동족을 멀리 보내 번식시키기 위한 몸짓. 바람 따라 민들레 홀씨처럼 가벼이 날아가 기름진 땅, 혹은 메마른 땅에 착지한다. 봄이면 싹이 트고 자라길 반복하고 반복할 것이다. 우람찬 거목으로 성장하여 숲속에서 사는 딱따구리, 뻐꾸기, 소쩍새며 이름 모르는 새들의 쉼터 둥지가 된다. 자신과 같은 종족의 씨앗을 맺을 것이다. 이런 과정들은 자연의 순리이고 이치이며, 지구별에서 존재하는 식물뿐만 아니라 모든 동물도 다 마찬가지다.

나뭇가지 사이로 보이는 파아란 하늘은 드넓은 바다 같았다. 산에서 불어오는 바람은 가슴마저 트이게 하여 내 가슴에 바다가 출렁이듯 파도가 친다. 아직 생기를 머금어 푸른 잎을 띤 밤나무는 계절을 잊은 듯 샤르르 손을 흔들지만, 어느덧 가을이 저물어 간다. 사뿐사뿐 떨어지는 벚나무 잎사귀가 참으로 예쁘다. 팔랑팔랑 나부껴 사르르 흔드는 가랑잎들이 춤을 춘다.

산에서 부는 바람은 변화무쌍하며 종횡무진 자유롭게 분다. 나뭇가지에 스치는 바람의 음향은 아름다운 멜로디가 된다. 춤추는 나뭇가지의 잎들은 이쪽에서 힘차게 율동하면 저쪽에서는 부드러운 율동으로 한들한들 춤을 춘다.

비 갠 끝이라 겨울로 들어서는 숲속은 부풀어 오르는 봄의 계절 같았다. 물기 머금은 이끼는 노거수와 바위에 붙어 광합성을 수행하면서 살아가는 식물. 그 이끼류는 오월의 싱그러운 잔디처럼 초록빛 융단을 깔아 놓은 듯하고 양탄자 같기도 하다. 이끼류의 생명력에 내 두 눈이 빼앗겼다. 바싹 마른 이끼는 비 온 끝에는 더 푸름의 생기를 띠어 빛깔이 더더욱 선명하게 보였다.

숲속은 머지않아 모든 잎을 다 떨굴 테고 매서운 북서풍이 휘몰아칠 것이다. 죽음 같은 추위를 견뎌내야 한다. 휭휭 몰아치는 찬 바람이 온 산을 뒤덮여 기나긴 겨울잠으로 내년의 희망을 봄날의 꿈이 잉태하길 바라며 기다릴 것이다.

산속에서 자라는 활엽수는 같은 종이라 해도 장소, 토질, 지형에 따라 잎이 물드는 시기와 색감이 제각기 다르다. 바람이 타지 않은 양지바른 곳에 서 있는 단풍나무는 잎을 안 떨군 채 마지막 자태를 자랑하듯 한껏 뽐내고 있다. 곱디곱다 못해 숨 막힐 듯한 훈장처럼 찬란한 빛깔. 그러나 그 정점도 며칠 가지 않을 것이다. 색깔이 하도 곱기에 단풍잎 몇 장을 따 들고 자세히 들여다보았다. 멀리서 바라보는 빛깔과 사뭇 다르다. 햇빛, 바람의 강도, 습기, 나무와의 간격 영향으로 같은 나무의 잎인데도 단풍잎은 같은 듯 다른 듯이 오만가지 색깔을 띠고 있다. 자연의 아름다운 손길에 새삼 감탄을 느끼게 했다.

아무리 애타게 생기를 머금어 보려고 해도 지금은 가을의 끝자락 겨울로 들어서는 길목. 그 길을 막을 장사는 아무도 없다. 가을이 저물어가는 산빛의 색깔은 산 전체적으로 누르스름하고 거무튀튀하여 황혼을 맞이한 사람과 흡사하다. 곱디곱게 물들었던 단풍의 잎은 높은 고지에서 서서히 옷을 훌훌 벗어 거무칙칙한 알몸으로 변해가며 고운 자태를 잃어가고 있다. 이게 자연의 순리며 순환이다.

저 앞 산등성이에 군락을 이룬 키 큰 아카시아는 빈 나뭇가지만 하늘 높이 치켜들어 홀가분해 보였다. 모든 잎을 아무런 미련없이 다 떨구고 앙상한 가지만을 드러냈다. 텅 빈 허공의 하늘을 향해 서 있는 모습이 왠지 모르게 외롭고 쓸쓸하게 보여, 우리네 인생에서 피할 수 없는 노년처럼 보였다. 이젠 가을에서 겨울로 가는 길목이다. 초목의 세계는 사계절 자연 따라 누가 뭐라 해도 그렇게 자연에 순응하며 변해가고 있다. 우리네 인생도 마찬가지다.

봄이 왔네!

어릴 적에 추위가 지나고 입춘을 맞이한 때였다.

"이제 입춘이 지나 우수가 돌아오면 꽁꽁 언 대동강 물이 풀리고 겨울이 가고 봄이 온단다." 지금도 그 이야기가 어머니 얼굴과 함께 떠오른다. 어머니는 따스한 봄이 돌아오면 바구니를 옆에 끼고 고라실 논두렁에서 봄나물을 캐고 싶은가 보다.

봄의 문턱! 입춘이 돌아와 새봄을 맞이하면 立春大吉, 建陽多慶이라고 붓으로 한지에 입춘첩을 써서 기둥이나 문설주 위 벽에 여덟 팔 자형으로 붙였다.

'입춘에는 크게 길하고 좋은 일이 있고 새해가 시작됨에 경사스러운 일이 많기를 바란다.'라는 뜻이다.

올 설 명절은 입춘보다 열흘이 빨랐다. 입춘이 하루 지나 이튿

날 장군산에 올라갔다. 아직은 살결에 완연한 봄을 느끼지 못하지만, 벌써 텔레비전에서는 고로쇠 수액을 채취한다는 소식을 전해주고 있다. 숲속의 나무들은 이제는 겨울잠을 깨야 하는 시기다. 그간 엄동설한이 몰아치는 한파 속에서 깊은 겨울잠을 자며 죽음 같은 추위를 견뎌냈다.

사람들은 하루에 8시간을 숙면해야 원활하게 활동을 할 수 있듯이, 식물들도 일정량 겨울잠을 자야 꽃봉오리가 움터져 꽃이 피고 잎눈에서 잎이 돋아난다. 꽃피는 나무는 혹독한 강추위를 견뎌낸 꽃망울일수록 꽃이 더 아름답게 핀다.

가을에 사과를 수확한 후 사과나무에 따뜻한 봄 날씨의 환경조건을 갖춰주면, 겨울잠을 자지 않아 꽃을 피울 수 없고 열매를 맺지 못한다. 한겨울에 하우스에서 딸기를 수확할 수 있는 것은 딸기 모종을 여름철에 인위적으로 냉동시설에 일정량의 겨울잠을 재웠기 때문이다. 잠을 자지 않은 모종은 꽃을 피울 수가 없다. 사람이나 식물들은 잠을 자야지 정상적으로 성장하고 발육하며 본연의 역할을 할 수 있다.

입춘이 돌아오면 숲속의 활엽수들은 빈 나뭇가지로 죽은 듯이 보이지만 깊은 잠에서 깨어 활발하게 활동하고 있다. 고로쇠나무를 비롯하여 다른 나무들도 실뿌리에서 흡수한 물이 물관을 통하여 올라가는 소리가 꿀렁꿀렁 들리는 듯하다. 그 물을 우듬지 뾰쪽한 잎눈이나 꽃눈까지 보낸다. 식물의 기관을 동물에 비유하면 뿌리는 심장, 줄기는 뼈의 역할을 하며 껍질은 혈관과 근육, 나뭇잎은 입 허파의 작용을 한다. 식물들은 산소를, 동물은 이산화탄소를 배출하고 서로 공생하며 살아간다.

금산 추부면에 있는 서대산은 충남의 최고봉(904m)으로 계룡산(846.5m)보다 높다. 서대산 바로 밑 성대초등학교에서 근무했었다. 운동장에서 바라보면 서대산이 한눈에 훤히 보였다. 새싹이 돋아나는 봄날 서대산을 바라보면 높이에 따라 잎눈이 움터져 색깔이 고지로 향할수록 옅어짐을 한 눈으로 확인할 수 있었다. 인간들이 만들 수 없는 자연의 작품이라 감탄사가 절로 나왔다. 가을이면 고지에서 서서히 고운 단풍이 물들어 내려온다. 그곳에서 3년 세 번 사계절의 풍경을 관찰했다.

봄은 버들강아지가 피고 새의 울음소리로부터 온다고 했다. 봄이 오면 어릴 적 생각이 많이 난다. 초등학교 3학년 때 김양자 선생님께서 한 달 정도 더 지도하시다가 다른 학교로 전근 가셨다는 소식에 아이들은 눈물을 터뜨렸다. 지금 생각해보니 혼인 관계로 퇴직하셨던 것 같다. 후임으로 정해경 선생님이 전근해 오셔서 담임을 맡았다.

어느 봄날, 보건 시간에 운동장에서 국민보건체조가 끝나고 손등과 목을 검사하셨다. 카랑카랑한 목소리로 “작년 가을에 목욕하고 목욕 안 한 놈들이 있으니, 손등과 목을 깨끗이 닦고 검사받아라!”라고 하셨다. 꼬챙이골에서 학교 옆 도랑물이 바윗돌을 가르며 '졸졸졸' 흘러내렸다. 손등과 목을 깨끗이 닦으려고 했으나 때를 닦을 수건과 비누가 없었다.

매끈한 조약돌을 주워 손등을 문질렀더니 손때 덩어리가 물속으로 떨어져 송사리들이 모여들었다. 먹고 도망가는 놈, 먹으러 오는 놈들이 서로 밀치며 먼저 먹으려고 난리가 났다. 그들을 유인하는 것은 분비물이 최고다. 물고기들은 겨우내 굶었나? 허기진 놈들 같았다. 우리들 덕분에 송사리들은 포식하여 즐겁고 행복했을 것이다. 수온이 따스한 4, 5월이면 돌 틈이나 물풀 사이에 알을 슬어 놓겠지. 그 시절에는 요즘처럼 목욕을 자주 못하던 시절이라 때가 끼어 손등이 갈라진 아이들도 있었다.

봄이 오면 냇가의 버들 버들강아지가 꽃이 피고 물이 오른다. 연필 굵기 버들가지를 꺾어 주머니칼로 손가락 길이로 껍데기를 동글게 한 바퀴씩 돌린 후 비틀어 돌리면 벗겨진다. 이게 호띠기다. 또래들과 개울가 바위에 앉아 개울물이 '졸졸' 흐르는 봄의 노랫소리를 들으며 신이 나게 불어댔다. 음의 흐름을 무시하고 소리 높여 불어 모가지 핏줄이 부풀어 올라 얼굴이 빨개졌다. 잔설이 녹아 봄이 오면 아이들은 신나서 즐겁고 좋았다.

산행 중에 생강나무 가지를 휘어잡고 자세히 관찰했다. 꽃망울이 내일모레면 터져 노란색 꽃을 피울 거라고 속삭였다. 물이 올라 부풀어 터질 듯 말 듯 한 꽃망울이 참으로 예쁘다. 진달래 꽃망울도 얼마 안 있으면 터질 것 같았다.

바람이 잔잔한 양지바른 곳에 아지랑이가 모락모락 피어오르고 있다. 이제 머지않아 꽃망울이 터져 꽃이 피고, 봄바람이 살랑대면 연초록 나뭇잎은 너풀너풀 춤을 추겠지. 그날이 빨리 돌아오기를 바라며 부지런히 산행했다. 어김없이 봄이 왔네! 봄기운이 가득한 봄을 잠깐이나마 느꼈다.

장인어른의 마음은

장모님이 세상을 떠난 지 어느새 일 년이 넘었다. 장인어른은 장모님과 사별하고 큰처남 댁에서 생활하시다가 자유롭게 생활하신다고 유성 봉명동에 원룸을 얻어 이사하셨다.

장인어른이 홀로 생활하시고 연로하셔 자녀들은 걱정이었다. 큰처남 댁에서 생활하실 때는 걱정이 없었는데……. 연세가 많으셔 나도 여러 생각에 걱정이 이만저만 아니었다. 아들딸들과 며느리들은 더하였을 것이다.

아들딸 일곱을 낳아 기르시고 결혼시켜 부모님의 품에서 떠나보냈다. 장모님이 요양원에 입소하기 전까지 두 분은 비둘기 사랑으로 알콩달콩 화목하게 사셨다.

장인어른은 평생 동반자 장모님을 떠나보내시고 인생 말년에 큰아들을 의지하며 생활하시는 데 불편함을 느끼셨나? 아마도 아들 며느리의 부담을 덜어 주기 위해서 이사하신 것 같았다.

장모님이 작고(음력 2018.12.21)하신 후, 장인어른 걱정을 했는데 평소와 다름없이 건강하게 생활하셔 다행이었다. 장모님과 1950년 11월 14일(음력) 결혼하여 68년 긴 세월 동안 쌓아온 미운 정 고운 정을 끊느라 가슴앓이도 많이 하셨으리라 본다. 자녀들 때문에 내색하지 않으셨을 것이다. 곁에서 모시고 생활하는 큰처남과 처남댁은 아버지의 마음을 조금이나마 읽었으리라 본다.

하늘나라로 장모님이 먼저 가시고 장인어른은 외로우셨는지, 이따금 세종 딸네와 둘째 아들네도 들리시고, 경기 판교 막내딸한테도 다니셨다. 가을비에 나뭇잎을 떨군 나무처럼 장인어른의 곁을 홀연히 떠나신 장모님의 빈자리가 허전하여 외로움을 느끼시는 것 같았다.

나무는 나이테가 늘어날수록 아름다워져 새들이 날아들고 사람들도 찾아드는데, 사람은 그렇지 않은 것 같다. 늙고 나이가 들수록 사람을 접할 기회가 줄어 사람이 그리워지고 외롭고 울적하여 초라해진다. 나도 정년퇴직하고 나이가 들어가니 그 처지를 마음속으로 절실히 느껴, 장인어른의 심정을 조금이나마 알 것 같았다.

원룸에서 혼자 생활하셔서 집사람과 가끔 찾아뵈었다. 하루는 십일월 마지막 주말에 날씨가 춥고 해가 짧은 해거름이 지나고 나서 들렀다. 어두워졌는데도 전깃불을 켜지 않고 누우셔서 텔레비전을 보고 계셨다. 그 모습이 외롭고 쓸쓸하게 보였다. 잇몸이 아프다고 하셨다. 벽에 걸린 시계가 눈에 들어왔다. 엉터리 시각을 알렸다. 그 고장 난 벽시계를 보았더니 장인어른의 모습이 다른 날보다 몹시 측은하게 보였다.

집사람과 찾아뵈면 봄꽃처럼 화사한 밝은 표정으로 무척 좋아하고 행복해하셨다. 그런 것을 원하신 것 같았다. 문고리 소리만 들려도 자녀 중에 누구인가 싶고, 전화벨 소리도 기다렸을 것이다.

그해 마지막 달 첫 주말에 막내딸이 내려온다고 자랑하시며 좋아하시던 표정. 아들딸들과 고스톱을 치신다고 동전도 모아 놓으시고 화투도 준비해 놓으셨다. 기다리는 마음이 가슴속에 풍선처럼 가득 부풀어 있는 듯하셨다. 막내딸과 사위가 덮을 따듯한 털 이불과 베개도 사다 놓으셨다. 자식을 사랑하는 마음은 사심이 없으며 영원불변하는가 보다.

아침부터 빨리 오라고 전화하신다. 오후에 갔더니 동서와 처제가 서둘러 내려왔고, 큰처남과 막내 처남도 와 있었다. 큰처남댁과 처조카 미라는 바쁜 일이 있어 먼저 다녀갔다고 한다. 둘째 처형과 고스톱을 즐기는 처형의 사부인도 참석하여 방 안에 꽉 차 반가움에 화기애애하였다. 우리 딸내미는 고스톱 칠 무렵에 느지막이 왔다.

저녁은 식당에서 양념 숯불갈비로 아홉 명이 먹었다. 장인어른은 자녀들과 같이 식사하여 무척 좋아하셨다. 약주도 평소보다 많이 드시고 음식도 맛있게 드셨다. 큰처남은 아버지의 표정을 알아차리고 어느새 계산했다. 장인어른은 큰아들이 식사비를 내서 입가에 흐뭇한 미소가 번졌다.

저녁을 배불리 먹고 고스톱판이 벌어졌다. 고스톱을 좋아하는 장인어른을 비롯하여 다섯이 두어 시간 따거니 잃거니 하는 것을 옆에서 지켜보는 재미가 쏠쏠했다.

장인어른은 그날 같은 날을 원하셨다. 날마다 자녀들이 찾아오는 것을 원치 않으시며, 일주일에 한두 번 번갈아 찾아 주기를 바라는 것 같았다. 자녀가 일곱이라 번거롭지 않다. 한 달에 한 번쯤 다녀가도 일주일이면 한두 번을 만날 수 있어 그게 가장 큰 행복이었을 것이다. 살아계실 때 한 번이라도 더 찾아뵙는 것이 도리일 것이다. 그렇지 않으면 마지막 날 눈 감는 날까지 후회할 것이다.

자녀들은 부모한테 빚을 한 아름 안고 살아가고 있다. 빚을 갚는 것이 자녀의 도리다. 시간이 흐르면 흐를수록 빚이 늘어만 간다. 자녀들은 앞날에 살아갈 날이 많은데 장인어른은 내년이면 구순에 이르러 사실 날이 그렇게 많지는 않다. 자녀들은 빚을 갚아야 할 기회가 줄어만 간다. 기회를 놓치면 영영 빚을 갚을 방법이 없다. 후회한들 때는 지나 평생 떳떳하지 못할 것이다. 빚을 갚는 방법은 어렵지 않다. 겨자씨만 한 작은 정성을 보인다면 행할 수 있다. 부모님과 밀접한 관계를 유지하면서 마음을 편안하고 기쁘게 해드리면 된다. 항상 빚진 자의 자세로 부모님을 섬기며 즐겁게 해드리는 것이 진정한 빚을 갚는 길이다.

하나님이 계시하신 십계명에 '네 부모를 공경하라'고 하셨다. 사람이 사람을 사랑하는 첫 번째 대상은 부모다. 하나님은 자기 아내나 남편이 아니라 부모 사랑이 먼저라고 말씀하셨다. 아들딸을 사랑하는 것보다 부모를 사랑하는 것이 우선이라는 뜻이다.

신약성경 에베소서 6:2~3에 '네 아버지와 어머니를 공경하라 이것은 약속이 있는 첫 계명이니 이로써 네가 잘되고 땅에서 장수하리라.'라고 말씀하셨다. 이 땅에서 오래오래 사는 것뿐만이 아니라, 부모님을 잘 섬기는 사람의 삶을 책임져 주시겠다는 하나님의 약속이니 명심해야 한다. 세상은 변해도 하나님 말씀은 변치 않는다.

부모에게 효도하는 것은 백행의 근원. 효도를 어렵게 생각하지 말고 부모님의 마음을 즐겁게 해드리는 것이 효도다. 무엇인가 자신이 할 수 있는 일을 찾아 기쁘게 해드리면 된다. 부모가 키워준 은혜를 생각하고 욕심을 내려놓아야 진정한 효도가 아니겠는가?

'사위도 반자식'이라는 옛말이 있듯이 나도 겨자씨 크기만큼은 했는데, 장인어른과 장모님께서는 맘에 드셨는지 모르겠다. 지난날 젊으셨을 때 좀 더 잘해 드리지 못한 것이 후회스럽다. 이제부터라도 빚진 자의 자세로 더 노력하겠다.

장인과 목욕하는 날

백제시대에 유성에서 살았던 젊은이가 전쟁에 나갔다가 부상으로 혼수상태가 되었는데, 어머니가 뜨거운 웅덩이 물로 아들을 목욕시켜 치료했다는 전설이 있다. 전설이 전해져 내려와 온천수를 개발하여 관광지가 됐다.

유성 푸르지오아파트에서 생활할 때 목욕 할인권을 끊어 유성호텔 대온천탕을 이용했었다. 주말에는 목욕하는 사람들이 북적북적하여 매우 혼잡. 주말을 피하면 그런대로 여유 있게 이용할 수 있었다.

어느 날, 내 옆에서 중년으로 보이는 분이 노부의 등을 밀어드리며 목욕하는 모습이 보기 좋아 엄청나게 부러웠다. 그의 아버지는 젊었을 때 아들을 데리고 목욕탕을 자주 드나들었을 것이다. 그렇지 않고는 부자가 그렇게 자연스럽지 못할 것이다. 그 모습을 보고 나도 아버지가 살아계신다면 목욕탕에 모시고 아버지 등을 밀어 깨끗하게 목욕을 해드리고 싶은 마음에 무척이나 부러웠다. 1981년 봄날에 세상을 떠나셔서 그렇게 할 수가 없어 아쉬울 따름이다. 내 어릴 적 무더운 여름날 아버지의 등목을 해드린 적이 있으나, 아버지를 모시고 대중목욕탕에서 목욕하지 못한 것이 평생 후회스럽다.

그 시절 시골에서는 요즘처럼 목욕탕을 이용할 여건이 안 돼서, 겨울에는 가마솥에 물을 한솥 데워 큰 고무다라를 이용하여 목욕하던 시대. 사계절 중 겨울철에는 어려움이 많았다. 늦은 봄부터 초가을까지는 냇물에서 몸을 씻었다. 부녀자들은 저녁 부엌일을 끝내고 어두워지면 냇가에서 씻었다. 몸을 씻는 장소도 남녀구분 따로따로 정해졌다. 성별이 다르면 그곳에 얼씬도 하지 않았다. 더위가 한창인 한여름에는 횟수가 잦았다.

어머니는 아버지보다 20년을 더 사셨다. 살아 계실 적 우리 집에 오시면 집사람은 어머니를 모시고 목욕탕을 다녀오곤 했다. 목욕탕을 다녀오시면 어머니의 살결이 고와 보였다. 어머니는 표정이 밝으며 좋아하시는 느낌. 집사람이 내가 할 수 없는 일을 대신하여 뭐라고 말할 수 없이 무척 고마웠다.

우리 부부가 대평 용포리에서 2년간 생활할 때 집사람은 장모님을 모시고 목욕탕을 자주 드나들었다. 우리가 대전으로 이사하여 서운하셨을 것이다. 장모님은 쉰아홉에 이른 아침에 갑작스레 혈압이 상승하여 왼손이 불편하게 되셨다. 목욕하려면 어려움이 많으셨다. 이런 때 누군가의 도움이 필요했을 것이다. 장인어른이 다용도실에서 뽀드득뽀드득 개운하게 목욕을 해드렸다. 세상을 떠나신 장모님 생각에 잠길 때면 "셋째 딸과 목욕탕에 자주 다녀 좋았었다." 그때 하시던 그 음성이 들리는 듯 눈에 선하다.

장모님이 세상을 떠나시고 장인어른은 큰처남 댁에서 생활하셨다. 막내딸이 보고 싶어서인가? 어느 날, 판교 막내 처제한테 며칠 계시다가 우리 집으로 내려오셨다. 우리가 생활하는 아파트에는 주민들을 위한 사우나 시설이 갖춰져 편리하게 이용할 수 있었다. 마침 날씨가 추워 장인어른을 모시고 사우나에 들러 등을 밀고 때를 깨끗이 닦아드렸다. 내 옆에서 목욕하고 있던 50대 중반쯤 보이는 분이

"아버님이 되세요?"

부러운 듯한 눈빛으로 바라보며 묻는다.

"장인어른입니다."

지난 유성호텔 대온천탕에서 목욕할 때 내가 부러워했던 그 반대 상황이 됐다. 기분이 무척 좋았다. 세상을 떠나신 아버지를 모시고 목욕탕에서 등을 밀어드리지 못했지만, 우리 아버지 등을 밀어드린 것이나 다름이 없었다. 나 자신에게 위로가 되고 마

음이 흐뭇하고 기쁨이 가득 찼다.

장인어른은 연세가 많으셔 세상을 떠나실 날이 한발 한발 다가오고 있다. 생존해 계실 때 기회가 닿으면 목욕탕에 모시고 등을 밀어드리고 싶은 마음. 유성으로 이사하면 유성호텔 대온천탕에 같이 가야겠다.

어머니 같은 친구 어머니

정안초등학교에서 근무하다가 1980년 5월에 반포초등학교로 발령받아 학교 과수원 울타리 안 사택에서 생활했다.

이듬해 윤인근 친구는 학봉초등학교에서 내가 근무하는 학교로 전입하여 모교에서 같이 근무하게 되었다. 친구는 수실 큰사랑채 대문간 집으로 이사하여 생활했다.

엊그저께 발령을 받아 근무한 것 같은데 어느새 세월이 후딱 흘러 40년 문턱에 다다랐다. 그 문턱에 다다른 세월이 삼사일밖에 안 지난 것 같다. 시간이 이렇게 빠를 수가 있나? 너무나 빠르게 지나간 느낌.

친구가 이사하여 부자 되라고 하이타이와 빨랫비누 서너 개사 들고 집들이 축하하러 갔었다. 친구 어머니를 그날 처음으로 뵈었다. 반갑고 따뜻하게 맞이해주시며 나한테 아저씨라고 하셨다. 친구 외할아버지와 같은 항렬이라 어머님은 그렇게 환대하신 것 같았다.

초등학교 시절 아버지를 따라 정림동 선산에 선조 시향을 지내고 친구의 외가 노은동 농골에 들렀던 적이 있었다. 지금도 그 고택이 눈에 선하다. 친구의 외할아버지와 우리 아버지는 동갑이시거나 그쯤 됐을 것이다. 친구의 어머니는 그런 내력을 다 아시는 것 같았다. 나도 자당님을 처음 뵈었으나 누구 못지않게 반가웠고 봄날처럼 마음이 포근하며 따뜻했다. 그 후 기회가 있을 적마다 찾아뵈면 늘 변함없이 반갑게 대해주셔서 고향의 어머니를 뵙는 것 같았다.

초등학교 42회 동기들 문집을 발간하고 2018년 8월 15일에 동기들에게 배부했다. 모임 후 친구와 둘이 바깥송곡에서 사시는 전 김종원 총동문회장님에게 문집을 증정하고 자당께서 사시는 집을 들렀다. 안방에서 우리를 보자마자 환한 웃음꽃을 자아내시며 부리나케 나오셔 반가움에 서로 손을 덥석 맞잡았다가 등을 껴안아 온몸으로 서로가 반겼다. 그렇게 기쁨이 넘쳐 행복할 수가 없었다.

그게 마지막이 될 줄 일이야! 그간 건강하셨는데…….

연세가 많으셔 노환으로 신장 기능이 악화하였다고 한다. 신장은 우리 몸의 '정수기' 또는 '하수처리장' 역할. 혈액 속의 노폐

물을 걸러내고 불필요한 수분을 소변으로 배출해야 하는데 제 기능을 발휘하지 못하여 며칠 동안 을지병원에 입원하셔 치료하셨다.

퇴원 후에도 병환이 호전되지 않아 을지병원으로 혈액투석을 받으러 다니신다고 하였다. 친구가 병원에 모시고 다니며 치료받는다는 이야기를 들었다. 기력이 쇠약하여 걷기조차 어려운 어머님은 고통을 참느라 이루 말할 수 없이 힘드셨을 것이다. 친구 또한 어머니만큼 마음이 아파하여 안쓰러웠다.

그동안 뵐 적마다 언제나 변함없이 친절하게 대해주셔 살아계실 적에 그 고마움을 조금이나마 갚아야 도리라고 생각되었다. 시간이 늦으면 후회할 것 같아서 친구에게 내 마음을 전했다.

혈액투석 받는 날 친구를 만나 자당님의 휠체어를 밀고 병원으로 들어갔다. 투석하는 모습을 옆에서 지켜보았다. 체중이 줄어 여윈 육신에 입술을 옹동그려 물으신 어머님 얼굴빛에는 아픔이 가득했다. 이럴 때 누군가가 대신 아파줄 수도 없고 나눌 수도 없었다. 그런 모습을 지켜만 보니 마음이 아프고 서글퍼져 여러 생각이 들었다. 사람도 자연의 일원이라 자연의 순환 법칙을 따라야 한다. 누구도 거역할 수 없는 진리다. 사람은 살아 있는 한 누구나 크든 작든 아픔을 다 겪고 그 아픔의 고통이 따른다. 어쨌든 빠른 쾌유를 바라며 지난날처럼 건강하게 생활하시길 간절한 소망일 뿐.

세월을 이기는 사람은 아무도 없다. 아무리 건강관리를 잘한 사람이라 해도 세월이 쌓여 갈수록 늙음의 기세만 등등해진다. 친구 어머님도 시간이 지나며 기력이 나약해졌다. 인생 마지막 종착역 요양병원에서 생활하시다가 2019년 11월 20일 저녁녘에 91세를 일기로 한번 가면 오지 못하는 곳으로 영영 떠나셨다. 이 세상 무엇과 바꿀 수 없는 가장 중요한 사람의 목숨이 이렇게 허무할까? 본향으로 가시는 길 부디 평안하시길.

나는 막내로 어머니가 43세에 나를 낳아 길러주어 50년을 어머니 그늘에서 살았다. 친구는 맏이로 태어나 69년을 어머니 품에 살다가 어머니와의 끈이 끊어져 떠나보내는 슬픔에 가슴이 미어졌을 것이다. 십여 년 전에 우리 어머니가 하늘나라로 가실 때 생각이 나서 친구의 그 슬픈 마음을 이해하고 남아 자당님이 마지막 떠나시는 장지까지 갔었다.

그동안에 베풀어 주신 친절함이 내 가슴속에 깊숙이 기록되어 있어 지워지지 않았다. 그런 따뜻한 사랑 흔적을 남기시고 떠나셔서 육친을 떠나보낸 듯 허전하여 눈시울을 적셔 무척 슬펐다. 영원한 안식처에서 고통과 아픔이 없이 편안하게 영면하시길…….

건강하시더니 일 년 사이에 그렇게 변화가 오다니 사람의 목숨은 아무것도 아니다. 빈손으로 왔다가 잠깐 한세상 살다 종국엔 호주머니 없는 수의를 입고 빈손으로 허전하게 세상을 떠나는 것이 인생이다. 이젠 어머님의 그 친절함과 사랑의 꽃은 볼 수 가 없고 졌지만, 세월이 흘러가도 내 마음속의 한 켠에 자리하여 오래오래 피어있을 것이다. 친절 사랑이…….

초보자 운전 교습

반포초등학교 사택에서 살다가 옛 유성중학교 인근 구암동에 단독주택을 장만하여 유성으로 이사했다. 2여 년을 출퇴근하다가 신풍초등학교로 발령받아 원거리로 샛별을 보며 출근했다. 유성시외버스정류소에서 공주행 첫차를 타고 공주터미널에서 버스를 갈아타고 신풍면 산정리에 도착하기까지 버스 타는 시간만 모두 1시간 20여 분. 공주터미널에서 기다리는 시간과 집에서 유성시외버스정류소까지 오가는 시간을 합하면 왕복 3시간이 넘었다. 통근 중에 겨울철이 제일 힘들었고 눈비가 내리는 날은 일찍 서둘렀다. 운전면허증과 승용차가 너무 부러웠다.

자동차 운전면허증을 취득하기 위해 월평동 신진자동차학원에 등록하고 운전 교습을 받았다. 요즘엔 다니는 학원에서 시험을 치르고 면허증을 취득하지만, 그 시절에는 산내운전면허시험장에서만 시험을 보았다. 다니던 운전학원이 아니라 합격률도 현저히 낮았다. 주행에서 한번 떨어지고 두 번째 시험에서 합격! 고생스럽게 운전 교습을 받던 지난날 나의 모습들이 스쳐 하늘을 찌르는 듯한 기분, 그렇게 좋을 수가 없었다. 1987년에 1종보통 운전면허증을 취득하여 자부심이 가득했다. 빨리 운전대를 잡고 싶었다.

유성광명교회를 다녀서 주일이면 송두호 집사님이 교회 차량을 운행할 때 조수석에서 운전하는 방법을 지켜보며 익혔다. 나의 속마음은 교회 차량을 운행하고 싶어서였다. 일요일에는 쭉 그렇게 하다가 어느 날 운행이 끝난 후 진잠까지 내가 운전석에 앉아 운전하고 송 집사님이 교습해 주어서 다녀왔다. 그리고는 송 집사님이 내리더니 나 혼자 다녀오라고 하여 한순간 겁이 덜컥 났다. 어차피 운전은 혼자 해야 하므로 불안은 했으나 목적지까지 안전하게 다녀왔다. 자신감이 생겨 또 한 번 다녀왔다. 주일예배가 끝나면 오후에는 쭉 연습했다.

이듬해 새해를 맞이하여 차량 운행을 내가 맡았다. 책임감이 컸다. 도마동에서 이여근 장로님과 김갑순 권사 내외분이 승차하면 도중에 두세 곳을 들러 교인들을 태워서 교회까지 운행하는 코스와 시간이 정해졌었다. 2, 3년을 봉사했다.

운전이 익숙해져서 출퇴근하려고 중고 승용차를 샀다. 대중

교통을 타다가 자가용을 이용하였더니 편안하고 시간도 단축되어 참 좋았다. 쭉 운전하다 두 번 교통사고가 났다.

안면초등학교에서 근무할 때, 이른 아침에 안중초등학교를 다녀오다가 자연휴양림 앞 빙판길을 지나는데 괴물 같은 덤프트럭 3대가 쏜살같이 달려왔다. 반사적으로 브레이크에 발이 올라가는 찰나 2대를 비켰으나 마지막 덤프트럭 연료통을 들이받았다. 순간, 극한 상황에 이르러 이제는 죽었구나! 눈앞에 번갯불이 스쳤다. 질끈 눈을 감았다가 떠보았더니 승용차와 함께 나가떨어져 있었다. 문을 열고 나왔더니 파편이 빙판길 여기저기 널려 있었다. 자동차의 심장! 엔진이 형체를 알아볼 수 없을 정도로 부서졌다. 다친 곳이 없고 정신도 멀쩡했다. 덤프트럭과 정면충돌했거나 아니면 덤프트럭이 승용차 위로 올랐다면, 그 자리에서 아야! 소리도 못하고 이 세상 사람이 아닌 불귀의 객이 되었을 것이다. 생사의 갈림길에서 기적이 일어나 죽음을 면하고 '피' 한 방울 흘리지 않았다. 하늘이 도왔다. 승용차는 수리할 수가 없어 폐차시켰다.

또 한 번은 공주정명학교 근무 시절, 봄날 퇴근길에 연기군 남면 도림리 앞 커브 길에서 버드나무를 들이받았다. 현 위치로는 세종시 가재마을 11단지다.

하나님이 두 번이나 보호해주셔서 죽음의 벼랑 끝에서도 상처하나 없이 멀쩡하게 구사일생으로 살아났다. 덤으로 사는 것 같았다. 내 평생 잊을 수가 없고 지금도 빙판길이나 굽잇길에서는 속도를 줄여 운전한다.

서산에서 생활할 때 집사람은 2종 자동차 운전면허증을 취득했다. 운전 연습을 별도로 하지 않고 대전에 볼일이 있으면 집사람과 같이 교대로 운전했다. 오갈 때 자연스레 운전 기능을 익혔다. 운전 교습하다가 이혼할 뻔한 경험들이 허다하다는 이야기를 많이 들었다. 우리 부부는 그런 상황에 이르지는 않았다. 장시간 운전 시에 교대로 하여 오히려 나는 편안하고 집사람은 덤으로 운전 연습을 했다. 그때 집사람은 주행을 많이 하여 숙련됐지만, 주차요령은 아직도 미숙하다.

유성에서 금산으로 출퇴근할 때 딸내미가 자동차 운전면허증을 취득하여 중고 흰색 아반떼를 사줬다. 등록한 지가 1년 정도로 운행 거리는 8천 킬로미터도 타지 않아 신차나 별다름이 없었다.

가족 간에는 공부든 운전이든 가르친다는 것은 쉬운 일이 아니다. 부부 사이에서 운전 교습 중에 아내가 운전대를 잡는 순간 남편이 최고의 잔소리꾼으로 변한다고들 한다. 딸내미가 안전하게 운전이 숙달될 때까지 몇 날 운전 요령과 방법을 알려줬다. 운전 교습을 하다가 실수하면 사고로 직결되어 순간순간 다급하게 잔소리했었다. 그게 듣기 싫었던가 보다. 제 어미에게 이야기했는지, 아이들에게 듣기 싫은 소리를 하면 집사람은 잔소리한다고 한다. 난 진소리가 아니었는데…….

우리 아들 녀석은 고등학교 졸업 후 1종 자동차 운전면허증을 취득했다. 제대 후 운전하고 싶었던가? 운전 연습을 한다고 하여 하루에 50여 분 사나흘을 도로 주행과 주차요령을 교습해 줬다. 젊은 놈이라 알려주는 대로 학원에서 익혔던 기능을 응용하여 쉽게 숙련됐다. 그렇게 능숙하지는 않지만, 그런대로 차분하게 운전하여 키를 내줬다.

자동차 운전은 실수가 없어야 한다. 실수한다면 운전자는 물론 사상자가 발생하여 끔찍한 상황에 이른다. 우리나라에서는 하루 평균 400여 건의 교통사고가 발생하여 10여 명이 사망하고 600여 명이 다친다는 통계수치가 나왔다.

2017년 한 해 동안 4,185명이 목숨을 잃었고 32만 2,829명이 부상자가 발생했다. 내 고향 반포면의 거주 인구수는 4,700여 명. 교통사고로 웬만한 1개 면의 인구가 사라지는 셈이다. 우리나라는 외국에 비교하면 교통사고율이 높아 사망자 수가 많기에 무섭다. 운전대를 잡으면 방심하지 말고 항상 긴장을 놓지 말아야 한다. 운전자의 교통안전의식도 중요하지만, 우리 모두의 안전을 위해 미래를 위하여 최첨단 장비가 절실하다. 교통단속을 더욱더 강화하여 교통사고 예방에 힘썼으면 좋겠다.

가설극장의 추억

정년퇴직하고 시간적 여유가 있어 KBS에서 방영하는 5부작 다큐멘터리 인간극장 「님아, 그 강을 건너지 마오」를 시청했다. 살날이 얼마 남지 않은 백발의 노부부가 건강하고 행복하게 살아가는 장면이 감명 깊었다. 노부부를 통해 사랑은 어떠한 꿈보다 더 아름다운 꿈을 꾸게 한다는 느낌에 가슴이 찡했다. 오래오래 기억할 것 같았다.

딸내미한테 인간극장을 재미있게 보았다고 했더니, 극장표를 예매해줘 모처럼 집사람과 둘이 노은동 영화관에서 「님아, 그 강을 건너지 마오」를 감상했다.

강원도 횡성 두메산골에서 사는 98세 조병만 할아버지와 89세 강계열 할머니가 보여주는 아름답고 진정한 사랑 이야기였다. 백발의 노부부는 욕심과 탐욕이 전혀 없었고, 소소한 기쁨과 따스한 사랑으로 행복하게 살아가는 모습이 놀라울 정도로 잔잔한 감동과 함께 큰 울림을 줬다. 인생 끝자락에 달한 노부부가 덕행을 미덕으로 살아가는 삶이 아름다워 손수건을 무던히 적셨다.

영화관을 나오면서 어릴 때 시골 가설극장에서 영화를 보았던 기억이 떠올랐다. 초등학교 시절, 면 소재지 공암 장터에 가설극장이 들어와 영화를 보러 갔던 적이 있었다. 일 년에 한두 번 정도 장터 마당에 천막 영화가 들어와 사오일쯤 영화를 상영하면 아이들부터 어른들까지 신이 났다.

공암 장터에 천막을 둘러치고 마을 여기저기 영화 포스터 벽보를 붙이고 나면 작은 트럭에 홍보 반원들이 확성기를 크게 틀어대고 "안녕하십니까? 반포면민 여러분, 오늘 저녁에 상영될 영화는 ○○○○입니다. 총천연색으로 눈물 없이는 감상할 수 없는 영화를 공암 장터에서 상영합니다."

마을 구석구석을 누비며 선전했다. 그럴 때면 마음은 벌써 장터 가설극장에 가 있었다. 영화를 상영한다는 소리만 들려도 농촌 총각들과 처녀들은 가슴이 설레던 시절이었다. 아이들 역시 더 말할 나위 없이 좋아했고 들에서 일하는 어른들도 마찬가지였다.

하늘에 붉은 노을이 온데간데없이 사라지고 어둠이 내리기 시작하면 온종일 농사일에 찌들었던 사람들은 삼삼오오 짝을 지어

가설극장으로 몰려들었다. 마을 아이들은 무작정 떼 지어 달려오기도 했다. 누군가를 만날 수 있지 않을까? 하는 막연한 기대를 품고 오는 총각과 처녀들도 있었다.

대부분의 사람은 돈을 주고 표를 사 천막 안으로 들어갔지만, 돈이 없어 들어가지 못하는 조무래기들도 꽤 있었다. 이런 아이들은 속마음은 뻔하다. 천막을 뚫고 들어가려는 속셈. 그렇지 않으면 영화가 거의 다 끝나갈 무렵에 천막을 걷어 올리면 조금이라도 볼 수 있는 기대감도 있었다.

감시원 몰래 천막을 뚫고 들어가면 처음부터 영화를 볼 수 있었지만, 실패하면 붙잡혀 출입구 바로 옆에서 손을 들거나 무릎을 꿇고 영화가 끝날 때까지 벌을 섰다. 어느 날은 운 좋게 영화의 3분의 1을 공짜로 보는 날도 있었고, 재수가 없는 날은 영화가 끝날 때까지 천막을 걷어 올리지 않은 날도 있었다. 그땐 왜 그렇게 영화가 보고 싶고 재미있었는지…….

영화 관람이 끝나면 한밤중. 마라귀 아이들은 신작로 자갈길 시오리를 걸어가야 한다. 차가운 이슬이 내리고 산속에서 구성지게 울어대는 부엉이 소리, 숲에서 부스럭거리는 산짐승 소리가 들려도 아이들이 여럿이라 무섭지 않았다. 걷는 발걸음은 가벼우며 즐거웠다. 오밤중에 집에 도착했다. 고양이 걸음으로 다가가 방문이 '삐거덕' 소리 나지 않게 살짝 여닫아 숨을 죽여 살금살금 기어들어 가 이내 곯아떨어졌다.

쑥 토장국

"으이, 추워!"

살을 에는 듯한 강추위가 지나 춘분이 다가오면 아지랑이가 피어오른다. 땅속에서 죽은 듯이 웅크리고 있던 식물들은 경쟁하듯 치열하게 생명의 새싹이 움튼다. 쑥, 냉이, 벌금자리 봄나물은 기지개를 켜고 생명의 기운이 힘차게 올라온다. 내가 산행하는 장군산 외부순환 둘레숲길을 올라가는 산자락에는 연한 쑥이 돋아나 온 천지가 쑥이다. 어릴 적 내 고향 생각에 그리움이 묻어났다.

그 시절에 겨울이 지나 따스한 봄이 돌아오면 산으로 들로 동무들과 사방으로 쏘다니며 노는 재미에 폭 빠졌다. 시간이 가는 줄 모르게 그렇게 실컷 놀다가, 아지랑이가 피어오르는 텅 비어

있는 들녘 고라실 논두렁에서 쪼그려 앉아 봄나물을 뜯고 있는 어머니에게로 내달았다. 어머니는 바구니를 옆에 끼고 창칼로 쑥을 뜯고 있었다.

"엄니! 쑥 많이 뜯었네?"

"그려! 울 식구들이 먹을 만큼 뜯었단다."

바구니에는 쑥과 벌금자리, 달래며 봄나물이 보기 좋게 담겨 있었다.

"인제 그만 뜯고 갈란다."

"엄니, 바구니 내가 들고 갈게?"

"그려 가지고 가거라."

얼른 바구니를 받아 들고 맛있는 쑥국을 생각하며 어머니 뒤를 졸랑졸랑 따라갔다.

어머니는 펌프 우물에서 뜯어온 봄나물을 깨끗하게 씻어 놓았다. 오늘 저녁에는 쑥국을 끓이고 벌금자리를 무쳐 먹자고 하셨다.

큰형수가 재봉질하고 나서 저녁을 지었다. 쑥국도 끓이고 갖은양념을 넣어 벌금자리를 무쳐 푸짐하게 저녁밥을 차렸다. 된장을 풀어 끓인 쑥국이 널찍한 사발에 절넘절넘거렸다. 국물을 떠 넣었더니 입안에 쑥 향이 구수하며 향긋한 봄 내음이 물씬 풍겼다. 벌금자리를 겉절이처럼 조물조물 무친 나물을 먹었더니 겨우내 사라진 입맛이 되살아나 봄 향기가 가득히 풍겼다. 가족들은 도란도란 둘러앉아 무쳐놓은 푸르름 봄나물과 쑥국을 맛있게 먹었다. 국물이 조금 남아있어 밥 한술 떠 넣어 국물까지 남김없이 다 먹었다. 배가 불러 행복했고 쑥국이 이내 내 몸속에 스밀 것 같았다. 우리 집 장맛이 일품이라 쑥국도 맛있고 된장으로 무친 봄나물도 맛있었다.

정년퇴직하고 났더니 여유로운 시간이 많아져 하루가 멀다고 하여 건강단련을 위해 산행하는 것이 하루의 일과가 됐다. 겨울이 지나 따스한 봄이 돌아오면 어머니가 쑥을 뜯고 큰형수가 쑥국을 끓인 그 손맛이 아직도 내 몸속의 한 켠에 스며있다. 집사람한테 맛있는 쑥국을 얻어먹고 싶어서 이른 봄 한두 차례 산행 중에 야들야들하고 푸릇푸릇하게 돋아난 쑥을 뜯어오곤 했다.

쑥의 뿌리는 겨우내 암흑 같은 추위를 이겨내고 땅속 깊이 여며둔 저 아귀찬 생명의 기운을 품고 경쟁하듯 힘차게 올라온다. 영양을 가득히 머금고 있는 봄기운을 품은 나물이다. 산자락에서 자란 쑥은 깨끗하고 연하여 그곳에서 뜯었다. 시장에 나오는 쑥은 어디서 뜯었는지 믿을 수가 없어 집사람은 사지도 않고 끓이지 않는다. 예전과 달리 요즘은 논밭 두렁에 제초제를 살포하여 그곳에서는 쑥을 뜯지 않았다.

깨끗한 곳에서 쑥을 뜯어오면 집사람은 대뜸 어디서 뜯어왔느냐고 묻는다. 산자락에서 뜯지 않은 쑥으로는 쑥국을 끓이지도 않았다. 나보다 더 위생 관념이 철저하여 티격태격 한 적도 한두 번이 아니었다.

집사람은 티끌 하나 없이 깨끗하게 다듬어 여러 차례 씻고 또 씻어 된장을 풀어 쑥국을 끓였다. 쑥 향이 집안에 가득 퍼져 흠흠 콧숨이 들이쉬어져 구수한 향에 군침이 돌아 목젖을 타고 꿀꺽 넘어갔다. 맛있는 쑥국에 밥 한 그릇을 말아서 뚝딱 먹어 치웠더니 내 몸에는 봄물이 올라와 입맛을 돋우었다. 큰형수가 끓인 쑥국과 별다른 바 없이 구수하고 향긋한 쑥 향이 그대로 느껴져 참 맛있다. 이른 봄에 찾아오는 춘곤증을 없애는 향긋한 식감이 살아 있는 쑥 토장국을 퇴직하고 나서 봄이 돌아오면 서너 차례 얻어먹었다.

겨울이지나 따스하고 꽃피는 봄날에 산행하다가 연한 쑥이 돋아난 것을 보면, 아지랑이가 모락모락 피어오르는 고라실 논두렁에서 바구니를 끼고 쪼그려 앉아 쑥을 뜯던 어머니 모습이 눈에 잠겨 선하다. 흙 내음 고향의 그리움이 묻어나 내 마음속은 이내 봄 쑥국, 봄 향이 가득한 쑥 향기가 물씬 풍긴다.

우리 누이

누이가 열아홉 살 되는 해에 내가 태어났다. 누이가 안아주고 업어주며 돌봐줬다는 이야기를 쪼그마할 때 어머니한테 들었다. 두 살 되는 해 늦가을에 누이는 스물 꽃다운 나이에 연기군 금남면 신촌리로 시집갔다.

혼인잔치 장면은 기억하지 못하지만, 누이가 친정에 와 빨랫줄에 빨래를 널고 바지랑대를 받쳐 세우던 장면을 지금도 또렷하게 기억하고 있다. 두서너 살이 되지 않았나? 생각한다. 누이가 오면 나를 돌봐주어 그렇게 누이를 좋아했으며 따랐다.

어머니가 시집간 누이 집에 가는 날 나를 앞세워 갔다. 서너 살쯤 되지 않았나? 어리고 오래되어 어느 계절인지는 알 수 없으나 양 귀와 볼때기에 스치는 바람이 차게 느껴져 가을걷이가 끝난 늦가을인 듯하다. 향골 오르막길을 올라 산등성이를 따라 걸어가다 다리가 아프다고 칭얼대면 어머니가 등에 둘러업고 가셨다. 도암리를 거쳐 용수천 징검다리를 건너 대평 싸전을 지나 야트막한 언덕 넘어 신촌 윗말에 누이가 살고 있었다.

동네는 산으로 둘러싸여 아늑하며 아랫마을보다 해발이 높아 하늘 아래 첫 동네. 조붓한 삼태기 모양에 일고여덟 초가집이 이마를 맞대듯 옹기종기 모여 동화 속의 마을처럼 아름다웠다. 마을이 조그마하여 동네 사람들은 한 식구 같았다. 누나가 사는 고샅길 막다른 골목집에 다다랐다.

누이가 반갑게 맞이해 주어 무척 반가웠다. 시부모를 비롯하여 시숙, 동서, 조카 둘을 포함하여 일곱이 한 지붕 한솥밥으로 살고 있었다.

누이는 매형이 군에 복무할 때 혼인하여 제대하는 날을 날이면 날마다 눈 빠지게 손꼽아 기다렸을 것이다. 매형도 같은 마음이었을 데다. 누이는 분가하지 않고 생판 모르는 시댁 식구들과 정을 붙여가며 생활하고 문간방에 신접살림이 꾸려져 있었다. 방에는 시집올 때 아버지가 장만해준 자그마한 장롱과 고리짝이 놓여 있었고 고리짝 위에는 반듯하게 개어진 이불과 베개가 올려져 있었다.

저녁을 먹고 밤이 깊어지자, 날씨가 싸늘하여 혼수로 해온 솜이불을 덮고 누이와 어머니 사이에 콩깍지 속 콩처럼 누웠다. 이

불에서 누이의 향취가 풍기고 양쪽에서 다가온 온기는 목화솜보다 더 따스하고 포근하여 이내 잠이 들었다. 누이는 어머니를 만나 무척 반가웠을 것이다. 어머니와 누이가 이불 속에서 도란도란 오가는 이야기에 달게 자다 깨다 했다. 매형이 군 복무로 독수공방의 나날을 보내다가 오래간만에 어머니를 만나 아마도 새벽녘까지 묻어놓았던 이야기가 오갔겠지. 모녀가 만났으니 반가움이 이루 말할 수 없었을 것이다.

하루 동안 누이와 붙어 있다가 이튿날 누이가 대평버스정류소에서 유성 가는 차표를 끊어주며 배웅해주어 고마웠다. 버스에 올라 차창 너머를 바라봤더니 누이는 손을 흔들다 옷고름으로 눈가를 찍었다. 어머니는 차창 쪽에 대고 어서 가라 손을 두어 번 저으며 소통했다. 버스가 출발하자 누이가 손을 흔드는 모습이 점점 멀어져가 무척 서운했다.

아버지가 외아들이라 친척 집이 많지 않아 친사촌이 있는 집안이 무척이나 부러웠다. 갈 곳이라곤 신촌 누이 집뿐이 없었다. 초등학교 다닐 때 방학을 맞이하면 한 해도 빠지지 않고 누이 집에 가곤 했다. 겨울에는 날씨가 춥다고 따스한 솜이불을 덮어주며 누이가 품에 끌어안아 팔베개로 잠들게 해줬다. 여름에는 수박, 참외 농사를 지어 많이 먹게 해줬다.

매형은 제대 후 분가하여 초등학교 옆에서 오랫동안 가겟방을 하다가 윗말로 올라가는 언덕 밑에서 살기도 했었다. 비학산 아래 도랑가 집을 장만하여 여러 해 살다 철거하고 큰 생질이 2층으로 건축하여 쭉 그 집에서 생활. 누이네 집을 자주 다녀서 예전에 살았던 방의 구조를 지금까지 다 기억하고 있다.

누이는 가사에 전념하고 농사일을 거들며 삼 형제에 딸 하나를 낳아 애지중지 키워 출가시켰다. 조카들은 민들레 홀씨처럼 흩어져 서울, 대전, 세종에서 남부럽지 않게 행복하게 살고 있다.

나이가 들어서도 자식들에게 조금이라도 보탬을 주려고 구대평리 임업 육묘포장에서 뜨거운 태양을 머리에 이고 풀을 뽑아가며 순한 암소처럼 엎드려 일했다. 평생 일에 묻혀 자식만 바라봤던 누이. 자식들을 위해 온갖 뒤치다꺼리를 하며 살아왔다.

큰 생질은 결혼하여 누이가 여든이 훌쩍 넘도록 세세연년 같이 생활했다. 무척 고맙고 남들이 하기 힘든 효도를 했다. 누이는 무릎이 건강했는데, 세월이 지날수록 무릎관절이 닳아 거동이 힘들어하였다. 최근에는 무릎이 아파 걷기조차 힘들어 대부분 거의 다 앉아서 생활하며 화장실 출입을 매우 불편해했다. 그런 모습을 볼 적마다 안타까워서 눈가엔 이슬이 맺히기도 했다. 나이가 들고 늙으면 늙을수록 두 발을 움직여 화장실 출입을 할 수 있는 것이 손 성한 것보다 낫다는 것을 누이를 지켜보며 느낀 바가 크다.

아버지와 어머니는 세상을 떠나시는 날까지 무릎이 튼튼했는데, 누이는 부모의 유전자를 이어받지 못한 것 같다. 지금까지 부모님께서 살아 계신다면 무릎관절로 고생하고 있는 외동딸을 보면 어떤 마음일지 짐작이 간다. 아마도 딸이 안쓰러워 차라리 내가 아픈 게 낫지! 무릎을 교환할 수 있다면 그렇게 했을 것이다. 나도 부모가 되어 딸을 키워서 출가시켰더니 그 마음을 알만하다. 부모님 마음을 훤히 들여다보는 듯하다. 세상의 모든 부모는 이와 같지 않을까? 부모는 자식 사랑을 놓지 않고 무덤까지 가지고 간다고 한다.

결국은 누이는 무릎관절이 손상되어 거동이 힘들고 화장실 출입이 어려워 성덕효성원에서 생활하게 되었다.

누이를 보고 싶어 추석이 지나고 집사람과 같이 요양원을 찾아갔다. 성덕마을 산발치에 건축한 지 오래되지 않은 요양원. 야트막한 야산 밑이라 공기가 신선하고 상쾌하여 기분이 참 좋았다. 안으로 들어갔더니 환경도 깨끗하고 직원들은 친절하여 어른들을 잘 모실 것 같은 인상을 받았다. 누이는 3인실에 앉아 있었다. 우리를 보더니

"막냇동생 왔네?"

"누나! 잘 있었어요."

반갑게 맞이해주어 무척 반가웠다. 세상을 떠난 어머니를 만난 것 같기도 하고, 누이를 보는 순간 눈시울이 붉어져 나도 모르게 마음이 울컥했다. 애처로워 가슴속에서 뜨거운 눈물이 흘러내려 눈물을 애써 참았으나 결국 눈물을 훔쳤다. 누이가 시집

간 지가 어저께 같은데 인생 말년에 요양원에서 생활하고 있어 무척이나 안타까웠다.

누이는 요양원에 입소하여 가족들과 단절된 삶으로 한동안 얼마나 외롭고 쓸쓸했을까? 배고프고 춥고 무서움을 참고 견디는 것보다 더 힘들고 어려웠을 것이다.

매형은 자전거를 타고 요양원을 찾아 누이를 만난다고 한다. 누이는 매형이 찾아오기를 날이면 날마다 창밖을 바라보며 기다리고 기다렸을 것이다.

이곳 복지시설 요양보호사들은 노인들의 신체활동을 지원하기 위해 24시간 활동하고 있다. 봉사 정신이 없다면 그곳에서 근무하지 못할 것이다. 몸이 불편한 노인들을 돌봐주어 모두가 천사 같이 보였다.

게시판에는 원생들이 활동한 작품이 붙어 있었고, 누이 미술작품도 여러 장이 게시되어 있었다. 그림도 그렸고 색종이를 오려 꽃을 만든 작품. 그림 밑에 노병숙 큰 글씨체로 또박또박하게 써놓아 내 두 눈을 빼앗겼다. 예쁘게 잘 써놓았다.

일제강점기 시절(1940년)에 아버지는 식구들을 고향에 남겨두고 홀로 만주 길림성 통화로 징용 가셨다. 아버지가 떠난 지 3년이 지나 어머니는 큰형, 누이, 작은형과 함께 만주로 올라가 아버지를 만나 같이 살다가 해방을 맞이하여 그토록 그립던 고향 땅으로 돌아왔다.

"만주에서 느이 큰형이와 누이는 소학교에 입학하여 핵교에 다녔단다." 어릴 적에 어머니한테 들었다. 누이의 미술 작품을 감상했더니 부모님 생각이 나며 누이가 소학교에 입학하여 학교에 다녔던 모습을 상상해봤다. 그때도 미술 시간에는 그런 그림을 그리고 그런 작품을 만들었겠지.

내 어린 시절 농가에서는 집집이 누렁 암소를 외양간에 길렀다. 동물이었지만 식구나 다름없이 한 지붕 아래 서로 도움을 주고받으며 같이 생활했었다. 옛적에 암소는 농가의 논밭 다음으로 큰 재산이기도 했다. 농사짓는데 최고의 농기구였고 곡식을 우마차로 실어 나르는 유일한 자가용 역할을 했었다.

제5부
사라진 워낭소리

고희문집 발간

고희문집 제목은 「내 고향 마라귀」, 책 표지화는 내가 그린 그림이다. 그 그림 밑에 '지금까지 살아온 인생을 글로 남기지 않는다면 내가 이 세상을 떠난 후에 누가 나를 알고 기억하겠는가? 구술보다는 글로 표현하게 되면 오랫동안 남아 있을 것으로 본다.'라고 써넣었다.

세상에 이름 없는 사람이 없고, 한세상 살다가 종국엔 이름 석 자만 남기고 세상을 떠나 영원한 본향으로 간다. 사람과 마찬가지로 이 세상에 존재하는 생명체를 비롯하여 모든 물체는 이름이 정해져 있다.

이름은 그 사람이 어떤 사람인지 한 단어로 특징 잡아 말해주고 있다. 생물이나 무생물의 모든 것들은 다 마찬가지다. 고희문집의 얼굴인 책의 이름과 책 표지화를 심사숙고하여 심혈을 기울여 결정했다.

드디어 기다렸던 책이 다 만들어졌다고 연락이 와서 대전 인쇄 거리에 있는 대교출판사로 부리나케 달려갔다.

완성된 책을 꺼내 줘 얼른 받아 살펴보았다. 책 표지는 흰색 바탕에 표지화가 한눈에 번쩍 띄었다. 내가 태어나고 자란 옛집을 그린 표지화를 보니 어린 시절이 눈에 담겨 떠올랐다. 쪽수는 286페이지에 두껍지도 얇지도 않아 적당했다. 출판사에서 세심하게 정성을 다해 만들어줘 마음에 쏙 들었다. 내겐 너무 소중한 책이라 쓰다듬고 어루만졌다. 맘속은 기쁨을 감추지 못해 겉장을 넘겨 들여다봤다. 책장을 넘기면 넘길수록 내 마음은 어린아이처럼 기쁨이 가득히 차올랐다.

내가 만든 「내 고향 마라귀」 이 책은 남의 눈에 초라하고 하찮아 보일지 모르지만, 이 한 권을 완성하기는 쉬운 일은 아니었다. 고희문집을 만든다고 글을 쓰는 과정에서 힘들 때면 내팽개치고 싶은 순간도 한두 번이 아니었다. 그럴 때면 마음을 다시 고쳐 원점으로 돌아가 한번 계획한 것이니 부실하면 부실한 대로 내 손으로 꼭 완성하여 책을 만들어 보겠다는 나 자신과의 싸움도 여러 번 했다. 일본 속담에 있는 '땅강아지 물 건너기'였다면 완성하지 못하고 포기했을 것이다. 땅강아지는 물에서 헤엄쳐 가다가 도로 되돌아오는 아주 못된 버릇이 있다. 끈기가 없어 목적지까지 못 가고 되돌아와 괜스레 헛일만 하여 아니 한만도 못하다. 난 추진과정에서 무척 힘들고 고단했지만 포기하지 않았다.

그동안 기록해 놓은 빛바랜 메모장과 지난 한세월의 옛 기억을 하나하나 되새기고 더듬고 떠올렸다. 가슴에 새겨진 생각과 경험을 통한 느낌을 굽이 굽이쳐 흘러가는 물처럼 연필이 가면 가는 대로 자연스레 이어 쓰려고 했다. 어렵게 생각하지 않았고 쉽게 쓸 수 있는 소재를 찾아 쓰고 나서 읽고 또 읽어 글을 다듬고 다듬어 매끄럽게 만들려고 했다. 그런 과정을 거쳐 2여 년의 고난을 참아가며 꾸준히 노력했더니 한두 편씩 늘어나 56편이 채워졌다.

56편을 다섯 부분으로 분류했다. 1부는 어렸을 때 가족과의 추억을 싣고, 2부에는 어린 시절의 생활을 묶었다. 3, 4부는 성인 생활의 경험을 중심으로 묶었고, 5부는 초등학교 동창들과의 추억을 묶어 전체를 마무리했다. 이 한 권의 책은 마음을 다하여 쓴 글이라 시들지 않고 오래오래 피어있을 것이라 생각하니 조금이나마 위안이 됐다.

글을 쓴다는 것은 삶을 풍성하게 만들며 유쾌하고 즐거운 일이다. 그렇다고 무작정 글쓰기는 쉽지 않다. 그럴 때 누군가가 글 쓰는 방법을 알려준다면 얼마나 좋을까? 어느 서점을 가보아도 족집게나 핀셋처럼 내게 맞게 콕 찍어 짚어주는 글쓰기 요령과 관련된 교재는 없다. 고희문집을 만들려고 글의 주제를 정하여 쓰고 또 글을 쓰다 보니까 내 스타일을 찾은 것 같고, 어느 정도 글 쓰는 방법이 터득되고 요령이 생겼다. 글쓰기는 그림 그리기와 유사한 측면이 있다. 경험이나 체험을 통하여 가슴에 새겨진 생각과 느낌을 화폭에 곡선으로 선과 선을 연결하고 물감을 칠해서 완성하면 아름다운 그림이 되듯이 원고지에 글로 새겨 그림 그리듯 표현하면 한편의 글이 완성된다.

어려움을 거쳐 고희문집을 완성했더니, 아쉬움이 한두 곳이 아니었다. 또다시 한번 글을 쓰고 싶은 마음이 잉태되어 솟구쳤다. 고희문집보다 더 소중한 수필집이 세상에 태어나기를 기대하며, 잘 될 때까지 노력하면「내 고향 마라귀」문집보다 더 향기나고 아름다운「솔모뎅이」책이 또 탄생하겠지.

명지 제자들

교직에 첫발을 낯선 타관인 서산 대산반도 시골 명지초등학교에서 내디뎠다. 햇병아리 교사로 가슴이 설레기도 했고 책임감을 느끼기도 했다. 4학년 담임을 맡았다. 1년간 아이들과 서로를 믿으며 생활하였다. 귀한 아이들이 나를 믿고 학교에 왔기에 꿈을 펼치게끔 노력하기로 했다.

교직 3년째, 6학년 담임을 맡았다. 2년을 만난 아이들도 있어 더 친근한 인연. 아이들과 띠동갑이었다. 아이들을 졸업시키고 헤어진 지가 엊그제 같은데, 어느새 40년이 훌쩍 뛰어넘었다. 지금 그 아이들은 얼마나 변했을지 궁금하다. 장성하여 회갑이 눈앞에 다가오는 아이들의 가슴속에는 그때나 지금이나 무명산 품에 안겨 물안지의 푸른빛 물결이 잔잔하게 출렁이고 있겠지.

권미영, 김애용, 박성신, 백화숙, 이태봉……. 아이들의 이름과 표정을 하나하나 떠올려보며, 그 시절로 다시 돌아가 보았다. 초임지 학교에서 생활했던 그때의 장면이 꿈에 비칠 때가 한두 번이 아니었다. 왜 그럴까?

서산을 떠난 지 23년이 지나 공주정명학교에서 서산성봉학교로 근무지를 옮겼다. 첫 발령지 학교를 둘러보며 마음속에 추억이 깃들어 있는 곳을 찾아보고 싶었다.

날씨가 화창한 일요일에 집사람에게 초임지 학교를 가보자고 하였더니 웃음 띤 표정으로 좋아했다. 집사람은 그곳에서 신혼생활을 했었기에 잊지 않고 있었는가 보다.

승용차를 몰고 대산반도를 달려 대로리에 다다랐다. 학교로 먼저 가자고 했더니 집사람은 예전에 생활했던 사택에 들르자 하여 그곳으로 갔다. 그때는 제법 집답게 그럴 듯 괜찮았는데, 그 시절을 생각하며 뜨락 여기저기를 살펴보았다. 일부 건물은 철거로 안채는 폐허 속 뜰 안에는 무성한 마른 풀이 뒤엉켜 있어 황량함이 가득했다. 허물어져 가는 지붕의 이끼 낀 기왓장, 마루, 벽면을 바라봤더니 따스한 온기가 아직도 서려 있는 것 같았다.

그 시절 그곳에서 백재흠 교감 선생님을 비롯하여 세 가정이 살았었다. 우리는 결혼하여 신혼생활로 여덟 달 동안 사랑이 가득한 단칸방에서 달콤한 행복을 누렸던 곳. 예전에 살았던 기억이 자꾸만 떠올라 발목을 붙잡힌 듯 발걸음이 떨어지지 않았다. 집사람은 나보다 더 아쉬워하고, 그때가 몹시 그리운지 뒤돌아보고 또 뒤돌아보았다.

학교에 들렀다. 지형을 제외하고는 환경이 싹 다 바뀌었다. 1977년 12월에 학교를 떠나고 몇 년 후에 화재로 본관 목조건물이 전소돼 2층으로 재건축되어 옛 모습은 사라져 온데간데없다. 현관 우측 화단에서 자라고 있었던 수형이 아름답던 배롱나무는 화마에 고사한 것 같았다. 꽃이 화려하게 피어있을 때는 더한층 예쁘고 참 아름다웠는데.

운동장 남쪽 낮은 언덕 위 4개의 목조교실이 있었던 용지는 주차장으로 조성됐다. 그 건물에서 4학년 2반 아이들과 첫 대면을 하고 1년 동안 생활했다. 그해 겨울 어느 날, 화목난로를 피울 때 북서풍이 '씽씽' 불어 엄청난 연기로 눈이 매워 아이들도 나도 눈물깨나 흘렸던 그 모습이 떠올려 그려졌다.

운동장 북쪽의 솔밭 가장자리에 있었던 느티나무는 지금껏 그 자리를 지키고 있어 반가웠다. 아름드리로 자라서 양팔을 하늘 높이 벌려 손짓하는 듯하여 벤치에 한참 동안 앉아 있었다. 너른 운동장을 바라봤더니, 그 시절 아이들이 깔깔대며 웃고 왁자지껄 떠드는 웃음소리가 뒤엉켜 들려오는 것 같았다. 아이들 모습이 눈에 훤하게 보이는 듯했다. 월요일 운동장에서 애국 조회 때 훈화하시던 남명원 교장, 후임 김정묵 교장 선생님도 떠올랐다.

가을 대운동회 날에 목이 터지게 "청군 이겨라!" "백군 이겨라!" 응원의 함성이 하늘을 찌르는 듯 귓가에 쟁쟁하게 들리는 듯하다. 건강미가 넘치고 가무잡잡한 얼굴에 초롱초롱한 눈빛이 반짝이는 아이들이 동영상을 펼쳐지듯이 지나가며 다시 그 시절로 돌아가고 싶었다.

그 시절에 같이 근무하던 공주교대 동기생 김현숙, 임철빈, 전병광, 홍준표. 1년 선배 갈범로, 김용식, 조성규, 한춘희 선생님이 떠오르고, 1년 후배 권경남, 도한정, 박순희 선생님과 2년 후배 성순임, 염영희, 장석문, 최일순, 황건숙 선생님 얼굴이 떠올려 스쳤다. 6학년 1반 담임을 맡았던 용모 단정했던 박영남 선생님은 감감무소식, 3반을 맡은 보름달처럼 환한 미소를 자아냈던 한규창 선생님은 정년 후 작고하셨다. 그때가 몹시 그립다.

아쉬움을 뒤로하고 대죽리, 돗곶리로 향했다. 두 곳의 마을 앞바다를 매립하여 대산산업단지가 조성되어 어디가 어딘지 분간이 어렵고 생소했다. 대죽리 바닷가에서 후릿그물로 물고기를 잡았던 추억이 아직도 잊히지 않아 그때의 그 시절을 그려보았다. 그 시절은 20대 중반에 혈기가 왕성하며 젊음이 넘쳐나 행복했었는데…….

아이들을 졸업시키고 세월이 흐른 어느 날, 6학년 때 키가 훤칠하고 인정 많던 이종능한테 안부 전화가 왔다. 무척 반가웠다. 옛적의 그 모습이 금방 떠오르고 목소리도 예전 그대로 묻어나

더 반가웠다. 휴대전화기에 번호를 저장해 놓았더니 잊을 만하면 문자 또는 전화하는 고마운 제자.

2002년 태안 시목초등학교에서 근무하고 있을 때, 6학년을 담임하며 가정학습지도를 해줬던 제자 김택전의 부친상을 전해 들었다. 자동차를 몰고 대로리를 지나 야트막한 언덕에서 제자 김주홍을 만나 무척 반가웠다. 주홍이의 안내로 조문을 마치고 접객실로 들어갔더니 이종능을 비롯하여 제자들이 무리 지어 있었다. 아이들이 반갑게 맞이해줬다. 졸업 후 처음 만나서 나도 아이들만큼이나 무척 반가웠다. 까까머리 유소년들이었는데 40대에 들어선 제자들의 모습을 보았더니, 아이들이 장성하였고 세월은 속일 수 없었다. 강산이 두 번이나 변했고 또 한 번 변할 날이 가까워져 가고 있다.

2017년 가을에 이종능 아들의 서산 르셀웨딩켄벤션에서 있었던 결혼식에 참석했다. 일찍 결혼하여 오십 중반에 자부를 맞이하는 제자. 난 딸내미 혼례를 회갑 이듬해 치렀는데, 제자는 회갑을 맞이할 때면 손주들을 무릎에 앉히고 아들 며느리의 축하 속에 회갑을 맞이하겠지. 제자의 아들이라 친근하게 느껴져 맨 앞 테이블에 앉아 진행 과정을 지켜보며 진심으로 축하를 해줬다. 아름다운 한 쌍의 부부가 탄생했다. 앞날에 완성된 행복 사랑이 가득하기만을…….

혼주 어머니를 같은 테이블에서 뵈어 무척 반가웠다. 그 시절의 이야기를 나누어보니 기억이 살아났다. 가정방문 시에 그렇게 친절하게 환대하시던 그때 그 모습이 어렴풋이 떠올랐다. 지금도 종능이 어머니는 아들 걱정을 하시고 계셨다. 세월이 흘러 변한 것은 흰머리와 잔주름뿐인데, 예나 지금이나 아들을 사랑하는 마음은 여전하시다. 자식 사랑을 멈추거나 놓치지 않으신 어머니. 혼주도 어머니의 인성을 닮아 어머니를 사랑하며 정성을 다하여 효도할 것으로 생각했다.

고희를 맞이하여 나의 흔적과 이름 석 자를 남기려고 문집을 발간해서 내 가족과 조카들 지인들에게만 배부하려고 했었다. 그런데 제자들이 눈에 번쩍 떠올라 제자들에게도 증정하고 싶은 마음이 들었다.

제자들이 동창회를 조직하여 참여 인원이 30여 명 정도 된다는 소식을 알고 있었다. 제자들과 1년간 생활하였기에 내가 쓴 문집을 보내준다면 다른 사람들보다 흥미를 느끼며 재미있게 읽을 것 같아서 이종능에게 택배로 40권을 보냈다.

신종 크로나19 바이러스 확산으로 2020년 3월 마지막 일요일 모임을 무기한 연기하여 언제 열릴는지는 모르겠다. 코로나가 종식되면 개최하겠지.

나의 작은 욕심을 덧붙여 생각해보았다. 크게 바라지는 않지만, 내가 보내준 책을 완독하고 나서 본인만의 삶을 돌이켜보고 느낌이나 생각을 정리하여 글을 써서 작은 문집이라도 만든다면 이보다 더 큰 보람은 없을 것이다. 마음의 강고한 의지만 있다면 누구든지 할 수 있다. 도전해 볼 만하며 어렵지 않다. 제자 중에 단 한 명이라도 그런 제자가 나타나길 바라는 마음도 있었다.

혹시나 문집을 만들어 보고 싶어 연락이 온다면 문집을 발간해본 경험을 토대로 하여 과정이라든가 절차를 친절하게 조언해 줘야겠다.

곡우

오늘은 24절기 중에 여섯 번째 절기로 농사비가 내린다는 곡우다. 오전에 서둘러 산행을 마치고 창밖을 내다봤더니, 날씨가 잔뜩 찌푸려지고 추적추적 비가 내리고 있다. 비를 기다렸는데 마침 단비가 내려서 농촌에서는 본격적인 농사가 시작되겠다. '곡우에 가물면 땅이 석 자가 마른다.'고 하여 농사를 망친다는 이야기다.

오늘 곡우 날에 비가 내려 올해는 풍년을 맞이할 것 같았다. 내 마음속의 뜰도 그지없이 풍요롭다. 하늘에서 비가 내리는 것을 바라보았더니, 어릴 적 어느 해 망종이 다가와도 비가 내리지 않아 가뭄이 들어 비를 내려 달라고 마을 사람들이 기우제를 지냈던 광경이 머릿속에 떠올랐다.

우리나라는 장마철에 집중적으로 비가 내리고, 그 전후에는 가뭄이 드는 경우가 자주 있었다. 우리 마을은 옛날 옛적부터 갖춰진 치수 관개시설로 봇물이 봇도랑으로 흐르게 하여 농사를 지어왔다. 소류지나 저수지 시설이 갖춰지지 않아 하늘에서 비가 내려야 모내기했다. 농민들의 생사를 좌우하는 것이 농사이고, 그 농사를 좌우하는 것이 바로 비였기 때문에 비가 내리지 않으면 비를 내려 달라고 농민들은 기우제를 지냈다.

저녁을 먹은 후 서쪽 하늘에 노을이 지고 어둑어둑할 무렵에 어머니가 기우제를 지낸다며 키를 들고 낭어덕 냇가로 가셔서 호기심에 따라갔다. 예닐곱 살쯤 되지 않았나 생각된다.

마을 부녀자들은 약속이나 한 듯이 키를 들고 한둘씩 냇가로 나왔다. 어머니를 비롯하여 부녀자들이 모이자 냇바닥에 고인 물을 키로 퍼서 키질하며 "하늘님 비를 주룩주룩 내리게 해주세요?" 하늘의 문이 열려 소원이 하늘에 닿아 이루어지길 간절히 빌었다. 우리 마을은 가뭄이 들면 기우제를 부녀자들이 낭어덕 냇가에서 이런 방법으로 드렸다.

우리 마을은 행정지명인 마암리보다는 마라귀가 더 잘 알려졌다. 마을의 지형은 금강을 바라보는 모양이 삼태기를 빼다 박은 듯 닮았다. 조붓한 논밭이 마을 사람들을 먹여 살렸다. 큰칡골과 작은칡골에서 발원하여 내려오는 도랑물은 말창거리에서 합류하여 마을의 중심 냇물로 굽이굽이 양전옥답을 감돌아 금강으로 흘러갔나. 또 다른 향골과 마티고개에서 발원하는 도랑물은 중심 냇물에 합류. 도랑이나 냇물에는 크고 작은 보가 설치되어 봇도랑으로 흘러 벼농사를 지었다. 그 외에는 천수답이나 다름이 없었다.

1970년대 중반에 정부의 지원을 받아 큰칡골 깊은 골짜기 아래에 저수지를 건설했다. 담수로 적기에 모내기할 수 있었다. 마을에 전기가 들어오면서 양수기에 양수호스를 연결하여 냇물을 끌어 올려 농사를 지었다. 농사짓는데 예전보다 물관리도 수월하고 벼 생산량도 증가. 이 무렵에 통일벼를 개발하여 시험재배를 거처 전국에 보급했다. 일반벼보다 밥맛은 좀 없지마는 수확량은 곱빼기로 생산되어 이때부터 쌀밥을 배부르게 먹었다.

저수지 건설 전에는 비가 내리지 않으면 벼농사 짓기가 어려웠다. 봇물을 이용하여 모내기를 했어도 가뭄이 들면 볏논바닥이 점점 바싹 메말라 거북등처럼 갈라졌고 손바닥이 들어갈 정도로 쩍쩍 갈라졌다.

동틀 녘 고래고함에 깨어 밖으로 나가보았더니 논두렁에서 삿대질하며 물꼬 싸움하고 있었다. 물 한 방울이라도 더 대려는 욕심에 그런 일이 벌어지기도 했다. 다툼이 있었지만 언제 그랬냐는 듯 자연스레 금방 화해가 되었다. 이런 광경은 오히려 사람이 살아가는 활력이 되어 생기가 있어 보였다.

어릴 적에, 봇물이 봇도랑으로 흘러내려 고라실 논에 모내기가 끝나자 가뭄이 들어 봇물이 말라붙었다. 큰형은 냇물 바닥에 웅덩이를 깊게 파고 물이 고이면 양동이로 퍼 봇도랑에다 부어 볏논으로 물이 들어가게 했다. 나도 거들었다. 세숫대야로 물을 떠 나르던 기억이 생생하다.

다른 어느 해, 오랜 가뭄에 하지가 지나 비가 내려 천수답에 모내기한 적이 있었다. 늦모내기라서 하루라도 빠를수록 소출과 관련이 있어 후딱 모내기하였다. "밤송이를 겨드랑이에 끼워 넣어도 찌르지 않고, 대추가 콧구멍으로 들어가면 모내기해도 된다."라고 어머니가 모내기하면서 하신 말씀이 생각난다. 하지가 지났지만, 대체 작물보다는 모를 심는 것이 낫다고 하셨다.

어느 해는 모내기 시기가 한참 지나 뒤늦게 가뭄에 생명수 같은 단비가 내렸다. 밤송이가 겨드랑이를 찌르고 대추가 콧구멍으로 들어가지 않아서 천수답에 모를 심지 않고 메밀을 파종하여 가꾼 해도 있었다.

요즘은 가뭄에 대비하여 지하수 관정을 개발하여 걱정 없이 농사를 지을 수 있다. 예전엔 논농사를 짓는데 물관리 기반시설이 미비하여 농업용수를 유용하게 이용하지 못했다. 축력을 제외하고는 인력으로 농사를 지었다. 무척 힘들어 뺏골이 빠져야 했다. 쌀을 얻기까지는 여든여덟 번의 손길을 거쳐야 한다. 농부들은 일 년 동안 공들이며 피나는 노력을 했으며 농사를 천직으로 생각하고 은근과 끈기로 묵묵히 일했다.

농민들은 어려운 환경 속에서도 가족을 위해 헌신하고 자녀들 교육 뒷바라지와 나라 경제발전을 위해 이름 없이 공헌하였다. 6·25동란으로 한때는 세계에서 가장 빈곤국이 되기도 했으며 세계 10위 경제 대국으로 성장. 이만큼 발전한 것도 농민들의 희생이 컸다. 농업의 발전 없이는 결코 선진국이 될 수가 없다.

예당호 나들이

신종 코로나19 바이러스 감염증이 중국 우한에서 발원하여 우리나라뿐만 아니라 전 세계 곳곳으로 확산하여 개인과 국가의 피해가 엄청났다. 전염병은 말 그대로 전염성이 강해 다른 사람에게 감염시키면서 퍼져나가는 아주 무서운 병이다.

국민 개개인은 1차 방역 실천을 위해 사람과 사람 사이 거리두기로 모임, 외식, 행사 등은 거의 갖지 못했고, 여행은 전면 중지가 되었다. 그간 국민 대부분은 전염이 될까 불안하여 집에 틀어박혀 생활하다시피 했으며, 그것도 3개월 이상 지속되었다. 이젠 확진자가 열흘째 감소 추세지만 방심은 금물이다.

오늘은 4월 마지막 주말. 창밖을 내다봤더니 아파트 정원에는 봄바람이 살랑거리며 연초록 나뭇잎이 너울너울 춤을 추고 영산

홍이 활짝 피어 방실방실 웃음꽃을 지어서 사람들의 발걸음을 멈추게 했다. 내 마음을 흔들어 자꾸만 유혹하고 있다. 전혀 예상치 않았던 코로나 전염병의 유행으로 방콕 생활이 답답하여 콧바람이라도 쐴 겸, 같은 밥을 먹고 같은 이불을 덮고 자는 집사람과 자동차를 몰고 어디론가 훌쩍 떠나 발길이 닿는 곳으로 가보고 싶었다.

집사람에게 넌지시 한마디 던졌더니 함박웃음을 지으며 무척 좋아했다. 이웃에 두 처형이 살고 있어 같이 가면 어떨까 했더니, 집사람은 얼른 전화했다.

점심을 서둘러 뜨고 가락마을 둘째 처형을 태웠고 범지기마을에서 큰 처형이 탔다. 새순이 나오고 꽃이 활짝 피어있어 어디를 가도 즐겁고 행복할 것 같았다. 바늘 가는 데 실 가듯이 자동차가 가는 대로 어디론지 따라가면 마음이 편할 것 같아서 지난해 개통한 예당호 출렁다리로 향했다.

눈앞 멀리 또는 가까이에 펼쳐진 풍경은 자연이 그린 예술작품. 이를 감상하며 굽이굽이 길 따라 속도와 다투지 않고 여유롭게 내달았다. 차창 너머로 보이는 연초록 새순의 색깔이 푸릇푸릇 너무나 예쁘다. 종이 다른 나무들이 군락을 이뤄 나뭇잎이 움터 돋아나는 시차가 저마다 다르다. 산의 일부분을 보지 말고 산 전체를 화면을 보듯이 바라보면 색깔이 각기 다른 연록의 모자이크를 이뤄내 아름다움에 감탄사가 절로 나왔다. 그 기간이 짧고 새순이 하루가 다르게 자라서 부지런해야 볼 수 있다. 화가들이 그릴 수 없는 신비스러운 대자연의 작품이다. 열대지방에서 찾아볼 수 없는 변화무쌍한 조화를 이뤄 그림 같은 우리 강산. 파아란 하늘에 두둥실 떠다니는 뭉게구름마저 꽃처럼 아름답게 보였다.

차창을 스쳐 가는 농촌과 산골 마을의 풍경은 평화롭기가 그지없다. 빨간, 파란, 까만 지붕을 이룬 농가는 대자연의 풍광과 어우러져 동화책에 나올듯한 그림같이 아름다웠다. 낮은 산언덕 아래에서 두릅을 채취하는 농부, 트랙터로 밭갈이하는 사람들도 눈요기가 되어 참 아름답게 보였다. 들녘엔 아지랑이가 피어오르고 곡우가 지나 각종 곡물들은 잠이 깨어 본격적인 농사의 절기라 농부들은 발걸음이 빠르게 움직일 때다.

차동고개를 넘어 신양면을 지나 금세 예당호 출렁다리 주차장에 도착했다. 작년 이맘때 다섯 명이 출렁다리를 건넜고 처형들과 건너면 두 번째다. 코로나19로 관람객이 지난해에 비해 10분의 1도 안 됐다. 출렁다리 입구에서 예산군 보건소 직원들이 발열 체크를 하며 손 소독제도 비치해 놓고 친절하게 안내하여 기분이 무척이나 좋았다.

우리나라에서 제일 큰 규모를 자랑하는 저수지 한쪽에 거대하고 웅장한 현수교 출렁다리를 지난해 4월에 개통했다. '가는 날이 장날'이라더니 모자가 날아갈 정도로 바람이 세차게 불어쳐 불편은 했지만, 가운데로 갈수록 더욱더 출렁거려 두 처형은 배를 탄 것 같다고 하며 무척 즐거워했다. 바람 때문에 출렁다리는 제구실을 톡톡히 했다. 균형을 잡으며 바람 따라 슬렁슬렁 걸어가다 보니 금세 402m를 건너 아쉬웠다.

남쪽 언덕 위 산책로를 오르며 호수공원 작은 동산 솔밭의 솔향을 취하며 자연치유에 빠졌다. 하늘 높이 솟은 주탑, 현수교 출렁다리를 바라봤더니 웅장한 자태를 뽐내고 있어 풍경이 장관이었다. 호수 수면에 비친 출렁다리는 구름다리가 되어 참으로 아름답게 보였다.

예당호 호수길 끝자락에 있는 의좋은 형제 공원으로 내달았다. 이곳은 예전 초등학교 국어 교과서에 등장할 만큼 형제의 우애가 좋았던 고려 말기에 살았던 이성만과 이순 형제의 이야기를 담아놓은 곳이다. 형제들과 사이좋게 지내라는 교훈이 담겨 있는 전래동화다.

이곳을 들르며 집사람과 두 처형은 의좋은 형제 못지않은 의좋은 자매들이다. 콩 한 알도 서로 나누어 먹으려고 하는 자매. 집사람도 그렇고 처형들은 되로 받으면 말로 퍼주는 훈훈한 사람들. 세 자매는 집밥도 같이 먹고 노래방도 같이 다니고 외식도 하며 나들이도 심심치 않게 하였다. 그러나저러나 막내 처제는 민들레 홀씨처럼 멀리 경기 판교까지 날아가 떨어져 무척이나 부러워할 것 같았다.

의좋은 형제 공원을 뒤로하고, 이곳까지 온 김에 자동차를 돌려 추사 김정희 고택으로 내달았다. 이곳은 40여 년 전 서산 명지초등학교에서 근무할 당시 신암면 두곡리에 윤성태 친구가 살고 있어 들렀던 곳. 고택은 공사 중이라 들르지 못하고 천연기념물인 백송만 보았다. 이 나무는 추사 김정희가 아버지인 김노경이 청나라 사신으로 갔을 때 함께 따라가 백송을 보고 그 종자를 얻어다 고조부 묘지 앞에 심은 것이라고 한다. 그때 성태 친구 덕분에 귀한 백송을 태어나서 처음 보았다. 그때는 두 갈래로 갈라져 있었는데 한 줄기만 남아있어 아쉬웠다. 이 백송의 수령은 200년이 넘은 것으로 추정된다고 한다.

처형들과 추사 고택에 들러 이곳저곳을 둘러보고 사랑채 마루에 나란히 걸터앉아 있는 자매들 사진도 찍어줬다. 휴대전화기에 저장해 놓으면 오래오래 기억할 것 같았다. 백송을 관찰하고 순천향대학교 앞을 통과하여 광덕면을 거쳐 세종에 닿았더니, 서산마루에 해가 기울은 해거름 녘이었다.

두 처형은 "코로나19로 방콕 생활하다가 제부와 동생 덕분에 생각지 않은 꽃바람을 제대로 쐬었다."라고 하며 맑은 햇살을 가득 머금은 해바라기처럼 얼굴엔 환한 미소를 자아내며 좋아했다. 나 또한, 코로나바이러스 때문에 처형들한테 듣기 좋은 이야기를 들어 기분이 너무나 좋아 행복했다.

사라진 워낭소리

내 고향도 그렇고, 요즘 시골 어디를 가나 동화에 등장할 듯한 평화스럽고 아름다운 어린 시절 풍경을 찾아보기가 어렵다.

도랑이나 냇물에 큼지막한 돌덩이를 띄엄띄엄 놓은 징검다리도 없어졌다. 초가도 사라져 없을뿐더러 외양간은 비어있어 워낭소리를 들을 수가 없다.

빨랫줄에 소창 기저귀가 바람에 너펄너펄 나부끼는 풍경, 바지랑대 꼭대기에 빨간 고추잠자리가 앉아 머리 앞부분을 거의 다 차지한 커다란 두 겹눈을 움직이며 주변을 쉴 새 없이 이곳저곳을 살피는 그런 모습을 볼 수도 없다. 빨랫줄에 빨래만 걸려 있는 것이 아니었다. 제비들이 일렬횡대로 앉아 '지지배배 지지배배' 번갈아 노래하는 모습은 음표가 되어 한 줄의 악보 같았다.

그 또한 고샅길을 지나치면 '응애응애' 앙칼지게 우는 아기 울음 소리도 끊긴 지가 오래됐다. 초저녁 희미한 호롱불 아래에서 '뚱땅뚱땅뚱땅' 다듬잇방망이 두드리는 소리가 아주 경쾌했는데…….

내 어린 시절 농가에서는 집집이 누렁 암소를 외양간에 길렀다. 동물이었지만 식구나 다름없이 한 지붕 아래 서로 도움을 주고받으며 같이 생활했었다. 옛적에 암소는 농가의 논밭 다음으로 큰 재산이기도 했다. 농사짓는데 최고의 농기구였고 곡식을 우마차로 실어 나르는 유일한 자가용 역할을 했었다.

아버지는 한평생 땅을 지키며 농사를 지으신 것도 암소의 도움을 받지 않았다면 그 많은 논밭을 가꾸지 못했을 것이다. 암소는 인력으로 할 수 없는 일을 해결해주는 천하제일 상일꾼 중 힘센 상일꾼이었다.

우리 집 순한 암소가 극젱이를 끌며 논밭을 갈 때 아버지는 한 손으로 극젱이 손잡이, 다른 손은 고삐를 잡고 "이랴~ 쩌쩌 워~워" 하시면, 암소는 말귀를 잘 알아들어 지시를 잘 따르는 훈련된 병사 같았다. 우리 속담에 '쇠귀에 경 읽기'란 말이 있듯이 아버지가 부리는 우리 집 누렁소는 그렇지 않았다. 일할 때는 말귀를 잘 알아듣고 미련치 않았다. 때로는 딱딱하고 메마른 논밭을 갈 때도 당나귀처럼 잔꾀를 부리지 않고 군소리 없이 무덤덤하고 우직하게 끈기 하나로 극젱이를 끌어 갈아엎었다. 그래서 아버지한테 사랑을 듬뿍 받은 순한 암소였다.

우리 마을 어느 농부는 암소랑 소통되지 않았는지 쟁기질할 때 목청이 엄청나게 크게 들렸다. 그 소리가 온 동네가 떠나가게 들려 누구네 아버지가 밭갈이한다는 것을 세 살짜리 어린애도 알 정도로 소문이 났었다.

어느 해 「워낭소리」 다큐멘터리 영화를 안방극장에서 감명 깊게 감상하니 아버지 생각이 떠올랐다. 최노인은 평생 땅을 지키며 누렁 암소와 40년을 한 울안에서 살았다. 소의 수명은 기껏해야 20년으로 그렇게 길지 않은데, 노인과 친구처럼 지내서 더 오래오래 살지 않았나 생각했다.

아버지는 최 씨네 소처럼 오랜 날까지 기르지 않았지만, 동네 사람들은 공암 할아버지네 암소가 늙었다는 소리를 듣던 때도 있었다. 아버지도 암소와 함께 한평생 농사를 지으며 사셨다.

암소는 봄가을에 일한 덕분에 여름과 겨울이면 한가롭게 주인한테 거저 얻어먹고 살았다. 공짜로 놀고먹고 살아도 당연하게 생각했다.

모내기가 끝나고 나면 여름 내내 소꼴을 베어다 주고 논밭 두렁풀을 깎아다 주어 하루에 한 바지게를 먹게 해줬다. 송아지가 딸리면 꼴도 더 많이 있어야 했다. 겨울이면 아침저녁으로 사랑방 부엌 가마솥에 여물을 삼태기로 두세 아름 넣어 구정물을 붓고 등겨를 넣어 끓여서 따뜻한 쇠죽을 겨우내 먹도록 해줬다. 부억 한편에는 옹기 항아리에 등겨를 보관하여 쇠죽을 쑬 때마다 여물박으로 한두 바가지 퍼 넣었다.

아이들은 여름방학을 맞이하면 소를 끌어다가 풀밭에 쇠말뚝을 박고 고삐를 매어 놓아 꼴을 맘껏 뜯어 먹게 해주었다. 날씨가 더우면 웃통을 홀라당 벗고 도깨비 둠벙으로 '풍덩' 뛰어 들어가 친구들과 물장구도 치고 다이빙도 하며 즐겁게 물놀이했다. 입술이 새파래지도록 실컷 놀다가 해가 뉘엿뉘엿 해거름 녘이면 누렁소를 끌어다가 외양간에 매 놓는 일은 아이들의 임무였다.

워낭은 누렁소나 말의 턱밑에 달아놓은 놋쇠로 만든 작은 종 모양이다. 고개를 움직일 때마다 '딸랑딸랑' 방울 소리가 울렸다.

아버지는 워낭소리를 귀신같이 구별하시고 낮이나 밤이나 구유에 여름이면 꼴을, 겨울이면 여물을 먹도록 간간이 주셨다. 추운 겨울에는 소 등에 덕석을 입히고 외양간에 짚을 깔아줘 바닥을 폭신하게 해줬다. 여름밤에는 외양간 앞에 모깃불도 피워 모기를 퇴치케 하여 누렁소가 불편하지 않게 해줬다.

암소는 농경시대에 집집이 농사를 짓기 위해 길렀다. 농경사회에서 산업사회로 바뀌면서 농기계의 도입으로 암소는 농기계에 밀려나 외양간은 텅 비어 무엇을 잃은 듯 허전했다.

이젠 한우는 농사일에 이용하기보다는 고기를 얻기 위해 축산농가에서 사육하고 있다. 예전과 달리 암소 턱밑에 워낭을 달지 않고, 우측 소귀에 인식표를 부착한다. 귀표는 사람으로 치면 주민등록번호와 같은 목적인 개체식별번호로 이력을 표시하여 관리하고 있다. 또한, 귀표는 등본이나 마찬가지다. 이제는 옛적 시골 외양간에서 정겹게 들리던 '딸랑딸랑' 워낭소리를 들을 수가 없다. 사찰의 풍경 소리 같은 그런 정겨운 워낭소리를.

향골 옛 산길

향골 산길은 추억이 많은 길이다. 어릴 적 신촌 누이 집에도 가던 길. 또 초등학교 고학년 시절에 동무들과 몇 차례 학교에 다니고 새울마을로 놀러 갔던 길. 그 길은 석양빛으로 내 가슴속에는 아직도 포근하게 아련히 살아있다. 눈앞에 그 호젓한 향골 산길이 겹쳐 그려져 비치고 있다. 또한, 그 산길은 어머니에게는 아주 특별한 길이었다. 일제강점기에 아버지가 만주 길림성 통화로 징용 가셔서 돈을 부치면 어머니가 그 길을 걸어 금남농협에서 돈을 찾아오셨다고 어릴 때 어머니한테 들었다.

향골길에 첫발을 내디딘 시기는 서너 살쯤으로 기억하고 있다. 어머니와 같이 누이 집에 가는데 향골 언덕배기에 올라섰을 때 바람이 쌀쌀했으니 추수가 끝난 늦가을이 아닌가 싶다.

능선에서 높은 하늘을 바라봤더니, 하늘엔 하얀 뭉게구름이 둥실 두둥실 떠다니고 저 멀리 내려다보이는 산들은 풍경이 참 아름다워 인상적이었다. 길옆에서 갈잎을 깎는 사람, 고주배기를 빼는 나무꾼들도 있었다. 산길 따라 걷기도 하고 다리가 아프다고 칭얼대면 어머니 등에 업혀 가기도 했다.

그 후 초등학교 저학년 여름방학 때 학교 선배 둘은 외가, 나는 누이 집에 가기로 약속했다. 신촌 아주머니 셋째 아들 노현우와 어덕말에서 사는 노재인 세 명이 같이 갔다.

햇볕이 쨍쨍 내리쬐는 향골 가파른 비탈길을 올라가니 숨이 목구멍까지 차오르고 이마에 땀이 송골송골 맺히고 땀방울이 볼을 타고 또르르 흘러내렸다. 힘들었다. 산마루에 올라섰더니 산등성의 무성한 나무들은 초록빛을 분출하고 나뭇잎을 스치는 바람이 산들산들 불어와 땀을 식혀주어 기분이 상쾌했다.

매미가 '매암 매암' 기운차게 울어대고 멧비둘기는 '구구 구 꾸우' 울어 우리를 황홀하게 해줬다. 산길에서 재잘대며 깔깔 웃기도 하고 능선길 따라 걸으니 금강에서 불어오는 강바람이 시원하여 발걸음도 가벼웠다.

남쪽으로 눈을 살짝 돌려 바라봤더니, 우리 고장 면 소재지가 파아란 하늘 아래 한눈에 빤히 보이고 계룡산 줄기가 병풍처럼 둘러쳐져 마을은 평화롭게 보였다. 고개를 돌려 반대편을 바라봤더니 도남리 앞을 가로질러 굽이치며 서해로 흐르는 금강의 푸른 물길이 빼어나게 아름다웠다. 잔잔하게 부서지는 물비늘이 햇살에 어룽대는 은빛의 물결은 은모래가 깔린 듯 수천억만 개가 밤하늘의 별빛처럼 반짝반짝하였다. 햇빛이 구름장 틈 사이를 뚫고 강물 위로 내리쬐는 한 줄기 햇살은 무지갯빛처럼 아름다워 우리만 보기엔 너무나 아까울 정도였다.

향골 오르막길에 올라서면 돗골까지 능선을 이어진 길은 완만하여 평지길이나 별다름 없었다. 이 길은 대평리 사람들이 나무하러 다니고 마라귀 사람들은 대평장에 다녀 왕래가 잦았던 산길이라 안심하고 다닐 수 있었다.

향골 산길을 올라 새울로 내려가면 학교에 갈 수 있었다. 이 길은 윗마라귀에서 학교까지 직선 최단 거리인데 워낙 가팔라 많이는 다니지 않았다. 6학년 가을 어느 날, 달 밝은 달밤에 유주현 친구와 둘이 정순자네 집에 가기로 약속하고, 향골 산길을 걸어서 놀러 갔던 때도 있었다. 졸업하고 또 한 번은 저물녘에 고개를 넘어 이병은, 이옥소네 집에서 마을 또래들과 재미있게 놀았던 적도 있었다. 그렇게 초등학교 시절까지 이곳을 다니다가 그 후로는 다니지 않았다.

어느 해 백로가 지나 느닷없이 친구이자 조카뻘인 노상우가 향골로 버섯 따러 가자고 하여 도시락을 싸서 배낭을 둘러메고 같이 갔다. 느타리버섯이 나올 만한 곳을 보물찾기하듯 찾아보았으나 버섯을 따기는커녕 냄새도 맡지 못했다. 향골 옛 산길을 떠올리며 세종으로 가는 길을 따라 굽이굽이 들어갔다. 그 길을 아주 오랜만에 걸었더니 추억이 살아나며 가슴을 포근히 감싸주어 어쩐지 환상의 숲속 길을 걷는 느낌이었다.

예전에는 키 작은 나무들이라 산길을 걸으면 좌우에 금강과 마을들이 훤하게 잘 보였었는데, 다시 50여 년 만에 걸었더니 하늘이 보이지 않을 만큼 울창한 숲이 되어 발길마다 낯선 길 같았다. 길을 잃은 듯 어디쯤인지 분간이 어려웠다. 돗골까지 가려다가 성갱이 뒷산까지만 갔다가 되돌아와 무척 서운했다.

향골길을 걸으며 북한의 산을 떠올려보았다. 백두산 여행 중에 중국 길림성 집안시를 들렀었다. 북한과 국경 접경지역 압록강에서 유람선을 탔다. 코앞이 북한 땅, 마을을 향하여 "여보세요?"라고 부르면 응답할 수 있는 거리다. 강 건넛마을은 산을 일궈 농작물을 파종한 듯 누런 황토가 드러나 황폐했다. 옛적 우리나라 민둥산 모습과 똑같아서 과거로 돌아간 듯했다. 마을 앞길에 트럭이 지나가자 뽀얀 흙먼지가 구름처럼 풀풀 날리고 사람들도 눈에 띄었다. 내 조국 한반도 땅인데도 밟을 수가 없어서 마음이 아파 하루빨리 남북의 통일을 절실히 느꼈다.

강줄기 사이로 북한 땅과 중국 집안시와는 너무나 대조적이라 놀라지 않을 수 없었다. 옛적과 현재의 문명을 비교하는 사진을 보는 듯한 느낌. 해가 기울어져 밤이 되면 어떠한 모습일지 짐작이 가고 남았다.

내 어릴 적에는 벌거벗은 산이 많았다. 정부에서 1949년 4월 5일 식목일을 지정하여 사방공사와 나무 심기를 장려하여 남한은 어디를 가나 경치가 눈부시게 아름다운 금수강산이 됐다.

사람마다 누구나 호젓한 숲길이나 오솔길을 걸었던 추억이 있을 것이다. 다시 그 길에 대한 추억을 떠올려 걸으면 즐거움의 꽃이 마음 곳곳에 피어올라 행복해진다.

자전거 하이킹

지족동 꿈에그린 아파트에서 생활할 때, 반석천 상류 하천환경 정비 사업을 하여 산책로 겸 자전거도로가 완공됐다. 이곳을 따라가면 갑천을 비롯하여 대전천과 유등천 등 대전의 3대 하천과 연결되어 어디든지 굽이굽이 물길 따라 내달을 수 있어 자전거 하이킹에 안성맞춤.

계절의 여왕 오월, 햇살은 아름답다. 초록 나뭇잎을 스치는 바람은 싱그럽고 쾌적하며 그렇게 덥지도 않아 야외활동하기에 딱 좋은 계절이다.

겨울이 가고 봄이 오면 우리가 사는 아파트 정원에는 꽃이 피어 참 아름답다. 맨 먼저 봄소식을 알리는 매화가 피고 산수유도 피더니 어느새 소리 없이 사라진다. 이어 벚꽃 살구꽃이 피고 향기로운 라일락과 영산홍을 비롯한 봄꽃들이 너도나도 앞다퉈 피어올라 천국 같은 아름다운 오월이 금방 다가왔다. 이렇게 좋은 날씨에 자전거를 타고 어디론가 가보고 싶었다.

오늘은 화창한 날씨라 집사람과 같이 바람을 쐴 겸 자전거 하이킹을 하자고 했더니 말이 떨어지자마자 간다고 하며 좋아했다. 그동안은 거의 나 혼자 자전거를 탔는데 그런 응답에 기분이 무척 좋아 입꼬리가 저절로 올라갔다.

지난 이른 봄에 노상우, 육종욱, 윤인근 세 명과 함께 자전거를 타고 천변길 따라 신탄진을 다녀왔었다. 그 추억이 깃들어 있어 또 한 번 집사람과 둘이 자전거 페달을 밟으며 그곳으로 가기로 했다.

반석천 물길 따라 오월의 싱그러운 바람을 가르며 쌩쌩 내달았다. 자연의 풍광 속에 자전거 타는 즐거움을 만끽할 수 있어 매력을 느꼈다. 기분이 유쾌하여 나도 모르게 흥얼거려져 콧노래가 절로 나왔다. 혼자 달리는 것보다 둘이 달려 즐거워서 금세 유성천에 다다랐다. 냇물이 유유히 흐르는 길로 페달을 저어가며 집사람을 앞세웠다 뒤세웠다 하며 갑천으로 향했다.

갑천 냇둑 경사면에 금계국이 활짝 핀 아름다운 꽃길을 달리기도 했다. 꽃길에서 반려견 목줄을 잡고 여유롭게 산책하는 사람들, 마라톤 선수처럼 가볍게 뛰어가는 사람, 자전거를 타는 사람들이 어우러져 꽃길은 한층 더 아름다워 보였다.

냇물에는 왜가리가 먹이를 포획하기 위해 긴 다리를 디뎌 꼼짝하지 않고 서 있는 모습은 수심이 깊지 않은 곳에서 은어 견지낚시 하는 사람 같았다. 잔잔한 수면에 거꾸로 반사되어 비친 왜가리 상은 너무나 아름다워서 그 모습을 수직으로 보면 대칭을 이뤄 데칼코마니 기법 무늬 같았다. 다른 한편에서는 물오리 가족들이 유유히 물살을 가르며 어미 뒤를 따라 물놀이하는 장면은 한 폭의 그림이 되어 그렇게 평화로울 수가 없었다.

파라솔 그늘에 앉아서 한가로이 낚시하는 사람, 건강미가 넘치는 구릿빛 얼굴에 낚싯대를 던져놓고 찌를 바라보는 낚시꾼도 있었다.

낚싯바늘에 미끼를 껴 투척 후, 얼마나 기다려야 입질로 찌가 움직여 물고기를 낚을까? 욕심을 버리고 마음을 비우며 한두 시간, 한나절을 느긋하게 기회의 때를 기다리는 마음을 알만하다. 그 끈기와 기다림이 유일한 희망이요 낙일 것이다. 기다리다가 어느 순간 낚싯바늘에 물고기가 걸려 낚아챌 때 짜릿한 쾌감을 느낀다고 한다. 이 쾌감은 낚시해본 사람이 아니면 절대로 느끼지 못하는 쾌감. 이 손맛에 낚시를 즐기게 된다. 그 쾌감에 기다렸던 시간을 즐거움으로 한 방에 날려 버렸을 것이다. 그 짜릿한 쾌감만 느끼고 낚아채어 잡은 물고기를 방생하는 낚시꾼도 있었다. 우리가 세상을 살아가려면 참고 견디기가 어렵고 험난한 고통을 받아야 하는 일도 많이 있다. 이 어려움을 인내로 참고 기다리고 견디면 성공이라는 쾌감이 가슴에 찡하게 돌아온다. 이게 성공의 진리다. 낚시하는 사람들을 통하여 잠시나마 쾌감을 느꼈다.

오월 갑천의 대자연 풍광에 취하여 자전거를 저어 내달리다 다리 밑 시원한 그늘이나, 그늘막 벤치에서 쉬기도 하고 낚시하는 모습도 보기도 했다. 여유롭게 가다 보니 어느새 금강 합류점에 다다라서 신탄진시장으로 페달을 저어갔다.

평소 국수를 좋아하는데, 때가 되어 지난봄에 들러 맛있게 먹었던 최고집 잔치국수 신탄진점으로 들어갔다. 식당 안에는 손님들이 많이 있어 잔칫집 같았다. 잠시 후 자리에 앉아 잔치국수를 주문했다.

내 어린 시절 마을에서 혼인잔치하면 친인척 하객들에게 잔치국수를 대접했다. 검정 머리가 파뿌리가 될 때까지 면발이 긴 국숫발처럼 길게 오래오래 살라는 의미다. 국수 요리는 삶은 국수사리에 고명을 얹고, 멸칫국물을 붓는 간편한 조리방법으로 많은 손님에게 빨리 대접할 수 있어 그 시절에는 잔치하면 으레 국수가 나왔다.

이내 넓적한 대접에 잔치국수가 가득 담겨 나왔다. 푸짐하여 먹고도 남음 직한 양이다. 반석에서 이곳까지 내달았더니 시장하여 국물까지 남김없이 맛있게 배불리 먹었다.

대청호까지 가려다가 집사람이 무리할 것 같아서 오던 길을 거슬러 올라갔다. 허기에 맛있는 잔치국수를 배부르게 먹었기에 자전거 페달이 두 다리로 힘차게 저어졌다.

집사람과 그렇게 원거리 자전거 하이킹은 처음이었다. 둘이 오월 대자연의 향수를 마음껏 누렸더니 강인한 숨결이 내 몸 안에 스미어 마음마저 즐거웠고 십 년이 젊어진 것 같았다. 행복한 하루였다. 집사람과 자주 자전거를 타고 달려야겠다.

화산회 이백 회 산행

화산회 산행 100회가 어저께 지난 것 같은데 어느새 200회를 맞이하게 됐다. 세월은 쉬어가지도 않고 고장도 나지 않으며 잘 구르고 굴러가 참으로 빠르기도 하다.

화산회는 2013년 9월 21일 토요일에 결성하여 우산봉으로 윤인근, 이봉희, 전원규, 정진용 다섯이 처음 등산하였다. 한 달에 두 번 실시하다가 2015년 8월 두 친구가 마지막으로 정년퇴직하여 토요일에서 화요일로 변경하고 주 1회 등산했다. 이때부터 '화산회'라 칭하기로 정했다. 등산하는 날 일정은 오전에 등산하고 점심 후 헤어진다. 2회째 금수봉 등산에 정지원 친구가 동행하였으며 그 후로 신상진, 양효진, 이충희, 정지화 네 명이 가입하여 열 명이 됐다.

우리 화산회 모임은 정년퇴직 후 더 뜻있고 의미 있는 모임이 되었다. 매주 화요일에 벗들을 만나 친교를 나누고 정보도 교환하며 서로의 건강도 확인한다. 건강증진을 위하여 두어 시간 부지런히 걷기를 통하여, 나 또한 자연스레 일상에서도 걷기 운동이 습관화로 스트레스를 날리고 건강을 챙기게 됐다.

등산이 끝나면 식당에서 맛있는 점심을 시켜놓고 막걸리 한 잔씩 부어들고, 회장이 "화산회 발전과 우리 모두의 건강을!" 선창하면 "위하여!" 외치며 잔을 부딪치면 벗들의 우정이 돈독해지고 단합된 화산회가 된다. 이쯤이면 가슴도 따스해져서 어깨마저 펴진다. 막걸리에 우정이 흥건히 채워져 짜릿한 전율에 마음마저 유쾌했다.

4년이 지나 2017년 12월 5일 화요일에 산행 100회를 맞이하는 날, 벗들이 100% 참석하여 오전에 100번째 산행 테이프를 끊었다. 그리고 갑동버섯골 식당 2층을 통째로 예약하여 '화산회 모임 100회를 축하합니다' 플래카드를 내걸고 케이크에 촛불을 밝혀 100회를 맞이했다. 열 벗은 한산 소곡주 한 잔씩 부어들고 "화산회 발전과 건강을 위하여!" 건배로 자축했다. 폭풍의 박수갈채가 방 안에 가득 퍼져 울렸다.

산행 100회 기념 축하로 양효진 벗이 「건강 백세를 향하여」 자작시를 낭송하였다. 감상했더니 산행 200, 500, 1,000회까지 짙푸르게 진행하여 건강 백세가 솟구쳤다.

이어서 신상진, 윤인근, 전원규 세 벗은 기타 색소폰 아코디언으로 〈사랑해〉, 〈동반자〉, 〈울어라 열풍아〉를 멋진 연주에 흥이나 즐거워 어깨가 절로 들썩이고 모두가 유쾌하여 100회 기념이 더욱더 빛났다.

뜻있고 보람 있는 산행 100회를 맞이하여 시, 음악으로 정을 나눠 진정한 우정이 됐다. 산행 100회 기념으로 1년 동안 촬영한 「화산회 사계절」 앨범을 제작하여 회원들에게 한 부씩 배부했다. 다가올 산행 200회가 손꼽아 기다려졌다.

시간이 지나 2020년 2월에 산행 200회를 맞이하는데, 신종 코로나19 바이러스 전염병이 국내는 물론 전 세계를 덮치는 바람에 산행을 무기한 연기했었다. 신규 확산세가 다소 줄어 5월에 산행을 진행하다가 6월 2일 산행 200회를 맞이하여 감회가 새로웠다. 사회적 거리 두기 실시로 이번 산행 200회에는 싱그러운 실록의 숲속에서 한산소곡주 한잔을 마셔가며 조촐하게 자축하자고 제안했더니 반응이 좋았다.

기다렸던 산행 200회 날이 돌아왔다. 한산소곡주 한 병과 마른안주를 배낭에 넣고 집결장소로 갔더니 친구들이 기다리고 있었다. 오늘따라 해바라기처럼 환한 미소로 맞이해주어 기분이 참 좋았다. 배낭을 메고 온 친구도 있었고 무엇인가 준비해 온 친구도 있었다.

평소에 다니던 둘레길 숲속으로 향했다. 정지원 총무가 앞장서 가더니 도랑물이 '졸졸' 흐르는 너럭바위에 자리를 잡았다. 도랑 위로 오르더니 메고 온 배낭을 풀어 명태포를 꺼내 하얀 접시에 담아 버찌라고 불리는 체리도 같이 담아 야외용 돗자리에 보기 좋게 차려놓았다.

명필서예가 한뫼 전원규 친구는 기다란 화선지에 판본체로 '축 화산회 산행 200회'라고 예쁘게 쓴 플래카드를 총무가 차려놓은 정면에 말뚝을 세워 가로로 걸어놓았다. 싱그러운 실록의 숲과 잘 아우러져 '축 화산회 산행 200회' 글씨가 그림 같은 예술이 되었다. 이게 금상첨화가 아니겠는가?

회장과 총무는 '화산회 산행 200회'라고 게시한 곳에 한산소곡주 한 잔 부어 올리고 화산회 200회 산행을 맞이하게 된 무한 감사의 뜻으로 큰절을 올렸다. 두 벗의 뒷모습이 듬직하고 믿음직스러워 보였다. 코로나19로 싱그러운 숲속에서 가진 화산회 산행 200회가 낭만적이고 의미가 깊은 행사가 됐다.

기도를 드린 후 도랑 평평한 너럭바위로 자리를 옮겨 친구들이 조금씩 가져온 간식과 특별히 준비한 소곡주를 주거니 받거니 끈끈한 정이 오갔다. 한두 잔씩만 마셨기에 주저앉지 않았다. 맛이 아주 좋아 취기가 올라올 때까지 마시면 일어나지 못한다고 하여 '앉은뱅이 술'이라는 일화가 있다. 그 술을 이름 모를 산새들이 속삭이는 노랫소리 장단을 들으며 마셨더니 무엇이라 표현하기 어려운 그야말로 맛이 기가 막혔다.

점심은 갑동버섯골 식당에서 윤인근 회장이 멋지게 한턱내어 점심 특선 버섯찌개에 막걸리로 목을 축이고 돌솥밥으로 배가 팽팽하게 맛있게 먹었다. 고마울 따름이다.

우리 화산회 친구들은 모두가 정겹고 아주 귀한 벗들. 지금처럼 이대로 쭉 300회, 500회, 1,000회를 맞이할 때까지 항상 건강하시길…….

집사람 생일날에

오늘은 음력 칠월 초하루, 집사람 생일이다. 집사람은 무더운 여름에 태어나 다른 사람보다 더위를 엄청나게 많이 타는 사람이라, 자동차 에어컨을 시원하게 팡팡 틀고 한가로운 시골길로 드라이브를 나섰다.

유구 방향으로 한 시간여를 달려가다가 어린 시절 추억이 깃든 풍경에 흠뻑 취해보려고 아산 송악면 외암리민속마을을 가기로 했다. 시골에서 태어나고 성장하여 그런 민속적인 풍경을 좋아하고 집사람도 좋아하는 편이다.

어느새 거산초등학교를 지나 외암마을에 다다랐다.

마을 뒤편에는 설화산이 우뚝 솟아 병풍을 두른 듯하고 마을 앞을 가로질러 맑은 시냇물이 굽이쳐 흐르고, 그 주변에는 논두렁이 멍에처럼 휘어진 옥답이 펼쳐져 있었다. 마을 전경은 고즈넉하고 마을이 한눈에 들어와 그림같이 보였다. 풍경이 아름답기 한량없으며 마음이 편안하고 아늑함을 느껴 '잘 왔구나!' 행복이 넘쳤다. 이곳은 500여 년 전 예안 이씨 일가가 정착 후에 그 후손들이 번창하여 이룬 마을로 예안 이씨 집성촌이다.

매표소를 지나 다리를 건너 골목길로 들어섰다. 이곳은 용인 민속촌과 달리 사람들이 실제로 살고 있어 생동감이 물씬 넘쳐흘렀다. 민박, 찻집을 운영하는 가옥도 있었다. 초가와 낮은 담장은 정감이 깃들어 있었다. 초가지붕엔 박덩굴이 올라가 하얀 박꽃이 활짝 피어 환한 미소로 우리를 반겨주어 행복했다. 지붕 위에 올라앉은 막 솜털을 벗은 어린 박은 머지않아 추석 무렵엔 둥그런 은빛 보름달을 닮겠지. 지붕박이 달님과 친구가 될 때 그때 다시 찾아봐야겠다. 지붕박은 밝고 환한 얼굴에 웃음꽃이 가득 담긴 미소를 자아내며 맞이해주겠지.

어린 시절 내 고향의 정취가 물씬 느껴지며 떠올리게 하는 외암리민속마을. 나지막한 담장이 이마를 맞대고 집들은 옹기종기 어우러져 마을을 형성하였다. 마을은 조촐하나 성실하게 삶을 가꾸며 생활하던 지난날 우리네 삶의 모습이 고스란히 서려 있었다.

상류층과 서민층이 모여 행복을 누리며 살았던 집들을 구경할 수 있었고, 옛날에 사용했던 아기자기한 세간살이를 볼 수 있어 살아 있는 민속박물관이다. 오래된 전통 한옥과 초가들이 어우러져 마을이 조성되어 있으며 물레방아, 디딜방아 등등 잡다한 옛 물건들이 그대로 남아있어 정감이 갔다.

어쩌면 궁상맞고 초라하게 느낄 수 있는 모습들이 너무도 정겨웠다. 이제는 그 시절로 돌아갈 수 없는 추억 속의 고향을 그곳에서 만날 수 있어 행복이 넘치고 정겨웠던 옛 추억들이 서성이는 것 같았다.

나뭇가지로 엮어 만든 사립문을 바라보았더니 고향의 정감이 깃들었다. 담장은 집을 지을 때 주변에서 돌을 주워 나지막하게 쌓아 올려 뜰 안이 훤히 들여다보였다. 돌담 위엔 너울대는 호박잎이 아침 햇살을 받아 더욱 싱싱했다. 담장엔 반들반들 윤기 도는 애호박이 얌전히 걸터앉았고, 어느 애호박은 늘어진 줄기를 잔뜩 움켜잡고 대롱대롱 매달려 담벼락에 기대고 있었다.

담장에 있는 애호박을 보았더니, 어린 시절에 큰형수가 애호박을 따다가 잘게 채 썰어 밀가루에 버무려 호박전을 부쳐줘 맛있게 먹었던 생각이 났다. 애호박이 많이 열리면 이웃과 나누어 먹었던 지난 일들이 어제 일인 듯 떠올랐다. 마을 곳곳에는 사람 냄새, 흙 내음이 물씬 풍겨 이웃과 정을 나누며 살았던 어린 시절이 사뭇 그리워지게 했다.

골목 초가집 담장 밑에 심어진 정구지가 바람에 한들한들 춤을 추고 한쪽 편엔 정구지를 금방 베어낸 듯 보였다. 옛적 우리 집 모습이 서린 정구지를 보았더니 최고의 거름인 재를 뿌려 가꿨던 어머니가 떠올라 얼굴을 그려보며 한참을 바라봤다. 그 옆에는 사람 키보다 큰 옥수숫대가 한 줄로 선 채 옥수수를 딴 옥수숫대와 수염이 짙어져 가는 옥수수자루도 있었다.

마당가에는 수형이 자연스레 굽어지고 줄기 표면이 매끈한 배롱나무가 서 있었다. 꽃이 백일동안 핀다고 하여 木백일홍이라 불리는 배롱나무에는 연붉은 꽃이 활짝 피어있어 어찌나 곱고 화려한지 마을의 경관이 더한층 아름다웠다.

그곳 너른 마당 둘레에는 봉숭아꽃이 빨갛게 피어 수줍은 웃음으로 지나가는 사람들의 발길을 멈추게 했다. 아이들과 봉숭아꽃을 따다가 돌멩이로 찧어 손톱에 물들이던 어린 시절의 향수에 잠겼다. 봉숭아꽃은 옛적이나 지금이나 우리 곁에 함께하여 친근감이 깃들어 있고, 한결같이 곱고 예쁘며 우리를 미소 짓게 한다. 봉숭아 씨를 뿌리고 가꾼 사람은 봉숭아꽃보다 더 예쁘고 곱겠지…….

뒤란에는 넓적한 돌로 쌓아 만든 나지막한 장독대. 그곳엔 항아리들이 옹기종기 모여 있어 교실에서 공부하는 학생들 같았다. 또, 단란한 가족들의 모습 같기도 했다. 그 뒤편에는 감나무와 대추나무에 열매가 주렁주렁 열려있어 다가오는 추석 무렵엔 주홍빛 적갈색으로 탐스럽게 익어가겠지.

외암마을 고샅 이곳저곳을 둘러보았더니, 반세기 전의 세월을 한참 거슬러 올라가 지금은 사라진 내 어린 시절 마을 풍경과 그 시절의 생활 모습을 떠올리게 했다. 마을 어귀를 돌아 나오자 아쉬웠고 서운하여 다시 뒤돌아보게 했다. 내가 살던 고향 마을을 다녀온 듯 마음이 포근해져 고향 생각이 나고 고향이 그리울 땐 맘 놓고 이곳을 다시 찾으리라. 내 고향을 찾아가듯이.

꽃뱀한테 맞았다

147만 시민의 도시 대전은 갑천, 대전천, 유등천 3대 국가하천을 중심으로 도시가 형성되었다. 이 세 곳 하천이 합류하여 금강으로 흘러 굽이굽이 140여 킬로미터 물길 따라 서해에 이른다. 대전의 3대 하천은 시민의 건강을 위해 하천환경 정비 사업을 하여 자전거전용도로와 산책로를 개설하였다. 그 외에 시민생활체육시설과 여가생활을 즐길 수 있는 시설도 잘 갖춰졌다. 자전거를 이용하면 3곳 하천이 이어져 어디에나 다다를 수 있어 활력이 넘치고 행복이 가득하다.

갑천변은 다른 하천보다 봄에는 금계국이 피고, 가을이면 TJB 방송국 앞의 어마어마하고 방대한 둔치에는 황하코스모스가 피어 꽃바다를 이뤄 눈길을 끈다. 물길 따라 거슬러 올라 계룡대교를 지나 도솔산 자락을 끼고 갑천이 유유히 흐르는 이곳은 자연환경이 훼손되지 않고 잘 보존되어 있다. 도심 속에 이런 자연환경을 볼 수 있다는 것은 큰 행복이며 축복이다. 하천에는 갈대와 물억새를 비롯하여 제멋대로 자란 버드나무의 크고 작은 나무에 이르기까지 다양한 식물들이 자라고 있다. 도솔산을 낀 갑천의 습지에는 청둥오리를 비롯한 백로들이 살고 있으며 주변은 초원을 이뤄 계절마다 아름다움을 선사한다.

도안지구가 개발되면서 대전시가 도솔산에 터널을 뚫는 동서도안대로 건설계획을 발표하자, 환경운동연합 단체는 자연 생태환경파괴 염려로 대전시와 긴 다툼이 있었다. 그때 말도 많았던 도로 건설을 반대했던 주최 측 파수꾼들을 이해하지 못했는데, 지금에 와서 바뀐 자연환경을 접해 보니 이해하게 됐다. 봄날에 냇둑을 거닐면 갑천이 유유히 굽이쳐 흐르는 도솔산에는 진달래, 조팝꽃이 피고 거기에 풀꽃까지 지천으로 피어있어 아름답다. 천연기념물 참매가 도솔산과 갑천의 상공을 자유로이 날아다니는 모습을 보면 마음마저 여유로웠다.

오월이면 물가에 새끼오리들이 잔잔한 잔물결을 일으키며 어미 뒤를 따라 가족들이 소풍 가는 것 같기도 하다. 다른 한쪽 물가에 왜가리가 긴 다리를 내디딜 적마다 머리를 끄덕 끄덕이며 물 위를 성큼성큼 걷는 모습을 볼 때면 갑천을 감시하는 파수꾼 같았다. 도솔산 반대편 냇둑에는 금계국이 피어 꽃구름 띠를 이워 아름다움을 만끽 느낄 수 있다. 이런 자연환경에 맘껏 취하면 마음속에도 꽃이 피어 포근한 예술 무대가 됐다.

유월 초 어느 날, 냇둑으로 자전거 페달을 저어가다가 뱀한테 깜짝 놀란 적이 있었다.

가수원교까지 갔다가 되돌아 도솔터널 도안대교 밑 100여 미터쯤 지나자, 뱀이 머리를 곧게 세워 좌우로 흔들며 혓바닥을 날름거리며 기어 오고 있었다. 앞바퀴에 스치지 않게 통과하는 찰나, 우측 어깨와 목덜미를 부드러운 고무 밧줄로 후려치는 느낌에 깜짝 놀랐다. 순간에 그 뱀이 번개처럼 뇌리에 스쳤다. 자전거 뒷바퀴 살에 뱀 머리가 들어가 원심력에 의해 내 등을 내리쳤다. 뱀이 어떻게 되었나? 뒤돌아 그곳에 가보았더니 금계국이 핀 풀숲으로 들어갔나 보이지 않았다. 그놈은 공중회전으로 높이뛰기 신기록을 세워 시멘트 바닥에 뚝 떨어져 나보다 더 기겁! 엄청나게 놀랐을 것이다. 뱀한테 물렸다는 이야기는 들어봤어도 뱀한테 맞았다는 이야기는 들어보지 못했다. 내가 처음이 아니었는지 모르겠다. 그 뱀은 유혈목이 피부가 알록달록한 예쁜 꽃뱀이었다.

칠팔월 여름 도솔산 산자락 호젓한 숲속의 오솔길은 온통 진초록에 녹음이 짙어 싱그러운 풀 내음이 물씬한 길. 냇물이 흐르는 물길 따라 가볍게 걸으면 마음마저 포근하고 시원하여 땀방울이 식어가고 기분이 무척 상쾌하다. 숲속에서 까치, 멧비둘기,

이름 모르는 새들이 번갈아 연주하는 소리가 예쁘게 들려 행복이 넘쳐 마음이 그렇게 편안할 수가 없었다. 이런 자연환경에 마음의 치유가 되어 여름이면 자꾸만 이곳을 찾게 했다. 어쩌다가 고라니를 만날 때도 있었다. 국립대전현충원 보훈둘레길에서 만난 꽃사슴과는 다르게 이놈은 왜 그렇게 겁이 많은지? 눈을 마주칠 새도 없이 삼십육계 줄행랑을 친다. 앞뒤 다리를 모아 엉덩이까지 높이 솟구쳐 껑충껑충 뛰어가는 모습을 보면 겁이 무척 많음을 단번에 알 수 있다.

여름 장마에 흙탕물이 도도히 흐르면 갈대와 물억새는 곧바로 쓰러진다. 그러나 냇가에 자라고 있는 나무는 그렇지 않다. 버티고 버티다가 결국엔 급류에 힘없이 쓰러지는 나무도 있었다. 하천물이 빠져나가면 갈대와 물억새는 언제 쓰러졌나 싶게 고개를 들고 서서히 스스로 일어선다. 나무는 일어서지 못하고 그대로 누워 있다. 갈대와 물억새는 약해 보이는 듯하지만, 그들은 오뚝이처럼 일어서는 모습이 매우 강인한 우리 국민의 기질을 꼭 빼어다가 닮았다.

봄가을 기온 차로 도솔산 아래 갑천에 물안개가 자우룩하게 피어오르거나, 안개가 서서히 걷혀 흘러가는 광경은 산수화를 보는듯하여 시상을 떠오르게 한다. 풍경이 너무나 멋지고 아름다워 몽환에 빠져 눈을 뗄 수가 없다. 그런 풍경은 쉽게 보여주지 않아 부지런한 사람이나 볼 수 있다. 너무나 아름다워 휴대전화를 열어 촬영하는 사람도 있었다.

가을이 무르익어 가면 갑천 둔치에는 갈대와 억새꽃이 피어 갈바람 따라 물결치듯 일렁여 아름다움을 발한다. 도솔산의 소나무 푸름 솔숲 사이에 울긋불긋 물든 빛깔과 가을의 운치를 더해주는 은빛 억새꽃의 파도 물결이 어우러져 장관을 이뤄 가을 정취를 가득 담는다. 갈대와 물억새 사잇길로 여유롭게 걸을 수 있고 냇둑으로 자전거를 저어가며 갈대와 억새꽃을 감상할 수 있다. 갈대꽃은 갈색을 띠고 수더분하게 생겨 남성적 느낌을 주고 있으며, 억새꽃은 여성적 느낌에 은빛으로 너울대어 참 아름답다. 억새꽃은 햇빛이 비취는 방향 따라 느낌이 사뭇 다르게 보였다.

백제의 미소로 널리 알려진 서산 운산면 용현리 마애여래삼존불상은 빛의 각도에 따라 불상의 표정이 달라져 신비스럽게 보이듯 억새꽃도 그 불상을 은밀하게 빼닮았다.

올해는 50여 일 긴 장마 폭우로 갑천과 구봉천의 합류점에 이르기 전 엄청난 물억새 군락에는 물이 잠겼다 빠졌다 하여서 물억새의 환경조건을 제대로 갖춰졌다. 자전거 페달을 저으며 해를 안고 가면 억새꽃은 은빛으로 갈바람에 너울너울 나부껴 아름답다 못해 경이롭다. 눈을 살짝 돌려 반대편을 바라보면 은은한 빛깔을 띠어 또 다른 느낌이라 더 아름답다. 바람이 살랑 살랑이면 잔잔한 파도를 치듯 물억새의 군락은 넘실넘실 춤을 추어 찬란한 은빛을 발한다.

시월에는 억새꽃을 사랑하는 사람들이 찾아들어 물억새 사잇길은 사람들의 발길이 끊이지 않는다. 어른 키보다 훨씬 큰 물억새의 향연이 좌우로 이어져 사잇길마다 산책 나온 연인과 부부들이 연신 탄성을 자아내고 만추의 정취를 느끼고 있다. 도심 속에서 은빛물결이 출렁이는 물억새 사잇길을 걸으며 낭만이 가득한 가을 풍경을 즐기고 만끽할 수 있어 행복했다.

올해 44주년 결혼기념일은 내게는 아주 특별한 날이다. 내가 태어난 날과 결혼한 날이 한날에 겹쳤다. 이런 날은 내 평생 처음이고 의미가 깊으며 또 다시 이런 날은 없을 것 같았다. 혹시나 다가올 미래에도 겹친 날이 있으려나? 하고 휴대전화기에 깔아놓은 미래의 달력을 검색해봤더니 요번과 같은 날은 없었다. 이렇게 한날에 겹치기란 쉽지 않으며 우연의 일치도 아니다. 태초에 하나님이 천지를 창조하실 때 택해주셔서 한번 일치됐다. 내 주변에서 이렇게 한날에 겹쳤다는 이야기를 한 번도 들어보지 못했다.

제6부

아주 특별한 날

하늘나라로 간 친구들

우리 생애에 한 번도 경험하지 못한 신종 코로나19 바이러스와 싸우며 2020년 한 해를 보냈다. 마지막 달 끝자락을 맞이했다. 코로나가 진정되어 긴 터널을 하루빨리 벗어나야 할 텐데, 끝이 보이지 않고 더 극성이다. 이러나저러나 내년 꽃피는 봄날에 모교 개교 100주년이 코앞에 다가오는데 심란하다. 요즘 추세로 보아 개교기념행사 추진이 불확실한 상황에 이르러 마음이 뒤숭숭하고 개운치가 않다. 남신현 총동문회장과 임원진들은 걱정이 말할 수 없을 것이다.

모교인 반포초등학교는 20세기 일제강점기 1921년 4월 1일 반포면 중심에 교육의 깃발을 꽂고 설립됐다. 42회 졸업생 우린 1959년 따스한 봄날 가슴에 하얀 손수건을 달고 입학하여 1965

년 2월에 졸업했다. 초등학교 동기생의 인연으로 끈끈한 동무가 됐고 또한 고향 땅의 훈훈하고 따뜻한 정이 듬뿍 든 고추 친구들이다.

우리는 6·25동란 중에 태어났고, 초등학교 재학시절에는 전쟁 피해 복구가 이뤄졌어도 나라가 가난하여 교육환경이 매우 열악하였다. 그런 환경 속에서도 새로운 세상을 향한 꿈을 잃지 않고, 육 년을 선생님의 가르침에 따라 공부하며 동무들과 운동장에서 즐겁게 뛰어놀고 때로는 다퉈가며 성장했다. 우린 나무처럼 풀처럼 어우러져 생활한 지가 어저께 같은데 어느새 반세기가 훌쩍 뛰어넘었다. 이제는 머리가 희끗희끗하여 노년 티가 나지만, 마음은 늙지도 않고 언제나 이팔청춘. 꽃보다 아름다운 인생은 늙어가는 것이 아니라 조금 조금씩 여물어가며 익어가는 것이다.

우리 42회 친구들은 한 고장 시골에서 자라난 인연과 초등학교 동기생의 인연이 겹쳐, 어떤 사람보다도 순수하고 덕성을 갖춘 귀한 친구. 우리는 이 세상을 떠날 때까지 영원한 친구들이다. 정이 듬뿍 든 친구들이 있어 행복했다. 초등학교를 졸업한 세월이 꽤 지났는데 그동안 만나지 못한 노기숙, 오세천, 이종범, 이진옥……. 동무들 이름이 하나하나 떠오른다. 그리고 세상을 떠난 열여섯 명 이름도 떠오르고 그려진다. 하늘나라로 먼저 떠나간 친구가 있어서 무척이나 허전하기 그지없다. 조금만 더 살았더라면 다가오는 봄날 모교 개교 100주년 기념행사에 참석할 텐데, 왜 그렇게 세상을 훌쩍 떠나서 만나고 싶어도 만날 수가 없다. 그리움만 남아있어 눈물겹도록 서글프기만 하다.

우리 42회 동창회는 1980년 초에 남자 동기동창회를 조직하여 1, 8월 2회 모임을 개최하다가 2009년 소모임을 통합하여 연 4회를 운영하고 있다. 봄가을에는 버스를 전세 내어 아름답고 이름난 명소를 나들이하며 1월과 8월에는 고향 인근에서 친구들을 만나 정담을 나눈다. 어쩌다가 가을이 깊어가는 가을밤에 1박 2일 펜션에서 추억의 일기를 쓰며 즐겼다. 외국여행도 2번이나 다녀왔다. 80명의 동기생 글을 모아 입학 60주년 기념으로 「회갑문집」을 발간했다. 문집이 화제가 되어 동아일보 신문 2018년 10월 22일 20면에 게재돼 전국에 알려졌다. 두메산골 시골 학교 촌놈 출신이었지만 늦게 핀 꽃이 더 예쁘다더니 우린 아름다운 꽃이 됐다.

우리 모임은 형제자매처럼 정이 흠뻑 들어있어 인생의 맛을 더하며 생활하고 있어 행복했다. 친구와 포도주는 오래될수록 좋다더니 우리가 그렇게 됐다.

어느 날 새벽녘에 친구가 세상을 떠났다는 비보를 듣고 얼마나 놀랐던지! 마음이 아프고 슬퍼 뜨거운 눈물이 고여 친구의 모습이 눈물 속에 잠겨 어른거렸다. 초등학교 시절은 물론 평소에 무척 건강했었는데 왜 그렇게 갑작스레 아주 못된 병마가 찾아

왔는지? 알다가도 모를 일이다.

친구는 조금이라도 더 살아보려고 견디기 힘든 병마와 1년을 싸웠다. 끝내는 돌아올 수 없는 강을 건너가 이젠 다시는 영영 볼 수가 없어 그렇게 속상할 수가 없었다.

마지막 세상을 떠나는 길목에 다다를 때 단 하루라도 더 살아보려고 몸부림쳤을 것이다. '물에 빠진 사람은 지푸라기라도 잡는다.'는 말이 있다. 친구도 그런 심정이었을 것이다. 그 심정을 알만했다. 그런 급박하고 위급한 상황을 당해보지 않은 사람들은 그 마음을 조금밖에 모를 것이다.

우리 아버지가 30여 년 전에 세상을 하직하시는 날 목격하여 나는 이해가 갔다. 그날 아버지를 지켜보았다. 호흡이 짧아졌다 길어졌다 무호흡을 이르면 가족들은 애타게 "아버지~"를 부르며 붙들고 애통의 눈물로 통곡하다, 어느 순간 호흡을 이르면 멈추기도 했다. 그런 과정을 몇 시간 거쳤다. 아버지는 조금이라도 더 살고 싶어 하시는 모습. 그 광경은 내 가슴이 미어졌다. 결국은 사랑하는 가족을 남겨 두시고 아주 머나먼 하늘나라로 떠나셨다.

친구는 그런 과정들이 생시가 아니고 꿈이었다면 얼마나 좋았을까? 생각만 하면 가슴이 시리고 마음이 아프다. 홍시가 아닌 멀쩡하던 땡감이 땅바닥에 뚝 떨어진 것 같았다.

친구가 세상에 있을 때, 첫나들이로 세상에서 가장 아름다운 정원 중 하나인 태안 천리포수목원을 비롯하여 이름난 명소를 두루 찾아 즐겼다. 그때 나들이를 함께했던 추억이 한동안 자꾸만 떠올랐다. 그게 마지막이 될 줄이야, 살아생전 같이했던 지난날 추억이 묻어났다. 그 시절이 그리워져 친구의 모습이 꿈속에서도 나타나 보름달처럼 비쳤다.

친구가 하늘나라로 떠나고 나서 따스한 봄날에 동창들 30여 명이 서천 국립생태원 에코리움으로 나들이를 갔었다. 어디선가 귀에 익은 목소리가 들려왔다. "친구, 친구여! 왜 날 떼어놓고 가려고 해! 날 델꼬 가~." 간절한 음성의 메아리가 귓전에 들려 뒤돌아보았더니 허공에 맴돌아 사라졌다. 손을 잡고 함께 갈 수 있다면 얼마나 좋을까 그렇게 하지 못하여 아쉬움의 장벽만 높다랗게 쌓였다. 한번 가면 다시는 돌아올 수 없는 강을 건너갔기에 천만번 불러도 대답이 없으며 아무 소용이 없네.

당신은 세상에서 가장 귀한 가족과 사랑을 못다 이루고 가족 곁을 떠나는 마음이 오죽했으랴 그 심정을 알만하다. 그리고 우리 곁을 떠나 하늘나라로 간 친구들이 이글을 볼 수 있을 것으로 생각하며 글로 담아봤다.

지난날 초등학교 시절 추억을 떠올려 보았더니 세상을 떠난 친구들이 무척이나 그립고 그리웠다. 우리는 먼저 떠나간 친구들을 잊지 않고 있으며, 지금 우리가 이승에 남아 있지마는 언젠가는 우리도 이 세상을 떠난다는 것을 알고 있다. 먼저 가고 늦게 가는 시간은 별다른 차이가 나지 않으며 도토리 키 재기나 다름이 없다. 그게 그거다.

그리운 친구! 불러도 대답 없는 친구들이여 구천을 떠돌지 말고 이젠 영원한 천국에서 편히 쉬어야지. 부디 하늘나라에서는 이승에서 못다 한 일, 하고 싶은 일을 맘껏 다 하며 평안한 마음으로 생활하길 바라네.

세상에 남아 있는 친구들은 후회하는 인생이 되지 않도록 선한 일을 많이 하고, 사랑을 나누며 가장 빛나는 행복을 마음껏 누리길. 아프지 말고 행복의 길을 걸으며 건강하게 살아가기를 기원합니다. 모교가 개교 100주년을 맞이하듯이 우리 모두 100세까지 장수하시길.

백목련은 깨끗하고 청결하게 꽃이 피는데, 수명이 다 되면 세상의 꽃 중에서 가장 보기가 흉하고 추한 모습으로 변한다. 동백꽃은 그렇지 않다. 통째로 땅에 툭! 떨어져도 그대로 싱싱하며 예쁘고 아름답다. 친구들은 떳떳하고 한 점 부끄러움이 없는 삶으로 다른 사람들로 박수를 받을 수 있는 인생으로 동백꽃과 같은 인생이 되길 소망합니다.

내년 봄에 코로나가 종식되면 좋을 텐데, 현 상황으로 보아 모교 개교 100주년 기념행사가 불투명하다. 하루빨리 코로나가 진정되어 다음 해로 연기한다면, 우리 모두 그날 반갑게 만나 다하지 못한 이야기를 나눕시다.

모교 개교 100주년

모교 개교 100주년 기념식을 매우 뜻깊게 생각하며 기다렸는데, 신종 코로나19로 인하여 총동문회장과 임원진 10여 명이 100주년 기념비 제막식을 조촐하게 거행하였다. 선·후배 동문이 운집하지 못하여 가슴이 아리고 속상하다.

개교 100년의 역사를 맞이하는 학교가 그리 흔치가 않다. 공주시 관내 28개 초등학교 중에 모교는 5번째다. 유서 깊은 모교는 1921년 일제강점기 4월 1일 설립인가 개교하여 100주년을 맞이하는 해 98회까지 5,680명의 졸업생을 배출했다. 이것은 현재 반포면민의 인구 4,700여 명 훌쩍 뛰어넘은 숫자이며 국가와 지역의 발전을 위하여 큰 역할을 하였다.

이젠 100년이 지나 새로운 100년을 향하는 또 다른 길목에 들어섰다. 다가올 200년에도 100년의 역사 못지않은 찬란하고 아름다운 역사를 쓸 것이다. 또, 한 세기가 지나 2121년 4월 1일에 개교 200주년을 맞이한다. 그날이 또 돌아오겠지?

일제강점기 통치하에서 학교를 설립하기란 어려움이 많았을 것이다. 그런 시련을 마다하지 않고 지역 유지 몇 분이 학교설립추진위원회를 조직하여 학교용 부지도 기부하고 주민들은 험난한 고난을 헤쳐 가며 곡괭이, 삽으로 구슬땀을 흘려 터를 닦고 단단하게 다졌을 것이다. 천막교실에서 교육을 시작하여 일제강점기를 거쳐 8·15광복을 맞이했다. 동족상잔의 비극인 6·25동란 속에서도 교육의 기회를 중단하지 않고 초등교육을 이어왔다. 한 세기 전 우리 고장에 학교를 세우기 위해 애쓰신 선각자들에게 경의를 높이 표하며 큰 박수를 힘차게 보냅니다.

우리는 6·25동란 중에 태어나 전쟁 피해 복구 시기에 입학했다. 어저께 입학하고 졸업한 것 같은데 어느새 반세기를 훌쩍 뛰어넘었다. 까까머리와 단발머리로 흙먼지가 날리는 길을 멀게는 이십 리를 걸어 학교에 다녔다. 가난한 환경에서도 세상을 향해 나만의 꿈을 활짝 펼치려 어려움을 극복하고 학문을 갈고닦으며 익혔다. 육 년이란 학교생활이 눈에 선하여 눈을 떼지 못해 그 시절을 떠올려보며 과거로 소풍을 떠나보겠다.

교문 양쪽에는 도자기 파편으로 장식한 어른 키를 훌쩍 넘는 사각기둥에 아침 햇살이 비치면 청아한 빛을 발현했다. 교문 양쪽 울타리에는 측백나무가 자라고 있어 참새들이 날아들어 쉴 새 없이 '짹짹' 합창하며 등교하는 학생들을 반겨주었다. 지금 생각해보니 측백나무 씨앗 때문에 참새들이 찾아든 것 같다. 교문에 들어서면 목조로 된 본관. 본관에는 8개 교실이 있었고 중앙에는 현관, 교사 양 끝에는 학생들 출입문이 있었다. 본관 서편의 3개 교실은 칸막이 교실로 학예발표회장 졸업식장 등 다목적으로 활용했었다. 고학년 때는 칸막이 교실에서 공부했다.

동쪽 뜨락에는 한반도의 지형을 축소하여 자연석으로 경계를 둘러 아름답게 꾸며져 눈길을 끌게 했다. 그 안에는 각종 조경수와 다년생 꽃이 자라고 있었다.

서편에는 숙직실과 도서실. 여기를 지나면 운동장의 서쪽에는 일제식 건물 사택이 있었다. 그곳에서 박공서 교장, 후임 이재풍 교장 선생님 가족이 사셨다. 교장 사택 돌담 울안에는 오래된 감나무 한 그루가 있었다. 운동장은 널따랬다.

운동장에서 월요일에는 애국 조회, 가을 운동회, 보건 시간에 체육활동을 하고 쉬는 시간에는 동무들과 어깨를 부딪치며 즐겁게 뛰어놀았다. 교문 주변에는 아름드리 플라타너스와 소나무, 전나무, 느티나무들이 키 크기를 경쟁하며 자라고 있어 아담한 공원을 이뤄 교정은 아름다웠다. 까치를 비롯한 새들의 둥지가 되고 놀이동산.

운동장 동쪽에는 2개 교실이 있었다. '학교 설립 당시 건축되지 않았나?' 생각된다. 운동장에서 입학식을 거행했고 그 교실에서 홍표순 선생님의 지도를 받아 1년간 공부했다.

운동장 남서쪽 언덕에는 별관 두 동에 3개 교실, 교사 좌우로는 학습용 실습지로 농작물을 재배했었다. 우측 실습지 옆으로 꼬챙이골에서 발원하는 맑은 도랑물이 '졸졸졸' 흘러내렸다. 최고 학년이 되면 새울마을로 건너가는 학교 논에서 모를 심고 가꿔 벼 베기와 타작까지 담당했다.

그때 그 시절 12학급으로 편성되어 전교생은 700여 명, 학급에 따라 적게는 50여 명 많게는 60여 명이 공부하여 콩나물 교실. 6학년 때 교직원 조직은 이재풍 교장, 이영길 교감 선생님에 강기정, 김경배, 박노영, 서민식, 서우식, 안희영, 유덕자, 이영구, 정도식, 정세기, 최권목, 홍윤식 등 열두 분의 선생님들은 담임을 맡아 학생들에게 꿈을 키워주고 사랑으로 지도해주셨다. 그때 그 시절의 선생님들을 존경하며 영원히 내 가슴속에 깊이 담고 있다.

봄가을에는 고청봉, 동학사로 소풍을 다녔고 5학년 때는 대전 삼성동 동아연필 공장, 목동 KBS 대전방송국, 공군기교단으로 현장학습을 갔었다. 6학년 가을에는 야간열차를 타고 1무 1박 3일로 서울 수학여행도 다녀왔다.

연년 가을마다 운동장에서 대운동회를 개최하는 날에는 학부모를 비롯한 면민들이 참석하여 구름관중에 대잔치가 열렸었다. 학생들은 용진문과 개선문 좌우에 모여 깃발을 힘차게 흔들며 "청군 이겨라!" "백군 이겨라!" 목이 터지게 외쳤다. 학부형들도 합세하여 응원의 함성이 하늘을 찌르고 운동회가 뜨겁게 달궈졌었다. 달리기, 학급경기, 고전무용, 기마전 등등 마지막 청백 계주가 끝나면 가을 운동회가 마무리됐다.

운동회 프로그램 중간마다 어른들도 마을별로 경기를 실시하였다. 부락별 릴레이 계주, 모래짝을 어깨에 걸머메고 달리기, 운동장 중앙에 일렬횡대로 줄을 서서 신호와 동시 양손으로 모래짝을 들고 오랫동안 버티기 대항도 했었다.

그리운 육 년의 추억을 떠올려 보고 옛 시절의 생활을 열어보았더니 행복이 넘치고 그 시절로 돌아간 듯하다. 개교 100주년을 맞이했는데, 아쉽게 코로나19로 인하여 동문 선·후배들이 모교에 운집하여 자축 기념행사를 개최하지 못하여 서운하고 무척이나 아쉬웠다. 그러나 영광스러운 개교 100주년을 맞이하게 된 기쁨을 전국 각지에 흩어져 있는 선·후배 동문과 마음을 함께할 수 있어 즐겁고 행복했다.

'국적은 바꿀 수 있어도 학적은 바꿀 수 없다.'라는 말이 있다. 육 년간 꿈과 사랑을 키우며 유년 시절을 보낸 모교는 마음의 고향이다. 세월이 흘러가도 그 시절의 아름답던 추억을 마음속에 영원히 오래오래 간직하는 것이 초등학교 시절의 추억이 아니겠는가? 역사와 전통이 빛나는 모교가 있다는 것은 우리 동문에게는 큰 자랑이고 영광이라 긍지와 자부심을 마음속 깊이 느꼈다. 나의 모교는 꿈, 희망, 배움의 터전으로 무궁한 발전과 겨레의 등불로 영원하리라.

개교 100주년을 맞이하여 모교 역사의 발자취 책자를 발간한다는 것을 알고 있었으며, 추진위원회에서 3여 년을 공들였다.

기다렸던 「반포초등학교 개교 100년사」를 임상준 후배가 택배로 보내주어 반가운 마음에 얼른 봉투를 뜯었다. 세상에서 단 하나뿐인 소중한 책이 나 좀 빨리 보라는 듯 쏙 빠져나왔다. 책은 A4용지 크기로 쪽수는 321페이지 생각했던 만큼 페이지가 적당했다. 책 표지는 푸른 느티나무 가지를 윗부분에 살짝 배경으로 학교 전경이 눈에 쏙 들어왔으나, 校木인 소나무 나뭇가지를 선정했더라면……. 100年史 숫자는 부분 코팅으로 빨간 큰 붓글씨체가 모교의 전경과 잘 어우러졌다.

책 표지를 들여다보고 책장을 넘기며 살펴보았다. 다른 내용은 두말할 것도 없이 편집이 잘 되어 있었다. 1회부터 100주년을 맞이하는 98회까지 기수별 졸업생 명단 및 졸업기념 사진이 실리고 그 시대의 졸업장, 상장, 표창장, 생활통지표며 학교의 변천사, 총동창회 활동, 교육가족의 작품도 실렸다.

이 한 권의 책이 탄생하기까지는 쉬운 일은 아니다. 자료수집에서 편집, 수정 그 모든 시간을 합산하면 모교의 역사만큼이나 노력이 있었을 것이다. 개교 100주년 추진위원회 남신현 위원장님과 서민식 명예위원장, 임상준 편집국장이 완성되기까지 기울인 엄청난 헌신은 모교의 역사와 함께 길이 빛날 것이다. 그 외 협조하신 분들께도 힘찬 박수를 보냅니다.

「반포초등학교 개교 100년사」는 졸업생들에게는 추억의 역사 자료가 됐다. 새로운 100년을 시작하는 재학생, 미래의 재학생들은 지난 역사를 거울삼아 개척의 정신으로 창조해 나가리라 생각된다. 그리고 우리 지역사회는 물론 국가발전을 위해 선도의 역할을 다할 것이다.

아주 특별한 날

올해는 부부의 인연으로 결혼한 햇수가 44년이 되는 뜻깊은 해이다. 스물일곱이던 1977년 3월 22일 따스한 봄날에 결혼했는데, 벌써 이래 됐나? 지금에 와 뒤돌아보았더니 시간이 쏜살같이 지나갔다. 해안의 사구 모래를 한 움큼 쥐었다가 펴면 손가락 사이로 빠져나가는 모래알처럼 그렇게 후딱 지나가 버렸네! 44년이란 세월은 짧지도 않은 시간인데 눈을 한번 깜빡 감았다가 뜬 느낌.

지난날 쌍수 결혼기념일인 11, 22, 33주년은 바쁘게 사느라 무관심 속에 소홀히 지나쳤다. 정년퇴직하고 시간적 여유로움에 44주년을 맞이하여 기쁘기도 했다. 이제 다가올 결혼기념일 쌍수는 55, 66, 77 그렇게 많지는 않은 기회. 기껏해야 두세 번을 맞이할 것 같다. 세 번의 바람은 과한 욕심이고, 두 번을 맞이하면 흡족하다. 장수하여 세 번이 주어진다면 104세가 된다.

올해 44주년 결혼기념일은 내게는 아주 특별한 날이다. 내가 태어난 날과 결혼한 날이 한날에 겹쳤다. 이런 날은 내 평생 처음이고 의미가 깊으며 또다시 이런 날은 없을 것 같았다. 혹시나 다가올 미래에도 겹친 날이 있으려나? 하고 휴대전화기에 깔아 놓은 미래의 달력을 검색해봤더니 요번과 같은 날은 없었다. 이렇게 한날에 겹치기란 쉽지 않으며 우연의 일치도 아니다. 태초에 하나님이 천지를 창조하실 때 택해주셔서 한번 일치됐다. 내 주변에서 이렇게 한날에 겹쳤다는 이야기를 한 번도 들어보지 못했다.

지난날을 돌이켜보면 결혼기념일을 깜빡 잊고 지나친 일도 있었고 평소 날과 같이 보낸 날도 있었다. 어느 해는 외식하며 오붓한 시간을 보내기도 했었다. 40년을 맞이하는 해에는 나와 살아준 고마움에 집사람에게 장미 꽃다발을 선물했더니 깜짝 놀라며 무척 좋아하는 표정. 나도 집사람만큼 기분이 좋았다. 남들처럼 명품 선물을 해주지는 못하고 나의 진정한 꽃다발을 마련하여 고마운 마음만을 담아 전해줘 미안하기도 했다.

44년 전 공주 현대예식장에서 결혼하고, 다음 날 대전역에서 무궁화 열차를 타고 부산 해운대로 1박 2일 신혼여행을 떠났다. 그때처럼 열차를 타고 그곳을 다시 찾아가 지난날 여행의 추억을 찾아보고 싶었는데 코로나19로 조금은 아쉽기는 했으나 다음 기회로 미뤄 서해로 방향을 잡았다.

시목초등학교에서 근무하다가 안면도 고남초등학교로 옮겨 1년을 서산에서 출퇴근. 이듬해 가경주와 바람아래해변 중간에 위치한 고남리 해안가 옷점마을로 이사하여 2년 6개월 동안 생활했다. 옷점! 옛적부터 전해 내려오는 자연마을의 지명이 예쁘고 특이하여 그 유래를 알아보고 싶었다.

최일권 학부형에 의하면 옛날 옛적 마을 앞바다에는 어족자원이 풍부하여 청어를 많이 잡았다고 한다. 마을에서 장이 서는 날이면 각지에서 갓 잡은 청어를 사기 위해 장삿배가 몰려들었다고 한다. 어물전은 물론이고 술과 안주를 파는 주막도 있었지만, 옷을 파는 점방도 있어서 옷과 점방의 합성어인 '옷점'에서 지명이 유래되었다고 한다.

마을 지명도 예쁘듯이 바다와 접한 야트막한 언덕 아래에는 모양이 각기 다른 집들이 옹기종기 모여 있어 마을 입구에 들어서면 평화롭고 아름다움이 그림같이 펼쳐져 보였다. 이영자 MC 코미디언도 옷점마을에서 태어났다고 한다.

옷점마을 해변은 자연이 빚어낸 리아스식 해안선의 굴곡이 아름다워 집사람과 바닷가를 거닐며 우리 둘만의 시간을 가져 자주 산책했다. 그 해변 길은 종일 걸어도 질리지 않는다.

바닷바람이 쉬어가고 사람들도 쉬어가는 야트막한 마을의 뒷산 언덕에 올라 바다 건너 원산도 풍경은 선물 받은 수채화 그림을 보는 듯했다. 아름다운 바다 풍경을 감상하며 어느 때는 가경주까지 거닐기도 했었다.

해 질 녘에 마을 뒷산 언덕에 올라 하늘과 바다가 맞닿은 서쪽 수평선을 바라보면 노을은 붉은빛으로 물들여져 뭉게구름까지 붉어 참으로 아름다웠다. 오래오래 바라봐도 질리지 않는다. 잠시 후, 노을이 사라지고 어슴푸레 땅거미가 지면 원산도 섬마을의 불빛이 해수면에 기다랗게 비쳤다. 옻칠과 같은 해수면에 반사된 불빛은 노을빛만은 못하지만, 그런 불빛은 내륙의 강이나 호수 외에는 볼 수 없는 광경이라 또한 아름다웠다. 그 풍경에 빠져 원산도를 한번 가보고 싶었던 마음. 옷점마을을 떠나서도 그 아름다운 광경이 머릿속에서 떠나지 않아 가슴속 깊숙이 묻어 있었다.

오늘은 결혼한 날이고 내 생일날이라 특별한 날을 맞이하여 서해 바닷바람을 쐴 겸 안면도와 원산도를 연결한 해상대교가 개통하여 원산도에 가기로 했다. 고속도로를 이용하지 않고 예전에 다녔던 길로 아름다운 산야 풍경을 감상하며 원산도를 향하여 내달았다. 칠갑산을 비롯하여 구간 구간에 외곽도로가 건설되었고 안면도 백사장사거리까지는 4차선으로 뻥 뚫려 여유롭게 달렸다. 예전에는 굴곡이 심한 2차선 도로라 시간이 지체될 뿐 아니라, 지루하여 운전할 때 신경이 날카롭기까지 했었다.

지난날보다는 운전하는데 마음이 가볍고 생각보다 교통량도 많지 않아 고속도로를 이용하는 것이나 별다른 바 없었다. 안면도 자연휴양림을 지나 어느새 영목에 다다랐다.

영목항과 원산도를 연결된 원산안면대교는 국내에서 여섯 번째로 긴 연륙교로 1.8km의 4차선 다리를 금방 건너니 대전에서 출발하여 세 시간여 만에 원산도에 다다랐다. 처음으로 내디딘 섬! 옷점마을에서 바라보면 아름답게 보였던 섬이라 궁금증에 한 바퀴 둘러보았다. 생각보다 큰 섬으로 느껴졌다. 섬 주변에는 안면도, 고대도, 삽시도, 효자도가 보이고 푸른빛 물결이 넘실넘실 일렁여 아름다운 원산도. 가는 곳곳마다 관광 개발공사가 한창이라 땅이 파헤쳐져 굴착기와 덤프트럭의 굉음에 흙먼지가 구름처럼 풀풀 날렸다. 신해양의 시대가 열리는 메아리가 울려 퍼지는 것 같았다.

올 연말에는 대천항과 원산도 구간을 관통하는 국내 최장이며 세계에서 다섯 번째로 긴 6.9km 왕복 4차로인 보령해저터널이 개통한다고 한다. 해저터널이 개통되면 서해안 지도가 획기적으로 바뀔 것 같고 안면도 최남단 영목에서 10여 분이면 보령에 도착할 수 있다. 예전에는 영목에서 보령까지 가려면 2시간 가까이 걸렸는데 해저터널을 이용하면 10분의 1도 안 걸릴 것이다. 대천해수욕장을 코앞에 두고 원거리로 돌아서 다녔다.

오늘 특별한 날을 맞이하여 지난날에 바닷가 옷점마을에서 생활할 때 언덕에 올라 바다 건너 아름다운 섬 원산도를 바라봤던, 그곳 원산도 나들이했더니 이보다 더 좋을 수가 없었다. 올 12월에 해저터널이 개통하면 원산도를 다시 찾으리라. 난생처음으로 바다 밑의 해저터널을 통과하는 순간을 상상해봤더니 무척이나 즐겁고 행복했다.

귀여운 옥동자

봄이 활짝 피었습니다.

사월은 꽃이 만발하고 동산에는 꽃바다를 이뤄 온 천지가 꽃이다. 그 꽃들은 저마다 아름다움을 뽐내며 나 좀 빨리 봐달라고 유혹하며 손짓한다. 외손자가 20개월을 맞이하는 사월에 외손녀를 보았다. 외손녀는 꽃피는 계절에 태어났으니 예쁜 꽃을 닮아 꽃처럼 예쁘게 잘 자라겠지…….

딸내미가 둘째를 낳기 전 외손자를 우리 집에 데려다 놓아 한동안 돌봐주며 같이 생활했다. 귀여워서 얼마든지 있어도 좋건만 입이 짧은 게 걱정이 됐다.

지난날 아들딸을 키울 때는 뒤를 돌아보지 않고 앞만 바라보며 정신없이 살다 보니까 아이들이 그렇게 귀여움을 몰랐다. 되직하고 여유로움에 외손자를 돌봐주며 같이 생활하였더니, 지난날과는 느낌마저 다르다. 이게 사람이 살아가는 인생의 행복이 아니겠는가? 외손자와 생활하다 보니까 어릴 적 어머니 생각이 떠올랐다.

장조카는 내가 태어나고 16개월 되는 달에 세상에 나왔다. 나하고 한 살 터울 어깨동갑이다. 어머니는 막둥이 아들을 걸리고 조카를 업고 다녔다. 엄마 치맛자락을 잡고 졸랑졸랑 따라다녔던 기억을 지금도 잊지 않고 있다. 어머니는 아들이 더 소중하면서도 손자가 귀여워 그렇게 행한 것을 그 당시에는 이해하지 못했는데, 세월이 흘러 외손자를 보게 되니 이해하고도 남았다. 외손자가 그렇게 귀여우며 예쁠 수가 없었다. 그게 사람들의 보편적이고 객관적 생각일 것이다.

옛말 중에 '아이들은 싸우면서 자란다.'라는 말이 있듯이 나도 어릴 때 장조카와 어지간히 싸우며 자랐다. 그 때문에 부모님께 꾸중을 들을 적도 많았다. 외손자와 외손녀도 이젠 이삼 년이 지나면 장난감 때문에 부대끼며 티격태격 다투고 싸울 것이다. 그 중에 소유권 분쟁으로 자기 것을 가져갔다며 잡아당기고 밀치며 울고불고 난리에 야단법석 싸우면서 클 것이다. 어린아이들은 자기중심적이라 자기 소지품에 대한 애착이 유난히 강하나, 그렇게 싸우고 다투는 시기도 한때 잠깐이다.

외손자는 제 어미와 떨어져 있어도 엄마를 찾지 않으며 잠도 잘 자고 낮에도 즐거이 잘 놀고 있었다. 응석을 부리지 않고 그렇게 신통할 수가 없었다. 눈에 넣어도 아프지 않을 것 같고 머리끝에서 발끝까지 한 곳도 미운 데가 없이 예쁘다. 외손자가 우리 집에 오고서는 웃을 일도 많아져 하루하루가 즐거웠다.

그러나 하루 세끼 혼자 밥을 뚝뚝 떠먹었으면 좋으련만, 입이 짧아 먹는 양이 적은 편이라 곤혹스럽기가 짝이 없었다. 시시때때로 밥그릇을 들고 뒤 따라다니며 떠먹여야 했다. 그것도 냉큼냉큼 받아먹는 것도 아니었다. 집사람이 밥을 먹여주는 것을 바라보면 속상하고 마음이 아플 때가 많았다. 왜 그렇게 입이 짧고 식욕이 없었는지…….

환경이 바뀌면 잘 먹으려나 하고 어느 날, 달걀도 삶고 김밥을 쪼그맣게 한입에 쏙 들어가게 싸서 노은3동 동사무소 뒷산 해랑숲공원 팔각정에 올라가서 먹여줬더니 대여섯 개 먹다가는 먹지를 않았다. 식성 좋고 식탐이 많은 아이라면 김밥 꽁다리까지 몽땅 다 먹었을 것이다. 영양 만점 달걀! 삶은 달걀을 주었더니 흰자위를 다 먹고 퍽퍽한 노른자위는 입 근처에도 가지 않고 풀밭에 버려서 아까웠다. 그것도 딱 하나!

어느 때는 시원찮게 먹어서 아파트 비상계단을 한 계단 한 계단 오르내리며 먹여주기도 했었다. 그렇게 해도 냉큼 받아먹지 않아 부아가 나고 울화가 치밀어 야속하기도 했다.

밥을 먹게 하는 유일한 방법은 휴대전화에 깔아놓은 재밌는 유튜브 유아용 동영상을 틀어주면 집중을 엄청나게 잘하여 밥을 먹이기에 수월했다. 밥을 떠 넣으면 화면을 응시하며 수저를 바라보지도 않고 제비 새끼가 입을 벌리듯 받아먹었다. 동영상 화면에 집중하여 무척이나 편했다. 밥을 먹일 때는 으레 휴대전화 유튜브 화면을 보게끔 해줬다.

한 번은 우리가 외식할 때 자주 다니는 식당에 외손자를 데리고 갔다. 맛있는 육개장 2인분을 시켰더니 외손자 몫으로 밥 한 공기를 더 가져다 놓았다. 아주머니의 찰진 인심에 마음마저 다리를 쭉 뻗는 듯했다. 그 구수한 인심에 외손자는 밥 한 공기를 다 먹을 성싶었다. 집사람은 외손자를 먼저 먹여주고 식은 밥을 떴다. 쪼그마한 배에 얼추 반 공기를 먹였더니 든든하여 배부른 모양이다. 더는 먹지 않았다. 집에서보다 많이 먹으니 마음이 흡족하고 뿌듯했다.

외손자가 돌아다니는 모습을 바라봤더니 양이 차고 배가 부른 것 같았다. 바라보는 마음마저 든든하고 팔다리에 힘이 불끈 솟는 듯했다. 외손자는 우리가 앉아 있는 테이블에 붙여 놓은 스티커 번호표 숫자를 읽었다.

서성이며 "9, 10……" 다른 테이블 한 자릿수와 두 자리 숫자를 즐겨 모두 다 읽었다. 그런 모습을 바라보니 내 마음이 흐뭇하고 뿌듯했다. 무럭무럭 자라서 학교에 다니면 수학 공부는 참 잘할성싶었다.

그 광경을 카운터에서 바라보더니

"그 녀석 참 기특하구나! 아기가 몇 살이에요?"

"이제 21개월 세 살밖에 안 됐어요."

무척이나 신기한 듯한 표정을 짓고 있었다.

딸내미가 옥동자를 키울 때 숫자놀이를 통하여 알려준 것 같았다. 숫자를 읽지만 수 개념 형성이 되었는지는 모르겠다. 그것만으로도 만족했다. 즐거이 숫자놀이를 하면서 수를 읽듯이 식탐이 좋았으면 얼마나 좋을까? 그게 걱정이다. 언젠가는 먹성이 터지겠지…….

내 어릴 적에 어머니가 밥을 먹여주었던 기억은 가물가물하며 생각이 나지 않는다. 그러나 밥을 먹다가 해찰하거나 끼적이면 밥상을 치우셔서 밥을 먹지 못한 적이 있었다. 또 한 번은 또래들과 정신없이 신이 나게 한참 동안 놀다가 때늦게 들어갔더니 밥이 없어 굶은 적도 있었다. 그런 경험을 한 후에는 해거름 녘이면 놀다가 말고 얼른 부리나케 집으로 들어가곤 했다. 우리 세대들은 그렇게 자랐고 밥투정이란 것을 모르고 컸다.

요즘 아이들은 지난날 우리 어린 시절과 달리 다양하고 맛있는 간식이 풍족하며 영양 가치가 높은 음식이 넘쳐나고 있다. 이 세대 아이들은 너무나 행복한 아이들이다.

회다리 밑의 추억

전 세계를 뒤흔든 신종 코로나19 바이러스 감염으로 우리나라에도 확진자와 사망자가 늘어나 적지 않은 피해를 보았다. 거기에다 1973년 이후 가장 긴 54일간의 장마를 기록. 비가 많이 내려 산사태와 침수로 이재민이 발생했고 농작물 피해도 컸다. 긴 장마로 채소, 과일값이 하늘 높은 줄 모르고 치솟아 금값이 됐다. 장마가 덮친 데다 연이은 태풍 '마이삭', '하이선'이 할퀴고 간 울릉도와 강원지역은 피해가 눈덩이처럼 불어났다.

올여름은 코로나로 인해 방에서만 생활할 수가 없어 갑천변에서 산책하는 것이 일과가 됐다. 옛적 초등학교 고학년 때 대전으로 현장학습을 갈 때는 2차선인 만년교 다리 하나뿐이었는데, 세월이 흘러 교통량의 증가와 도시개발로 교량이 여러 개 건설

됐다. 신설된 월드컵대로는 왕복 10차선이고 계룡대교 다리 밑에는 보도블록을 깔았고 벤치도 12개를 설치하여 휴식공간을 만들어 놓아 예전의 다리 밑과는 다르다. 계룡대교는 폭이 넓고 긴 교량이라 그 밑은 웬만한 학교 운동장 넓이에 그곳을 한 바퀴 돌면 딱 3분. 궂은 날씨 또는 햇볕이 쨍쨍 내리쬐는 날은 다리 밑에서 운동했다. 20바퀴를 돌면 1시간, 운동장에서 걷는 것 못지않았다. 온종일 그늘이고 바람이 살랑살랑 불어오면 그렇게 시원할 수가 없었다.

계룡대교 다리 밑을 이용하며 어린 시절 회다리 밑의 추억을 떠올려보았다. 우리 마을은 일제강점기에 도로 건설할 때 도랑이나 냇물에는 회다리를 놓았다. 실개천에는 콘크리트 흄관을 설치. 향골 도랑에는 작은 회다리가 놓였고, 마을 중심 냇물과 금강 합류점에는 큰 회다리가 있었다. 향골 회다리 밑은 어린 시절 추억이 녹아 있는 다리라 잊으려야 잊을 수 없는 회다리다. 무더운 여름날 하굣길에 다리 밑에서 동무들과 놀았던 곳.

봄이 오면 진달래 개나리 벚꽃이 피고 초록 나뭇잎들이 하늘거리는 오월에는 가재 꼬리에 알이 밴다. 그 시기에 동무들과 향골 골짜기 물이 흘러내리는 도랑에서 천렵하여 가재를 잡았다. 가재에 풋마늘, 고추장을 팍팍 넣어 가재 매운탕을 끓이고 밥도 지어 먹기도 했다. 오랜 세월이 흘러갔어도 천렵했던 추억이 어제 일처럼 떠오르고 그 시절로 돌아가고 싶었다. 그 시절에는 아이들이나 어른들은 농번기가 오기 전에 천렵하며 하루를 즐기는 풍습이 있었다.

그 후 반세기가 훌쩍 지나 초등학교 동창 여섯 명이 초복 날에 온천리 회다리 밑에서 삼계탕을 끓였다. 여름 복날에는 삼계탕이 몸보신에 제격. 소주 한 잔씩 부어들고 부라보를 외치며 잔을 짠! 부딪히면 어깨마저 펴져지고 웃음꽃이 만발하여 좋았던 관계가 더욱 찰져졌다. 처가댁에 가면 장모님이 씨암탉을 잡아 준다는 닭다리를 서로에게 권하며 토종닭살 씹는 미각은 무엇에 비교할 수 있을까? 씹는 재미가 더해진 맛에 분위기조차 맛있었다. 친구들과 보양식으로 원기 충전되어 그해 여름을 문제없이 이겨낸 것 같다. 특별히 복날을 맞춰 노재천 친구가 유성장에서 토종닭을 사 오고 강신숙, 임연숙 친구 둘이 맛있게 요리한 덕분에 사이가 더욱 돈독해졌다.

그 이듬해는 초등학교 여자 동기동창 십오일 계원들이 남자 대여섯 명을 초청. 박정자 회다리 밑에서 토종닭에 인삼, 대추, 마늘을 조합하여 모자람 없이 한 솥 가득 백숙을 끓였다. 부글부글 끓어오르는 소리 맛있는 소리 침샘이 폭발. 푸짐한 보양식다웠고, 십오일 계원들 덕분에 입이 호강하고 혁대를 풀고 닭 꽁다리 모가지까지 남김없이 한껏 먹고 마시며 즐겼다.

노삼순 친구가 안양에서 빛바랜 초등학교 졸업기념 앨범을 들고 한달음에 달려와 앨범을 펴놓았다. 오래된 흑백사진을 보았더니 웃음이 절로 나와 한바탕 웃음꽃을 피웠다.

동창들 나들이 때 우스갯소리로 웃음을 자아내게 하는 끼 많은 이광한 친구는, 영화에서 사랑을 고백하는 한 장면처럼 한쪽 무릎을 굽히고 정중히 두 손으로 "사랑하는 쌈쑨 양 추억의 앨범을 가져와 고마워잉." 하며 망초 꽃다발을 받쳤다.

"사랑하는 광한 씨 고맙당." 꽃다발을 주고받는 표정이 너무 웃겨서 친구들은 배꼽이 아프게 웃어 웃음바다가 됐다. 그렇게 웃고 웃었더니 모두가 들판에 핀 풀꽃처럼 화사한 얼굴이 됐다.

사람은 추억을 먹고 산다고 했다. 추억은 아름답다. 금세 초등학교 시절 동심으로 돌아가 개울에 '퐁당' 돌멩이를 던져 여자 친구에게 물이 튕기게 하고, 손으로 물을 끼얹기도 했다. 친구들 덕분에 기쁨과 즐거움이 넘쳐나 하루를 즐거이 보냈고, 재미있게 놀은 천렵 추억이 오래오래 기억되리라.

내가 계룡대교 다리 밑에서 운동하고, 독서를 한다는 것을 딸내미가 세인이한테 이야기했는가 보다. 유치원 등원을 하지 않는 날, 세인이가 다리 밑에 간다고 하여 딸내미네 집에 들러 외손녀를 데리고 갔다.

세인이가 다리 밑에 다다르자 운동장같이 널따란 공간이 펼쳐져 있어 무척 좋아하는 표정이다. 냇물이 흐르는 곳으로 갔다.

"세인아, 물이 많이 흘러내려 가지?"

"네."

"세인아, 저기 바윗돌에 까만 거 붙어 있는 것 보이지?"

"네, 잘 보여요."

"저게 무엇인지 아니?"

"몰라요."

"물속에 잠긴 바윗돌이나 얕은 물에서 제 몸을 끌고 기어 다니며 생활하는 다슬기라고 한다. 다슬기 잡아줄까?"

"외할아버지, 내가 잡을게요."

세인이가 다슬기를 잡아, 잘라낸 페트병에 넣었다. 물을 담아 한참 후에 관찰했더니 딱딱한 껍데기 제 몸을 끌고 기어 다니고 있었다.

"세인아, 더듬이가 움직이는 것 보이지?"

"네."

"다슬기는 머리에 한 쌍의 더듬이가 있으며 눈도 있고 입도 있단다."

"외할아버지, 더듬이는 보이는데 눈 입이 안 보이네요?"

"눈과 입은 작아서 사람 눈으로는 잘 안 보인단다. 더듬이 아래 눈이 있고, 눈과 눈 사이에는 입이 있단다."

"세인아, 다슬기 한 개 꺼내어 보아라!"

"네."

"딱딱한 껍데기 속으로 더듬이 눈 입이 들어갔지. 왜 들어갔는지 아니?"

"내가 만져서요."

"그래 제 몸을 보호하기 위해 딱딱한 껍데기 안으로 쏙 들어간 거란다."

"네, 할아버지."

"다슬기를 잘 관찰했으니까 위쪽으로 올라가 물고기들이 놀고 있는 곳으로 가보자."

"그래요."

갑천과 진잠천의 합류점인 잠수교 밑에는 작은 물고기들이 활발하게 놀고 있었다. 세인이가 과자를 부수어 줬더니 벌떼처럼 모여들어 서로 먼저 먹으려고 난리가 났다. 부스러기를 낚아채는 순간에 은빛 비늘이 번쩍번쩍하였다. 신기하고 재미있는지 외손녀는 과자 한 봉지를 물고기들한테 다 빼앗겼다.

"외할아버지, 물고기가 반짝거리네요?"

"물고기는 몸에 비늘이 붙어있어 빛이 반사되어 그렇게 보인단다."

"쪼그만 물고기도 비늘이 있어요?"

"그럼, 아기나 어른들이나 옷을 입은 것처럼 물고기도 비늘로 몸을 보호한단다."

저편 흐르는 물에서 물오리가 물을 가르며 거슬러 올라가고 있다. 헤엄치다가 잠수하는 모습이 그림같이 아름다웠다.

"세인아, 인제 그만 집에 가자."

"외할아버지, 이다음에 또 와요?"

"그래, 예쁜 세인이 또 데리고 올게."

"네, 할아버지."

귀염둥이 외손녀 때문에 주말을 즐거이 보내니 벌써 일주일이 기다려진다. 외손녀는 생물이 살아가는 자연환경의 소중함을 마음속 깊이 깨달았을 테고, 오늘 다리 밑에서 놀이하며 체험한 것을 먼 훗날까지 오래오래 기억하겠지.

이 빠진 중강새

저녁을 먹고 한참 지나 딸내미한테 전화가 왔다. 세인이가 외할아버지한테 이를 빼달라고 한다고 했다. 내일은 토요일이라 유치원에 가지 않으니 건너오라고 전했다.

다음 날 점심을 한술 뜨고 나서 바깥바람을 쐬고 들어왔더니, 여섯 살짜리 외손녀가 제 어미와 자전거를 타고 와 있었다.

“귀요미 세인이 왔네! 이 빼러 왔니?”

“네.”

“치과에서 빼지 않고 왜 외할아버지한테 이 빼려고 하니?”

“치과에 가기 싫어서요.”

“그랬구나! 이 뺄 때 피 나고 아플 텐데 괜찮겠니?”

“안 아프게 빼줘요? 외할아버지.”

이를 확인했더니, 아랫니 한 개가 흔들리고 있었다. 빼야 할 때가 되었다. 실을 끊어 아랫니에 걸고 옭매어 당겼더니 이는 빠지지 않고 실만 빠져나왔다. 다시 단단히 옭매어 입을 벌리는 순간에 낚아챘더니 이가 빠졌다.

"얼레리꼴레리 세인이는 앞니 빠진 중강새가 됐네?"

"……"

머뭇거리고 있어 중강새가 어떤 의미인지 모르고 있는 것 같았다. 당연하다. 한글을 읽고 쓸 줄 알게 되면 책을 읽거나 앞니 빠진 경험을 통하여 '중간에 이가 없어 말할 때 바람이 샌다.'라는 뜻을 차차 알 것이다. 나도 어릴 적에 이 빠진 아이들을 보면 "얼레리꼴레리 앞니 빠진 중강새"라고 의미를 모르면서 아이들을 무턱대고 골려주기도 했었다.

뺀 이를 휴지통에 버린다고 했더니, 집에 가져가 '유치 보관함'에 보관한다고 하여 위생 비닐봉지에 넣어줬다. 이다음에도 치과에 가지 않고 외할아버지한테 이를 뺀다고 한다. 외손녀 이를 빼주고 났더니 어린 시절 나도 외손녀만 할 적에 어머니가 이를 빼주던 게 어저께 있었던 일처럼 생각이 났다.

예닐곱쯤 되지 않았나? 밥을 떠서 씹으면 앞니 느낌이 여느 때와 다르며 불편하여 손가락으로 만져봤더니 흔들렸다.

"엄니, 내 이빨이 흔들려!"

"어디 보자."

어머니가 엄지와 검지로 이를 흔들어 확인하시더니,

"더 있다가 빼야겠다. 나중에 빼줄게."

"그~려 엄니 나중에 빼줘!"

몇 날이 지났다. 혀끝을 이빨에 갔다 대면 옴직 움직거림이 나무를 흔들면 흔들리듯이 흔들렸다. 시간이 지날수록 허리가 잘린 등걸의 고주배기 흔들리듯 흔들흔들했다. 자꾸만 신경이 쓰여 손가락을 가져다 대기도 하고 혀끝으로 밀었더니 이빨이 움직였다. 어머니는 그런 행동과 표정을 보시더니

"이빨 뺄 때가 됐나보다 어디 보자."

무서워서 조개처럼 입을 꾹 다물었다가 "아~" 하며 입을 벌렸더니 이빨을 흔들어 확인하셨다.

"인제 뺄 때가 됐다."

"무서워, 이빨 안 뺄 거야!"

"지금 안 빼면 뻐드렁니 난다."

"그럼 안 아프게 빼줘, 엄니?"

어머니는 반짇고리 실패에서 무명실을 끊어 흔들리는 이와 이 사이에 실을 걸어 풀어지지 않게 옭매였다. 이빨에 실이 묶여있어 무섭고 겁이 나서 입을 꾹 다물었다. "아~ 하며 입을 벌려라." 입을 벌리는 순간 어머니가 실을 잡고 독수리가 병아리를 낚아채듯 당기자 눈 깜짝할 사이 이빨이 빠졌다. 피가 났지만, 생각보다는 아프지 않았다. 이렇게 앞니를 처음으로 뺐다.

이 빠진 곳에 혀끝을 갖다 댔더니 휑하여 이와 이사이 간격이 넓어져서 담장이 무너져 내린 느낌 같았다.

어머니는 "앞니 빠진 중강새가 됐다."라고 하셔서 그때 어머니한테 처음 들어봤다. 반짇고리에서 솜을 뜯어 빠진 이사이에 솜을 물도록 해주셨다.

"헌 이 줄게 새 이 다오." 하며 지붕 위에 냅대 던지라고 어머니가 알려주셨다. 난 어린 시절에 젖니를 빼면 언제나 예쁜 새 이가 나길 은근히 바라면서 안채 초가지붕에 수 번 던졌다. 시월 가을걷이가 끝나면 이엉을 엮어 초가지붕 잇기 작업을 한다. 헌 이빨은 초가지붕 이엉 속에서 꼭꼭 숨어 있다가 헌 이엉을 걷으면 그들과 함께 논밭으로 이사했다.

내 젖니는 내 고향 마라귀 논밭 어느 곳에서 깊은 잠을 자고 있겠지. 아버지한테 물려받은 내 옥답은 유치 보관함이 되어 숨바꼭질하듯이 꼭꼭 숨어 있을지 모른다. 내 생전 보전을 잘해야겠다. 그렇게 하면 하늘나라에서 내려다보시며 아버지와 어머니는 박꽃보다 더 환한 웃음을 자아내 무척 좋아하실 것이다.

요즘은 초가지붕이 사라져 유치 보관함에 보관하는 아이들도 있다. 우리 외손녀 세인이도 빠진 유치를 유치 보관함에 잘 보관하였다가 먼 훗날 성인이 되어 아들딸 이를 빼주고 어린 시절에 이를 뺀 추억을 떠올리리라 생각한다.

큰칡골 숲속에서

올해는 추석이 목요일이어서 추석 전후 공휴일을 포함하여 연휴가 5일이다. 예전엔 명절 당일에만 공휴일이었다. 운이 좋아 토요일이나 월요일에 닿으면 이틀을 보낼 수 있어 무척 좋았었다. 새해가 돌아오기 전에 달력을 받아보면 맨 먼저 명절날을 확인했다. 혹시나 하고 은근히 바랐으나 그런 기회가 되지 않아 속상할 때가 많았었다. 추석이나 설 명절이 일요일 앞뒤에 닿기는 쉽지 않은 기회다.

1980년대 중반에 명절 다음 날을 공휴일제도로 시행하다가 몇 년 지나서 명절 전날까지 공휴일로 지정하여 3일 연휴가 됐다. 대체공휴일 제도를 도입 시행에 따라 3일 연휴 중 하루라도 일요일 또는 공휴일과 겹치면 연휴 다음 날 대체공휴일로 지정

되었다. 예전 젊은 시절에는 요즘과 같은 명절 연휴가 없었다.

올 추석 연휴를 맞이하여 지난날 어린 시절의 추억을 떠올려 보며 외손주와 함께 큰췱골 숲속에서 자연 관찰하며 체험도 하고 겸사겸사 나들이하기로 했다.

두 아이를 승용차에 태워 여유 있게 공암을 거쳐 반포초등학교에 다다랐다. 예전에 이곳에서 근무 시 사택에서 생활할 때 제 어미가 태어나고 자랐던 곳이라 아이들에게 알려주고 싶어서였다. 사택은 철거하여 병설유치원 교실과 놀이터가 조성되어 있었다. 지난날을 생각하며 그 시절 상황을 알려주었더니 아직 어려서 그런지, 유치원 놀이기구에만 관심을 두었다. 사택이 지금까지 보존되어 있었더라면 좋을 뻔했는데 환경이 바뀌어 무척 아쉬웠다. 두 아이가 성장하여 어른이 된다면 훗날 그곳에 들렀던 일을 기억하겠지.

마티고개를 넘어 초등학교에 다녔던 신작로 길을 향하여 옛 추억을 떠올려 가며 천천히 가로수 터널을 달려 고개에 다다라 팔각정 옆에 주차했다.

정훈아! 세인아! 저 아래 보이는 마을이 외할아버지가 태어나고 자란 곳이다. 외할아버지 고향이란다. 이 신작로 길을 걸어 초등학교에 다녔다고 두 아이에게 알려주었다.

마티고개에서 큰췱골을 거쳐 마을로 연결된 임도가 개설됐다. 숲속으로 들어섰더니 날씨도 맑고 공기까지 깨끗하여 마음마저 상쾌해지며 기분이 참 좋았다. 두 아이도 좋아하고 있었다. 추석 전날에 비 내렸다가 갠 끝이라 나무마다 물을 머금어 나뭇잎은 싱싱하다. 자동차가 지나다녀 밭고랑처럼 움푹움푹 패여 있는 곳은 빗물이 괴어 질척였다. 그곳을 제외한 길바닥 흙은 촉촉하고 부드러워 아이들 발걸음은 사푼사푼, 까치가 깡충깡충 뛰어가는 것 같은 모습이 가뿐하게 보였다. 예쁜 발걸음. 시멘트나 아스팔트 포장길을 걷는 것과는 사뭇 다르게 보였다.

내 어릴 적 큰칡골에는 마라귀 아이들에게 심심치 않게 입 놀이를 할 수 있는 간식거리가 적지 않았다. 머루 포도를 비롯하여 으름, 다래가 주렁주렁 열려있어 간식거리가 많았던 곳이라 그 시절이 떠올랐다.

두 아이와 임도 길을 따라 굽이굽이 들어갔더니 길가에는 동글동글한 상수리가 여기저기 떨어져 있었다. 두 아이는 도토리묵을 좋아하는 편이다. 묵을 만드는 재료가 도토리, 상수리라고 알려줬더니 상수리를 줍겠다고 한다. 준비한 비닐봉지를 들고 숲속을 걸어가며 줍자고 하였다.

"외할아버지 왕 상수리가 많이 있네요?"

"그려 동글동글한 상수리가 많이 떨어져 있지?"

"네, 외할아버지."

세인이는 큰 상수리만 주웠다. 정훈이는 길바닥에서 줍다가 임도 가장자리 빗물 배수로에 떨어져 있는 것까지 모조리 주웠다. 제 동생보다 욕심이 많은 것 같았다.

외손녀와 큰 상수리를 주우며 슬렁슬렁 가는데 정훈이는 우리가 가는 것도 모르고 그곳에서 정신없이 줍고 있었다. 왜 그렇게 욕심이 많은지? 불러도 아무 응답이 없었다. 줍는 재미에 정신이 폭 빠져 있었다.

두 아이가 상수리를 줍는 모습을 바라봤더니 내가 서너 살 때 기억이다. 큰형수가 도토리를 많이 주워 왔다. 하루는 낭어덕 냇가에서 어머니와 큰형수가 절구에 도토리를 빻았다. 자루에 담아 흐르는 냇물에 담가 놓았더니 갈색 물이 흘러나와 냇물이 온통 갈색으로 번져 있었다. 그 광경이 머릿속에 깊숙이 박혀있으나, 중간 과정은 아스라이 떠오르며 큰형수가 도토리묵을 쑤어 주어 맛있게 먹었던 기억 두 가지뿐.

정년하고 가을에 상수리를 주우러 도시락을 준비하여 작은칡골로 친구 두 명과 같이 갔다. 각자 자루에 가득하게 한 자루씩 주웠다. 상수리를 선별하고 수돗물에 깨끗이 씻어 건조하여 유성시장에 있는 부흥방앗간에서 빻았다.

아파트 다용도실 수돗물을 '졸졸' 흐르게 하여 빻아온 자루 안으로 물이 흐르게 했다. 상수리의 떫고 씁쓸한 맛을 반나절 동안 우려냈다. 그리고 자루에 우려낸 상수리 가루를 넣어 함지박에 주물럭주물럭 치대며 전분이 나오게 했다. 치대기가 끝나면 찌꺼기를 쏟아 내고 또다시 반복 작업했다. 이 과정이 손이 제일 많이 가며 어렵고 힘든 일이다. 희석된 전분이 하루 지나 앙금이 가라앉으면 맑은 물을 따라내고 전분을 그릇에 담아 모으면 작업이 끝난다.

도토리묵을 쑬 때 전분과 물의 비율은 1:4로 하여 주걱으로 바닥을 긁는 것처럼 한 방향으로 저어가며 풀 쑤듯이 끓이면 된다. 도중에 주걱으로 묵을 떠 떨어뜨려서 무게감 있게 흘러내리면 묵 쑤기를 중단하고, 사각 통에 담아 굳히면 완성된다.

외손녀가 태어나는 해 외손자가 우리 집에서 한동안 생활했었다. 가을에 도토리묵을 쒀 줬더니 맛있게 먹었다. 그 이야기를 했더니 기억이 난다고 했다.

그런 욕심 때문에 상수리를 많이 주웠는가 보다. 얼마나 재미가 있었으면 오른쪽 귀에 모기가 달라붙어 물어뜯는 것도 모르고 상수리를 주웠겠나? 금세 뻘겋게 부어올라 짝귀가 됐다.

두 아이가 상수리를 주운 양이 대여섯 됫박이나 됐다. 숲속에서 이렇게 많은 상수리를 주운 것은 처음일 것이다.

"이젠 그만 줍고 가자."

세인이는 무척 아쉬운 듯이

"더 주워요?"

"오늘은 많이 주웠으니까 내년에 또 줍자."

"네, 외할아버지."

상수리를 많이 주워 무거우니 할아버지가 들고 간다고 했더니

정훈이는

"외할아버지 제가 들고 갈게요?"

끙끙거리며 자동차 주차한 곳까지 들고 갔다.

집에 돌아와 상수리를 선별하여 깨끗하게 씻어놓았다. 딸내미가 건너왔기에 정훈이와 세인에게 맛있는 도토리묵을 만들어 주라고 보냈다.

외손자 입학하는 날

신종 코로나19 바이러스가 아니었다면, 외손자는 예정대로 2020년 3월 2일 봉명초등학교에 입학했을 것이다. 하필이면 코로나19로 인하여 생각지 않은 일로 확진자가 늘어나 신학기 개학이 연기됐다가 또 추가 연기되어 4월 9일부터 차례로 온라인 개학하였고 마지막 초등학교 저학년은 4월 20일 온라인 개학을 했다.

맞벌이 부부를 위해 마련된 돌봄교실에 지원했는데 1, 2학년은 등교 수업을 5월 27일 시작하고, 나머지 학년은 일주일 간격으로 2개 학년씩 차례대로 등교했다. 우리 외손자가 입학을 손꼽아 기다렸는데 신종 코로나19 바이러스 여파로 86일이 지나 처음으로 학교에 가는 입학 날이 돌아왔다. 한편 다행이며 마음이 기쁘기도 했다.

우리는 딸내미가 사는 아파트 가까이 큰 도로 건너편 단지로 5월 14일에 이사를 하여 외손자가 입학하는 날에 같이 가기로 약속했다.

입학하는 날, 아침밥을 뜨고 딸내미네 집으로 건너갔다. 외손자는 다른 날보다 일찍 날이 밝기 전에 일어났다고 한다. 마음이 설레어 학교에 빨리 가고 싶었나 보다. 가방을 챙겨놓고 학교에 가려고 기다리고 있었다.

외손자에게 새 가방을 어깨에 메어주고 마스크를 착용하게 해줬다. 딸내미와 셋이 학교를 향해 발걸음을 옮겼다. 외손자 손을 잡고 동행했더니 손목에 힘이 불끈 쥐어지는 게 내 손에 감지되었다. 외손자는 처음 학교에 가는 날이라 기쁘기도 하고 긴장감이 있는 듯이 보였다.

학교로 향했더니, 1969년 3월 초등학교에 입학하던 생각이 났다. 입학하는 날 부모님, 동네 아이들과 마티고개를 넘어 종종걸음으로 시오리를 걸어갔다. 거문거리 말바위 신작로 모퉁이에 이르자 학교가 보여서 무척 좋아했었다. 학교에 빨리 가려고 동무들과 달음박질로 신나게 뛰어갔던 장면이 잊지 않고 엊그제 일처럼 반세기가 훌쩍 넘었어도 생생하게 떠오른다. 학교에 다다랐더니 아는 아이도 없었고 학교 환경이 낯설기만 하여 긴장감이 감돌아 어리둥절했다.

외손자는 전원유치원 3년을 다닐 때 아파트 근처에 초등학교가 있어 오다가다 접할 기회가 많이 있었다. 어쩌다가 딸내미네 집에 들르면 손자와 함께 운동장에서 놀이기구를 타게끔 놀아주며 돌봐줬더니 무척이나 즐겼다. 외손자는 그런 경험에 학교 환경이 조금은 익숙했으리라 본다. 그러나 오늘은 입학하는 날이고 선생님, 그리고 낯선 친구들과 대면하기 때문에 그때와는 느낌이나 감정이 사뭇 다를 것이다.

교문에 들어섰더니 보도블록에 좌우로 화살표 스티커가 붙어 있어 한 줄로 거리 두기를 하며 현관을 향했다. 현관 입구에서 입학생 명단을 확인하고 명찰을 목에 걸어주었다. 선생님들은 아이들을 일일이 정성껏 발열 체크하고 손 소독제로 소독하게 해줬다. 자녀를 둔 학부모들은 코로나19로 마음은 불안했으나, 학교에서 철저한 방역을 해준다는 믿음에 조금이나마 안심했다. 아이들이 현관으로 들어서자 학부모들은 실내 출입 통제로 씁쓸한 발걸음을 돌려야 했다. 첫째 아이가 입학하는 학부모들은 무척이나 아쉬웠고 서운했을 것이다. 딸내미도 아쉬워하는 듯 보였다.

코로나19가 아니었다면 따스한 봄날 3월 2일에 입학하여 교실도 확인하고, 강당에서 입학식을 거행하는 모습도 볼 수 있었을 텐데, 하필 신종 코로나바이러스 여파로 늦어도 한참 늦은 장미꽃이 만개한 5월 마지막 주 수요일에 입학하게 됐다. 학부모들은 무척 서운했으리라 본다. 우리나라 교육역사 중에 6·25동란을 제외하고 요번과 같은 일은 없었다. 바이러스 생존 전파가 무섭기는 무서웠다.

한동안 신종 코로나가 잠잠하더니만, 수도권 지역에서 신규 확진자가 늘어나 불안하고 걱정이 이만저만이 아니다. 날씨가 더워져 가는데 마스크를 착용하며 학교생활을 해야 하는 아이들을 생각했더니 마음이 몹시 아프고 안쓰럽다.

초등학교 학생들은 활동력이 높은 아이라 운동장에서 동무들과 어깨를 부딪치며 즐겁게 한창 뛰어놀아야 하는데, 온종일 마스크를 쓰고 거리 두기를 하며 생활하게 되어 안됐다. 또, 다가오는 여름 한낮에는 숨쉬기가 거북하고 엄청나게 답답하리라 본다. 하루빨리 마스크를 벗는 날이 왔으면 좋겠다. 그날을 기다리며…….

정훈이에게

정훈이가 태어난 지가 어저께 같은데 어느새 훌쩍 자라 전원 유치원을 졸업하고 이제 초등학교에 입학하여 초등학생이 되어서 외할아버지는 하늘땅만큼 기쁘단다.

입학을 기다렸는데 신종 코로나19 바이러스 확산으로 입학이 연기됐다가 추가 연기되어, 사상 첫 온라인 입학을 하고 5월 27일에야 등교 수업을 시작했지? 외할아버지가 교직생활 중에 이런 일은 없었단다. 더 연장되지 않고 등교하여 교실에서 공부하게 되어 다행이다.

정훈이가 봉명초등학교에 입학하여 학교 다니는 모습을 보니까 60여 년 전 초등학교에 입학하여 공부하던 게 생생하게 그려져 떠오른다. 외할아버지는 시골에서 태어나고 자라, 학교에 가려면 마티고개를 넘어 시오리를 걸어 학교에 다녔다. 시오리 길은 봉명초등학교에서 노은역까지의 거리쯤 된다고 짐작하면 이해가 가리라 본다.

입학하는 날 가슴에 손수건을 달고 엄마 손을 잡고 동무들과 재잘거리며 학교에 가는데 거문고리 신작로 모퉁이에 이르자 학교가 보여서,

"애들아 학교가 보인다!"

무척 좋아서 소리쳤다. 빨리 가고 싶어 동무들과 신나게 뛰어갔다.

학교에 도착하니 마을에서 초가집만 보다가 학교 건물이 웅장하여 놀라웠고, 널따란 운동장이라 또 한 번 놀랐단다. 아는 아이도 없었고, 모든 환경이 낯설어 어리둥절했으나 신기하기만 했다. 처음 만난 담임선생님은 홍표순 선생님, 1학년 2반. 1년 동안 친절하게 가르쳐 주어 지금까지 이름을 기억하고 있단다. 한 학급에 60명이 넘었는데 요즘이라면 3개 학급이 될 것이다.

학교가 멀리 떨어져 있어 걸어서 고개를 넘어 다니느라 피곤하여 코피가 날 때도 있었다. 요즘 도회지는 학교가 코앞에 있어 그런 고생을 하지 않을 것이다.

책상이 부족하여 마룻바닥에 앉아서 공부도 했었다. 연필을 가져오지 않은 학생들이 많으면 운동장에서 쪼그려 앉아 나뭇가지로 글씨를 쓰며 공부했단다. 공책이나 종이도 흔치 않아 학용

품이 귀한 시절이었다.

요즘과 같은 책가방이 없어 교과서, 공책, 필통을 깜장 보자기에 둘둘 말아 남자들은 어깨에 대각선으로 둘러메고 여자애들은 허리에 매고 다녔다. 뛰어다니면 필통 속에서 연필의 '달그락달그락' 요란한 소리가 났단다.

점심은 각자 도시락을 싸 와서 먹었으나 가난해서 도시락을 싸 오지 못하는 학생들도 많았다. 요즘은 무상급식으로 편리하게 점심을 해결할 수 있고 따뜻한 밥을 먹을 수 있어 얼마나 좋겠니?

정훈이는 음식을 가려먹는 습관이 있는데, 이제는 초등학생이 되었으니 가려먹지 말고 골고루 음식을 먹는 습관을 지녔으면 좋겠다. 그런 습관을 지니면 몸도 튼튼하고 건강하게 자랄 것이다. 정훈아! 외할아버지는 음식을 가려먹지 않아 학급에서 키가 큰 편에 속했단다. 음식을 골고루 먹도록 약속하자.

이제 정훈이는 학교생활에 잘 적응하여 낯설지 않으리라 본다. 동무들과 친해져 이름도 많이 알았을 것이고, 이은아 선생님과 즐거이 공부하며 생활하고 있을 것으로 본다.

가정에서는 엄마 아빠가 뒷바라지하고 보살펴 주지만, 학교에서는 선생님께서 학생들을 사람다운 사람으로 교육하시니까 정신적 부모나 다름이 없단다. 선생님을 잘 따르고 동무들과 즐거이 공부하고 학교생활을 잘하기를 바란다.

시간이 나는 대로 책을 많이 읽어라. 책을 많이 읽으면 마음이 충실해지며 넓고 멀리 볼 수 있는 안목을 갖출 수 있단다. 훌륭한 지도자들은 책을 읽는 습관을 어릴 적부터 길렀단다.

안중근 의사는 '하루라도 책을 읽지 않으면 입에 가시가 돋는다.'라고 독서의 중요성을 강조했다. 그분은 책을 좋아하고 책을 많이 읽어서 독립운동에 앞장섰다.

옛 선인들도 '남자는 모름지기 다섯 수레의 책을 읽어야 한다.'라며 책을 많이 읽도록 권장했다. 정훈이도 날마다 책을 읽는 책벌레가 되어라.

이은아 선생님은 이름난 대학에서 학생을 교육하는 공부를 많이 하셔서 아는 것도 많으신 훌륭한 선생님이시다. 너희 반 어린이들을 1년 동안 잘 가르쳐 주실 것이다. 즐거이 공부하고 보람 있게 학교생활을 잘하렴. 착하고 귀여움을 받는 어린이가 되어라.

2020년 6월 22일

정훈이를 사랑하는 외할아버지가

※ 이 편지는 손으로 써서 우편함에 넣었다.

귀요미 세인이 보아라!

일 년 동안 오빠랑 사이좋게 전원유치원을 다니다가 떨어져 2년 동안 유치원을 다녔지? 혼자 다녀 서운하고 허전했을 것이다.

세인이가 전원유치원을 잘 다녀 졸업하고 원신흥초등학교 복용분교에 입학하여 오빠랑 같은 학교에 다니게 되어 무척 기뻐했지? 세인이가 기뻐한 것만큼 외할아버지도 기뻐했단다.

세인이가 복용분교에 입학하고 학교에 다니는 모습을 보았더니, 네 엄마가 예전에 학교 다니던 모습이 생생하게 떠오르며 그려진다.

네 엄마가 전원유치원 3년을 다닐 적에는 옛 유성중학교 근처 구암동에서 살았단다. 3년간을 너처럼 유치원 버스를 타고 아무런 불편 없이 다녔다.

너희 엄마가 유성초등학교 취학통지서를 받고 나서 학교가 멀리 떨어져 있어서 걱정했단다. 지금은 유성지역에 신설학교가 많은데, 그 당에는 유성초등학교가 유성 중심에 있었고 변두리에는 규모가 작은 덕명, 봉암, 흥도초등학교가 있었다. 유성지역의 초등학생 대부분이 유성초등학교에 다녔으며, 전교생이 1,700여 명에 이르러 규모가 아주 큰 학교였다. 학급 수보다 교실이 부족하여 저학년은 2부제 수업도 했단다.

너희 엄마는 유성광명교회 목사님 아들과 같은 학교에 입학하여 교회 봉고차를 타고 다니기도 하고, 어느 날은 걸어 다닐 때도 있었다. 학교가 멀뿐더러 불편하여 어려운 점이 한둘이 아니었다. 외할아버지와 외할머니는 늘 걱정했단다. 한 달을 다녔을 때, 살던 집을 팔아 유성초등학교 앞에 가게가 달린 2층 건물을 사서 4월 5일 식목일에 이사했다. 그때부터 네 엄마가 안전하게 학교에 다닐 수 있었고, 학교가 가까워 무척 좋아했던 모습이 지금도 지워지지 않는다.

너희 엄마는 1학년 7반, 심화자 선생님께서 담임을 맡으셨다. 아이들을 친절하게 지도해 주신다는 소문이 자자하였고 지금까지 외할아버지와 외할머니는 잊지 않고 있으며 기억하고 있단다.

이제 세인이가 입학한 지 한 달이 지난 것 같다. 날씨가 포근하여 활동하기에 좋은 계절이며, 학교 정원 나뭇가지에는 새순이 돋아나 자라고 꽃망울이 터져 아름다운 꽃이 활짝 피었지?

산책하다가 길가에 활짝 피어있는 개나리, 진달래, 벚꽃을 보았더니 세인이가 눈앞에 어른거렸다. 이제는 학교생활에 적응하고 공부하는 모습이 보이는 듯하다. 동무들 이름도 많이 알고 친하게 지내리라 본다. 그리고 조현주 선생님과 즐거이 공부하며 생활하고 있을 것으로 본다.

세인이 담임선생님은 학교 다닐 때 공부를 열심히 하여 좋은 대학교를 졸업하시고 학생들을 가르치는 교사가 되셨다. 공부를 많이 하셔서 아는 것도 많으시고 훌륭한 선생님이시다. 1학년 3반 학생들을 1년 동안 친절하게 지도해 주실 것이다. 선생님의 가르침을 받으며 공부 시간에 귀담아 잘 듣고, 세인이도 생각한 것을 발표하고 다른 아이들 이야기도 잘 듣도록 하여라. 세인이답게 누가 시키지 않아도 스스로 공부하는 습관을 기르도록 노력하면 좋겠다.

학교 도서실에는 읽을 만한 책이 많이 있을 것이다. 책을 많이 읽도록 하여라.

'책은 훌륭한 동무와 같다.'라고 이야기한 사람도 있단다. 책은 선생님, 훌륭한 사람과 같아서 책을 많이 읽으면 아는 것도 많아져 발표, 글짓기도 잘할 수 있단다. 학교에서나 집에서나 시간이 나는 대로 책과 동무가 되어 날마다 책을 읽는 책벌레가 되어라.

너희 반 동무들은 1년 동안 같이 공부하고 생활할 어린이들이다. 몇몇 친한 동무들끼리만 놀지 말고 여러 동무와 친해져야 한다. 운동장에서 놀이할 때도 서로 도움을 주고받으며 즐거이 놀고 많은 어린이와 어울리는 것이 좋으며 재미도 쏠쏠하단다.

세인아! 세인이는 이제 초등학생이다. 입학하기 전까지는 엄마 아빠 도움을 받으며 생활했는데, 초등학생이 되었으니까 네가 할 일을 찾아 실천하는 습관을 지녔으면 한다. 학교에 다녀오면 손발 깨끗이 씻기, 사용한 물건 제자리에 갖다 놓기, 그 외에 세인이가 혼자 할 수 있는 일이 많이 있을 것이다. 이제는 누가 시키지 않아도 네가 해야 할 일을 찾아 실천하기를 바란다. 또, 엄마가 맛있게 해주는 음식을 가리지 말고 골고루 먹어라. 이런 일들을 스스로 해야 더 귀여움을 받고 착한 어린이가 된단다. 이제는 잘할 수 있겠지?

2022년 4월 3일

세인이를 사랑하는 외할아버지가

※ 손 편지를 써서 우편으로 보냈다.